琼瑶

作品大合集

星河

琼瑶
著

作家出版社

琼瑶，本名陈喆，作家、编剧、作词人、影视制作人。原籍湖南衡阳，1938年生于四川成都，1949年随父母由大陆赴台生活。16岁时以笔名心如发表小说《云影》，25岁时出版首部长篇小说《窗外》。多年来笔耕不辍，代表作包括《烟雨蒙蒙》《几度夕阳红》《彩云飞》《海鸥飞处》《心有千千结》《一帘幽梦》《在水一方》《我是一片云》《庭院深深》等。

多部作品先后改编成为电影及电视剧，琼瑶也因此步入影视产业。《六个梦》系列、《梅花三弄》系列、《还珠格格》系列等，影响至深，成为几代读者与观众共同的记忆。

琼瑶以流畅优美的文笔，编织了众多曲折动人的故事。其作品以对于梦的憧憬和爱的执着，与大众流行文化紧密结合，风靡半个多世纪，成为华文世界中极重要的文学经典。

我為愛而生，我為愛而寫
文字裡處處多少春夏秋冬
文字裡留下多少青春浪漫
人世間雖然沒有天長地久
故事裡火花燃燒愛也依舊

瓊瑤

第一章

心虹依稀又来到那条走廊里。

那条走廊好长好长，黝黑，寒冷，巨大的廊柱在墙壁上投下了幢幢黑影，处处都弥漫着一份阴森森的、瑟瑟逼人的气息。心虹赤裸的小脚踩在那冷冰冰的地板上，手里颤巍巍地擎着一支蜡烛，小小的身子在那白色的睡袍中颤抖。她畏怯地、瑟缩地向前迈着步子。恐惧、惊惶和强烈的渴望压迫着她。她茫然四顾，走廊边一扇扇的门，那么多的房间，那么多！

但是，他们把母亲藏到哪儿去了？妈妈！她的心在呼号着：妈妈！妈妈！四周那样安静，那样窒息地安静，妈妈！妈妈！一滴滚热的蜡烛油滴落在她手上，她惊跳起来，哦，妈妈！妈妈！她站定，发着抖倾听，然后，从一扇门里传出一声那样恐怖的、裂人心魂的惨号。哦，妈妈！妈妈！她冲过去，扑打着那扇门，哭泣着狂喊："妈妈！妈妈！妈妈！"

门开了，出现的是父亲那高大的身影，她小小的身子被抱了起来，父亲的声音疲倦而苍凉地响着：“噢，心虹，你不能进去，好孩子，你的母亲，刚刚去世了！”

“妈妈！妈妈！”她哭喊着，在父亲的肩上挣扎，“我要妈妈！我要妈妈！我要妈妈！”

哦，妈妈！妈妈！她的头痛苦地辗转着，妈妈！妈妈！走廊里响起了空洞的回音：妈妈！妈妈！她像掉在一个冰凉的大海里，柔弱、孤独而无依。妈妈！妈妈！她不住地狂喊、挣扎。她要离开那走廊，离开那走廊，她挣扎，挣扎，挣扎……“心虹！心虹！醒一醒，怎么又做噩梦了？心虹！”

一只温暖的手突然落在她的额上，摇撼着，抚摩着。她一惊，陡地清醒了过来，长长地吐出一口气，她在惊悸中睁大了眼睛，屋子里的灯光明亮，那裱着玫瑰花壁纸的房间绝不是什么阴森的长廊，那深红的窗帘静悄悄地掩着，天花板上垂下来的玻璃吊灯，明亮地放射着一屋子柔和的光线。她躺在床上，蜷缩在那温软的锦缎和棉被之中，手上绝没有烛油烫伤的痕迹，她也绝不是一个四岁的、找不着母亲的小女孩！是的，母亲！她的母亲正坐在床沿上，带着那样混合着安慰的笑，半忧愁半担心地望着她。

“怎么了，心虹？”她问，拭去了心虹额上的冷汗。

“哦，妈，没什么。又是那些讨厌的梦！”心虹说，仍然有些震颤，“我在叫吗？”

“是的，我听到你在喊，就进来看看是怎么了，梦到什么？”

“没……没有什么，我记不得了。”心虹嗫嚅地说，不自觉地轻蹙起眉梢。吟芳坐在床边上，忧愁地看着心虹。她知道她是记得的，她在叫着妈妈！叫得像个孤独无助的小婴儿！

但是，她不是在叫她，她叫的是另一个妈妈。吟芳不自禁地打了个寒战，甩了甩头，她强迫自己甩开某些思想，对心虹勉强地笑了笑。

“再睡吧，心虹，别做梦了，晚上的药吃过了吗？”

“吃了。”

“那么，睡吧！”她本能地整理着心虹的被褥，“别想得太多，嗯？”

心虹望着她，也勉强地微笑了一下。“对不起，吵醒了你。”

吟芳摇了摇头，没说什么。“对不起，吵醒了你。”是礼貌吗？但却多么疏远，明显地缺少了一份母女间的亲昵。心霞就不会这样说，她会滚在她怀中，撒娇撒痴地拉住她的衣服不放她，嚷着叫：“不许妈走，陪我睡！”当然，也许这是年龄的关系，心霞才十九岁，心虹到底已经二十四了。不愿再多想，她对心虹又投去了忧愁的一瞥，就默默地退出去了。

心虹目送母亲的身影消失，等到房门一合拢，她就推开棉被坐了起来。弓着膝，她把下巴放在膝上，呆呆地坐了好半天。然后，她看了看手表，凌晨三点钟，她知道，她又将无眠到天亮，近来，那每晚临睡时的镇定剂早已失去了作用，等待天明已成为每夜必定的课程。

夜，为什么总是那样漫长？

干脆掀开了被，她跨下床来，拿起床前椅子背上搭着的晨褛，她穿上了，系好带子，走到窗子前面。拉开了窗帘，她凭窗而立，一阵带着秋意的凉风扑面而来，她机灵灵地打了个冷战。

真的，夜凉如水。她双手抱着胳膊，仰头看了看那黑暗的穹苍。那广漠无边的天空里，晓月将沉，疏星数点。她望着那些星星，那一颗颗闪耀着的星星，下意识地在搜寻着什么。夜风簌簌然，在附近的山坳中回响。秋深了，夜也深了。离天亮还有多久？她一瞬不瞬地看着那些星光，再过一段时间，那些星光会隐没在曙色的黎明里。又一阵风来，她闭了闭眼睛，深吸了一口气，心中模糊地想起《长恨歌》中的句子："夕殿萤飞思悄然，孤灯挑尽未成眠。迟迟钟鼓初长夜，耿耿星河欲曙天。鸳鸯瓦冷霜华重，翡翠衾寒谁与共？悠悠生死别经年，魂魄不曾来入梦！"

一种难言的怆恻跟随着这些句子掩上了她的心头，她骤然垂下头去，用手蒙住脸，无声地啜泣了。好一会儿，她放下手来，跄踉地走到梳妆台前，在椅子里坐下来，对着镜子，她瞪视着自己，一时间，她茫然而困惑。镜子中，那憔悴的面孔好苍白，而那对含泪的眸子里却像燃烧着火焰，那样清亮，那样充满了烧灼般的痛苦。怎么了？这一切是怎么了？隐隐中，她似乎听到了一个声音，在她耳边轻轻地、幽幽地说："我愿为你死！我愿为你死！"

她猛地一甩头，那声音没有了。镜中的脸显出了一份惊愕和仓皇。怎么了？到底是怎么了？她从没有死去的朋友，从没有！这些都是幻觉，她知道，都是幻觉！总是这样，那些噩梦，那些幻觉，那些莫名其妙的怆恻之情！这种种种种，像蛛网般把她重重缠住，她总是挣不出去。然后，有一天，她会被这些蛛网勒死，哦！她不要！她必须振作起来，她必须！她想起李医生在她出院时对她说的话："多找些朋友，多享受一些，快乐起来，心虹，你没有什么该烦恼的事！”是吗？没有什么该烦恼的事吗？她蹙起眉，脑中像有什么东西闪过，一个模糊的影子，一个她抓不着的影子，好模糊，好遥远，但是，它存在着！她惊惧地屏息静思，有谁在窗外低唤吗？有谁？

声音那样迫切、那样凄凉，像来自地狱里的哀声：“心虹，跟我走！心虹，跟我走！”

她惊跳起来，冲到窗前，张大眼睛向外注视。窗外，是那花木扶疏的深深院落，夜色里，花影被风摇动。除树木花影外，什么都没有。那声音已消失了，只有风声，萧萧瑟瑟，在秋意浓郁的深山里回荡。而远处的天边，第一线曙光已把山巅燃亮了。

第二章

梁逸舟下楼吃早餐的时候，餐厅里依旧冷冷清清的，只有吟芳在那儿用烤面包机烤着面包，高妈在一边帮忙服侍着。他大踏步地走过去，在餐桌前坐下来，高妈立即送上了一份牛奶和煎蛋，一面含笑问："老爷，还要点什么？"

"够了，"梁逸舟说，看了吟芳一眼，"给我两片面包，要——"

"烤焦一点。"吟芳接话说，对着梁逸舟，两人不禁相视一笑。"这么多年了，你每次还是要叮嘱，还怕我摸不熟你的习惯。"取出面包，她慢慢地在上面涂着牛油。梁逸舟下意识地打量着妻子，他惊奇经过这么漫长的二十几年，她仍然能引动他心腑深处的那份柔情。这个早上，吟芳显得有几分憔悴，他知道，昨夜她没有睡好。抬起头来，他望了望那寂静的楼梯。"我看，我们家永远不能要求大家一起吃早餐！而且，小一辈的似乎比老一辈的还懒散！"他有些不满地说。

"哦，别苛求，逸舟。"吟芳很快地说，"她们还是孩子嘛！"

“孩子?”梁逸舟盯着吟芳，“别糊涂了，她们早就不是孩子了，心霞已经满十九，心虹都过了二十四了，如果心虹结婚得早，我们都是该做外祖父母的人了。吟芳，我看你年纪越大，就越纵容孩子了!”

“别说了吧，”吟芳轻蹙了一下眉头，“你明明知道……”她咽下了说了一半的句子，一层轻愁不知不觉地飘了过来，罩在她的面庞上。她把涂好牛油的面包递给逸舟，又轻声地说了句：“心虹也是怪可怜的……”

“我告诉你毛病出在哪里，”梁逸舟打断了她，“就出在我们太宠她了，如果早听我……”

“逸舟!”吟芳祈求似的喊了声。

逸舟怔了怔，接触到吟芳那对带着点儿悲愁意味的眼睛，他心头立刻掠过一阵怛恻。不自觉地，他把手压在吟芳的手上，声音顿时柔和了下来：“抱歉，吟芳，我没有责怪你的意思。”

“我知道。”吟芳瞅着他，嘴角有个微弱的笑，“我告诉你，一切都过去了，什么都会好转的。”

“我相信你。”逸舟说，收回手来，拿起面包咬了一口，他的眼睛仍然注视着吟芳，“还有件事忘了告诉你，狄家今天就要搬进农庄了。”

“今天吗?”吟芳皱了皱眉，“你有没有告诉那个狄——狄什么?”

“狄君璞。不，我什么都没对他说。”

“哦，我希望，”吟芳有些不安地说，“我希望我们没有做错什么才好。”

"你放心，"逸舟吃着早餐，"狄君璞不是个好管闲事的人，那人稳重而有深度，即使他听说了什么，他也不会妄加揣测。"

"我想你是对的。"吟芳也开始吃早餐。"总之，老让农庄空在那里也不是办法，事实上，"她的声音变低了，"早几年就该把它租出去了。那么，或者不至于……"

她的话只说了一半，就被楼梯上一阵急促的脚步声所打断了，她转过身子，面对楼梯，心霞正三步并作两步地从楼上冲下来，手里抓着一沓书，穿了件红色套头毛衣和黑长裤，满头短发乱蓬蓬的，掩映着一张年轻、红润，充满了青春气息的脸庞，她看来是精神饱满而且充满活力的。一直奔到餐桌旁边，她抓了一块面包就往嘴里塞，一面口齿不清地嚷着说："爸爸，妈！我不吃早饭了，第一节有课，我来不及了，还得赶公路局的班车！"

"站住！心霞，别永远毛毛躁躁的！"梁逸舟说，"安安静静地把早饭吃了，我要去公司，你跟我一起进城，我让老高兜一下，先送你去学校！"

"真的？"心霞扬着眉毛问，难得父亲愿意让她搭他的车，梁逸舟一向主张孩子们要能吃苦，不能养成上学都要私家车送去的习惯。她跑回到餐桌边，在父亲的面颊上闪电似的吻了一下，笑嘻嘻地说："这才是好爸爸，事实上啊，不让我搭您的车，是件完全损人不利己的事儿！"

"又得意忘形了！"梁逸舟呵斥着，声音却怎样也严厉不起来，你怎么可能对这样一个撒娇撒痴的女儿板脸呢！"记住，已经是大学生了啊！"

"等我当老祖母的时候，"心霞含着一口面包，又口齿不清了，“我还是你的女儿，爸爸，所以，别提醒我已经读大学了。”

“不要含着东西说话，”吟芳说，“不礼貌。”

“妈，您知道所有当父母的都有一个毛病，就是喜欢说不要这个，不要那个！”

“瞧！居然批评起父母来了！”吟芳笑着说，“这孩子越大越没样子！”

“还不是……”梁逸舟刚开口，心霞就抢着对母亲一本正经地接了下去：“……你惯的！”吟芳忍不住扑哧一笑，梁逸舟也笑了起来，心霞对父亲调皮地挤着眼睛笑，连那站在一边的高妈也忍俊不禁。就在这一片笑声中，楼梯上一阵轻微的响动，心虹慢慢地走下楼来了。她穿着件长袖的黑色洋装，披着一头乌黑的长发，衬托得那张小小的面孔更加白皙了。她身形瘦削，举步轻盈，像一只无声无息的小猫。梁逸舟夫妇和心霞都望着她，笑声消失了，餐桌上那抹轻松的空气在刹那间隐逸无踪。取而代之的，是一份沉重的寂静。

心虹来到桌子前面，立即捕捉到空气的变化，她对大家看了一眼，勉强地想笑笑，但是，那笑容还没有成形就在唇边消失了。她低低地叫了声：“爸爸，妈，早。”

“坐下吧，姐姐！”心霞忽然跳了起来，用一种夸张的活泼对心虹说，一面把自己的椅子推给她，“姐，你该多喝点牛奶，那么，你就会胖起来。”

“昨晚睡得好吗？”梁逸舟看着心虹问，其实，这一问是多余的，不用她那失神的眸子来告诉他，他也知道她并没有睡好。“还好，爸爸。”心虹说，声音温柔而细致。这种温柔，使梁逸舟的心脏抽搐了一下。心虹！他那娇娇怯怯的小女儿！

“你要多吃点！”吟芳把抹好牛油的面包递给心虹。

“哦，我不爱吃牛油。”心虹低低地说。

“当药吃，嗯？”吟芳望着她，关怀的，几乎是低声下气的。“那……好吧！”心虹虚弱地笑了笑，顺从地接过了面包。高妈已急急地把一个刚煎好的蛋，热气腾腾地端了出来，放在心虹的面前，心虹皱皱眉头，叫了声：“哦，高妈！”

“小姐！”高妈堆了一脸的笑，请求似的看着心虹。

“哦，好吧！”心虹无奈地轻叹了一声，“看样子，你们都急于想把我喂成大胖子呢！”埋下头，她开始吃早餐，那牛奶的热气冲进了她的眼眶里，她那黑眼珠又显得迷蒙而模糊了。

“噢，好爸爸！你到底吃好没有？”心霞抱着书本，焦灼地问，“你再不动身啊，我就迟到迟定了！”

“好了，好了！”梁逸舟站起身来，“高妈，老高把车子准备好了没有？”

“早就好了。”高妈说。

“姐，要不要我帮你带什么吃的回来？”心霞回头看着心虹，亲热地微笑着。

“不要了，我不想吃什么。”

“那么……我早些回来陪你！再见啊！”

“再见，爸！再见，心霞！”

“爸，你快一点嘛，快一点嘛！”心霞一迭连声地催着，不由分说把手臂插进父亲的臂弯里，拖着梁逸舟往大门外冲去了，梁逸舟就在女儿的拖拖拉拉中，不住口地喊：“看你，成什么样子？

永远像个长不大的野丫头！真烦人！将来嫁了人也这股疯相怎么办？”

“我不嫁人！”

“哼！我听着呢，也记着呢！”

“哈哈哈哈！”心霞开心地笑着，父女两人消失在门外了。立刻，汽车发动的声音传了过来，他们走了。

这儿，心霞一走，房内就突然安静了。心虹低下头，开始默默地吃着她的早餐。吟芳也不说话，只是悄悄地注视着心虹，带着一种窥视和研究的意味。心虹很沉默，太沉默了，那微蹙的眉头上压着厚而重的阴霾。那蒙蒙然的眼珠沉浸在一层梦幻之中，她看来心神恍惚而神思不属。

很快地，心虹结束了她的早餐。擦了嘴，她站起身来，对吟芳说：“我出去散散步，妈。”

吟芳怔了怔，本能地叫了声：“心虹！”

“怎么？”

“别去农庄，狄家今天要搬来了。”

“哦？”心虹似乎愣住了，呆在那儿，半天没有说话。好久之后，才慢吞吞地问：“那个姓狄的是什么人？为什么他要住到这个荒僻的农庄里来？”

“你爸爸说他是个名作家，他需要一个安静的地方写作，我们也高兴有这样的邻居，否则，农庄一直空着，房子也荒废了。”

心虹沉思了片刻。“名作家？他的笔名是什么？”

“这……我不知道。”

“难得——他竟会看上农庄！”心虹自语似的说了一句，转过身子，她不再和母亲谈话，径自走向屋外去了。

瑟瑟的秋风迎着她，清晨的山坳里带着凉意。这幢房子建筑在群山环绕中，一向显得有些孤独，但是，山中那份宁静和深深的绿意却是醉人的。最可人的是房子四周的枫林，秋天来的时候，嫣红一片，深深浅浅，浓浓淡淡，处处都是画意。所以，梁逸舟给这幢房子取了一个颇有诗意的名字，叫霜园，取“晓来谁染霜林醉”的意思。心虹一直觉得，父亲不仅是个成功的企业家，他更是个诗人和学者。如果不是脾气过于暴躁和固执，他几乎是个十全十美的人。

走出霜园的大门，有一条车路直通台北，反方向而行，就是山中曲曲折折的蜿蜒小径，可以一直走向深山里，或者到达山巅的农庄。心虹选择了那条小径，小径两边，依旧是枫树夹道，无数的羊齿植物和深草，蔓生在枫林之间，偶尔杂着一些紫色的小野花和熟透的、鲜红的草莓。心虹在路边摘了一枝狗尾草，无意识地摆弄着，一面懒洋洋地向山中走去。她深入了山与山之间，这儿是一片平坦的山谷，也是山中最富雅趣的所在，几株枫树缀在绿野之上，一些在混沌初开时可能就存在的巨石，耸立在谷中。平坦的，可坐可卧；尖耸的，直入云霄。岩石缝中长满青苔，许多枫树的落叶，撒在岩石上。岩石的基部，一簇簇地长着柔弱的小雏菊和蒲公英，黄色的花朵夹杂在绿草中，迎风招展，摇曳生姿。她走了过去，选择了一块平坦的石头坐了下来。她环顾四周，露珠在草叶上闪烁，谷深而幽，弥漫着迷蒙的晨雾，树木岩石，都隐隐约约地笼罩在一片苍茫里。这是她的山谷，她深爱的所在，由于四面环山，太阳要到中午才能直射，所以整个山谷，不是笼罩在晨雾迷蒙中，就是在黄昏时的暮色朦胧里。因此，心虹叫它作“雾谷”。经常在这儿流连数小时，也经常在浓雾中迷失了自己。现在，她就迷失了。顺着她面前的方向，她可以仰望到山巅上的农庄，那农庄建筑在山头的高地上，一面临着峭壁，从她坐着的地方，正好看到峭壁上围着的栏杆和斜伸出栏杆的一棵巨大的红枫。她呆呆地仰视着，不由自主地陷入了一份沉思里，她忘记了自己，忘记了许许多多的东西，只是出神地看着那栏杆、那枫树，和那掩映在枫树后面的农庄，她是真的迷失了。然后，她耳边突然响起了一个声音，清晰而有力地在说：“心虹，跟我走！心虹，跟我走！”

她惊跳起来，迅速回顾，身边一片寂然，除了岩石和树木，没有一个人影。她战栗地用手摸摸额角，满头的冷汗，而一层令人起鸡皮疙瘩的寒意，却从她的背脊上很快地蔓延开来。

第三章

经过了三天的忙碌，狄君璞终于把新家给安顿好了。这农庄，高踞于山巅之上，颇有种遗世独立的味道，呼吸着山野中那清新的空气，听松涛，听竹籁，听那些小鸟的啁啾，狄君璞觉得自己像得到了一份新的生命一般，整个人都从那抑郁的、窒息的消沉中复苏了过来。

不只他对这山野有这样的反应，连他那小女儿，六岁的小蕾，也同样兴奋不已，不住地在农庄里里外外跑出跑进，嘴里嚷着说：“爸！这儿真好玩！真好玩！我摘了好多红果果，你看！还有好多花呢！”真的，山坡前后，显然当初曾被好好地经营过，栽满了美人蕉、牵牛花、木槿和扶桑，如今，由于多年乏人照顾，那些花都成了野生植物，山前山后地蔓生着，却也开得灿烂，和那绚丽的红枫相映成趣。这儿是个世外桃源，狄君璞希望，他能在这桃源里休憩一下那困乏的身心，恢复他的自我。而小蕾也能健康起来，如果不是为了小蕾，他或者还不至于下这样大的决心搬来，但是，医生的警告已不容忽视："这孩子需要阳光，需要到一个气候干燥的地方去居住一阵，你知道，气喘是种过敏性的病，最怕的就是潮湿！小蕾必须好好照顾，她已经太瘦太弱了！"

他终于搬来了，在他这一生，将近四十年，他所剩下的，似乎只有一个小蕾。他已失去了太多太多的东西，他不能再失去小蕾，决不能！他可以牺牲自己的一切，只要小蕾能够活泼健康！看到仅仅三天工夫，孩子的面颊已经被阳光染红了，他有说不出来的欣慰，也有一份难言的辛酸，他知道孩子除了阳光还需要什么。美茹！你真不该离去呵！

对于搬到农庄来，最不满意的大概就是老姑妈和阿莲了。阿莲是怕寂寞，她的玩伴都在台北，好在狄君璞每个月许她两天假日，而农庄到台北，也不过坐一小时的车，她在狄家已经五年了，怎么也舍不得那个她抱大的小小姐，所以也就怪委屈地跟来了。老姑妈呢，这把一生生命的大半都用来照顾狄君璞的老太太，只是叽叽咕咕地说："太不方便了！君璞，我就不知道每天买菜该怎么办，这里下山到镇上要走二十分钟呢！"

"反正我们有大冰箱，让阿莲一星期买一次菜就行了！多走点路，对她年轻人只有好的！"

事实上，搬来的第二天，就有一个五十岁左右的男工，从山坡的小径上来到农庄，提着一大包的东西，笑嘻嘻地说："我是老高，梁先生家的司机，我们太太叫我送点东西来，怕你们刚搬来一切不便。我老婆也在梁家做事，每隔三天，我就开车送她去镇上买菜，我们太太说，如果你们买菜不方便，以后我可以给你们带来！”

梁太太！她想得倒挺周到的，那一包东西全是食物，从鸡蛋、火腿、香肠到生肉，应有尽有，老姑妈乐得合不拢嘴，也就再也不提买菜不便的事。事实上，在以后的生活中，买菜确实也没给他们带来任何的烦恼。

刚搬到农庄来，狄君璞对于它的地理环境，还没有完全弄清楚。随后，他就知道了，农庄有条大路，可以下山直通镇上，然后去台北。但是，如果要去霜园，却只有山中的小径可通，这小径也可深入群山之中，处处风景如画。狄君璞不能不佩服梁逸舟，他能在二十年前，把这附近的几个山都买下来。在这山头建上一座古朴而粗拙的农庄，虽然他的“务农”是完全失败了，逼得他放弃了羊群、乳牛和来杭鸡，又转入了商业界。最后，竟连农庄也放弃了，另造上一幢精致的洋房霜园。可是，这些荒山却在无形中被开发了，山中处处可以找到小径，蜿蜒曲折，深深幽幽，似乎每条小径都可通往柳暗花明的另一境界。仅仅三天，狄君璞就被这环境完全迷住了。农庄的主要建筑材料是粗拙的原材，大大的木头柱子，厚重的木门，粗实的横梁。木头都用原色，门窗都没有油漆，却“拙”得可爱。屋子里，也同样留着许多用笨重木材做成的桌椅，那厚笃笃的矮桌，不知怎么很给人一种安全踏实的感觉，那宽敞的房间，也毫无逼窄的缺点。对于一些爱时髦的人来说，这房子、这地点，似乎都太笨拙而冷僻了，但对狄君璞，却再合适也没有。农庄的建筑面相当广，除了一间客厅外，还有五间宽大的房间，现在，其中一间做了狄君璞的书房，四壁原有木材做的隔架，如今堆满了书。书，是狄君璞除了小蕾以外，最宝贵的财产了。其他四间，分别做了狄君璞、小蕾、姑妈和阿莲的卧室。除了这些房间之外，这农庄还有一个阁楼，里面似乎堆了些旧家具、旧书籍和箱笼。狄君璞因为没有需要，也就不去动用它。在农庄后面，还有几间堆柴、茅草和树枝的房间，旁边，是一片早已空废的栅栏，想当初，这儿是养牛羊的所在，鸡舍在最后面，现在也空了。农庄的前面，有一块平坦的广场，上面有好几棵合抱的大树，一株红枫，撒了一地的落叶。树木之间，全是木槿花，紫色的、粉红的、白色的……灿烂夺目。农庄的后面，却是一座小小的枫林，那些巨大的红枫，迎着阳光闪烁，如火，如霞，如落日前那一刹那时的天空。枫林的一边临着悬崖，沿着悬崖的边缘，全牢固地筑了一排密密的栏杆，整个农庄，只有这栏杆漆着醒目的红油漆。栏杆外面，悬崖深陡。这栏杆显然还是新建的，狄君璞料想，这一定是梁逸舟说定了把房子租给他住之后，知道他有个六岁的小女儿，才派人修建了这排栏杆。梁逸舟的这些地方，是颇令人感动的。

搬家是个繁重的工作，尤其对一个男人而言，事后的整理是烦人的，如果没有老姑妈，狄君璞真不知道该怎么办才好。足足忙了三天，才总算忙完了。这天黄昏，狄君璞才算真正有闲暇走到山野里来看看。

沿着一条小径，狄君璞信步而行，山坡上的草丛里开着芦花，一丛丛细碎的、白色的花穗在秋风中摇曳，每当风过，那一层层芦穗全偏倚过去，起伏着像轻风下的波浪。几株黄色的雏菊，杂生于草丛之间，细弱的花干，小小的花朵，看来是楚楚动人的。枫树的落叶飘坠着，小径上已铺满了枯萎的叶子，落叶经过太阳的曝晒，都变得干而脆，踩上去簌簌作声。

两只白色的小蛱蝶，在草丛里翩翩飞舞，忽上忽下，忽远忽近，忽高忽低，忽分忽合。落日的阳光在小蛱蝶的翅膀上染上了一层闪亮的嫣红。这秋日的黄昏，一草一木，一山一石，在在熏人欲醉。狄君璞不知不觉地进入了深山里，在这杳无人迹的山中，在这秋日的柔风里，在这落日的余晖下，他有种崭新的、近乎感动的情绪，那几乎是凄凉而怆恻的。他不自禁地想着前人所谓“前不见古人，后不见来者，念天地之悠悠，独怆然而涕下”的那份感触。

他是深深地被这山林所震慑了。

他前面有块巨石挡着路，小径被一片杂草所隔断了，这是一个山谷，遍布着嵯峨的巨石。他站住，仰头望了望天空，彩霞满天，所有的云，都是发亮的橙色与红色，一朵一朵，熙攘着，堆积着。谷里有些幽暗，薄雾苍茫，巨石的影子斜斜地投在草地上，瘦而长。风在谷内穿梭，发出低幽的声响。那对小蛱蝶，已经不见了。

他陷入一种深沉的冥想中，在这一刻，他又想起了美茹，如果美茹在这儿，她会怎样？

不，她不会喜欢这个！他知道。可悲呵，茫茫天涯，知音何处？他心头一紧，那怆恻的感觉就更重了！忽然间，他被什么声音惊动了。他听到一声叹息，一声低幽、绵邈而苍凉的叹息。这山谷中还有另外一个人！他惊觉地站直了身子，侧耳倾听，又什么声音都没有了。是幻觉吗？他凝神片刻，真的，不再有声音了。他摇了摇头，回身望着农庄，是的，从这儿可以清楚地看到农庄的红栏杆和那枫叶后的屋脊，这时，一缕炊烟，正从屋脊上袅袅上升，阿莲在做晚餐了，他也该回去了。

抬起脚，他准备离去了。可是，就在这时候，那叹息声又响了起来，他重新站住，这次，他清楚地知道不是幻觉了，因为，在叹息声之后，一个女性的、柔软的、清晰的声音，喃喃地念了几句“无言独上西楼”还是什么的，接着，又清楚地念出一阕词来，头几句是这样的：“河可挽，石可转，那一个愁字，却难驱遣……”

仅仅这几句，狄君璞已经觉得心中怦然一动，这好像在说他呢！他曾以博览群书而自傲，奇怪的是对这阕词并无印象。静静地，他倾听着，那女性声音好软，好温柔，又好清脆：“河可挽，石可转，那一个愁字，却难驱遣。眉向酒边暂展，酒后依旧见。枫叶满阶红万片，待拾来，一一题写教偏，却倩霜风吹卷，直到沙岛远！”念完，下面又是一声轻喟，带着股恻然的、无奈的幽情。狄君璞再也按捺不住自己，他有种又惊又喜又好奇的情绪，在这孤寂的深山里，他是做梦也不会想到会听到这种声音和这种诗句的。他情不自禁地跟踪着那声浪，绕过了那块挡着他的巨石，向那山坳中搜寻过去。

刚刚绕过了那石块，他就一眼看到那念诗的少女了，她坐在一块岩石上，正面对着他出现的方向。穿着一袭黑白相间的、长袖的秋装，系着一条黑色的发带，那垂肩的长发随风飘拂着，掩映着一张好清秀、好白皙的脸庞。由于他的忽然出现，那少女显然大大地吃了一惊，她猛地抬起头来，睁大了一对黑白分明的大眼睛，那眼睛好深好黑好澄净，却盛满了惊惶与畏怯，那样怔怔地瞪着他。这眼光立刻引起他一阵犯罪似的感觉，他那么抱歉——显然，他侵入了一个私人的、宁静的世界里。“哦，对不起，”他结舌地说，不敢走向前去，因为那少女似乎已惊吓得不能动弹，“我没想到打扰了你，我才搬来，我住在那上面的农庄里。”

那少女继续瞪着他，仿佛根本没有听懂他在说什么，那眼睛里的惊惶未除，双手紧紧地握着膝上的一本书，一本线装的旧书，可能就是她刚刚在念着的一本。

“你了解了吗？”他再问，尝试着向她走近，“我姓狄，狄君璞。你呢？”他已经走到她面前了，她的头不由自主地向后仰，眼里的惊惶更深更重了。当他终于停在她面前的时候，她忽然发出一声惊喊，迅速地从岩石上跳起来，扭转身子就向后跑，她身上那本书“噗”的一声掉落在地上，她“逃”得那样快那样急，竟无暇回顾，也不去拾那本书，只是仓皇地奔向那暮色渐浓的深山小径中。只一会儿，她那纤细轻盈的身子，就隐没在一片葱草的绿色和薄暮时分的雾气里。

狄君璞有好一会儿回不过神来，他实在不了解自己有什么地方会如此惊吓了她。他虽不是什么漂亮男子，但也绝不是钟楼怪人呀！站在那儿，他望着她所消失的山谷发愣，完全大惑不解。半晌，他才摇了摇头，迷惑地想，不知刚才这一幕是不是出自他的幻觉，他那经常构思小说的头脑，是常会受幻觉所愚弄的。要不然，就是什么山林的女妖，在这儿幻惑他，《聊斋》中这类的故事层出不穷。可是，当他一回顾间，他看到了草地中的一本书——她所落下的书，那么，一切都是真实的了？确有一个少女被他的鲁莽所吓跑了。

他有些惆怅，有些沮丧，他从不知道自己是很可怕的。俯下身子，他拾起了地下的那本书，封面上的书名是《历朝名人词选》。翻开第一页，在扉页的空白处，有毛笔的题字，写的是："给爱女心虹　爸爸赠于一九六五年圣诞节"。

心虹？这是那少女的名字吗？这又是谁呢？她的家在附近吗？他心中一动，突然想起霜园，只有霜园，与刚刚那少女的服饰打扮和这本书的内容是符合的。那么，她该是梁逸舟的女儿了？一时间，他很想把这本书送到霜园去。可是，再一转念间，他又作罢了。因为，太阳不知什么时候已落了山，暮色厚而重地堆积了过来，山中的树木岩石，都已苍茫隐约。

再不寻径归去，他很可能迷失在这山坳里。何况，那傍晚时的山风，已不胜寒恻了。

拿着那本书，他回到了农庄。小蕾已经在农庄的门口等待了好半天了，晚餐早就陈列在桌上，只等主人的归来。菜饭香绕鼻而来，狄君璞这才发现，自己早已饥肠辘辘了。

餐后，他给小蕾补习了一下功课，小蕾因身体太差，正在休学中，但他却不想让她忘记了功课。补完了书，又带着她玩了半天，一直等她睡了，狄君璞才回到自己的书房里。扭开了台灯，他沉坐在书桌前的安乐椅中，不由自主地，他打开了那本《历朝名人词选》。

这是清末一个词人所编撰的，选的都趋于比较绮丽的作品。显然有好几册，这只是第一册。他随便翻了几页，书已经被翻得很旧了，许多词都被密密圈点过，他念了几首，香生满口，他就不自禁地看了下去。

然后，他发现书页的空白处，有小字的评注，字迹细小娟秀，却评得令人惊奇。事实上，那不是“评注”，而是一些读词者的杂感，例如：

所有文学，几乎都是写情的，但是，感情到底是什么？它只是痛苦的源泉而已。真正的感情与哀愁俱在，这是人类的悲哀！

没有感情，又何来人生？何来历史？何来文学？

好的句子都被前人写尽，我们这一代的悲哀，是生得太晚，实在创不出新的佳句了！

知识实在是人类的束缚，你书读得越多，你会发现你越渺小！

柳永可惜了，既有“针线闲拈伴伊坐，和我。免使年少，光阴虚过”的深情，何不真的把雕鞍锁？受晏殊揶揄，也就活该了！

诗词都太美了，但也都是消极的。我怀疑如此美的感情，人间是不是真有？

其中，也有与诗词毫无关系的句子，大多是对“感情”的看法，例如：

不了解感情的人，白活了一世，是蠢驴！而真了解感情的人，却太苦太苦！所以，不如做蠢驴，也就罢了！人，必须难得糊涂！

利用感情为工具，达到某种目的的人，该杀！

玩弄感情的人，该杀！

轻视感情的人！该杀！

无情而装有情的人，更该杀！

这一连串的几个“该杀”，倒真有些触目惊心，狄君璞一页页地翻下去，越翻就越迷惑，越翻也越惊奇。他发现这写评语的人内心是零乱的，因为那些句子，常有矛盾之处。但是，也由此发现，那题句者有着满腔压抑的激情，如火般烧灼着。而那激情中却隐匿了一些什么危险的东西！那是个迷失的心灵呵！狄君璞深思地合起了书，心中有份恍惚，有份苍凉，然后，他又一眼看到书本的背面，那细小的字迹写着一阕词，是：

寂寞芳菲暗度，岁华如箭堪惊。缅想旧欢多少事，转添春思难平。曲槛丝垂金柳，小窗弦断银筝。

深院空闻燕语，满园闲落花轻。一片相思休不得，忍教长日愁生。谁见夕阳孤梦，觉来无限伤情！

那不仅是个迷失的心灵，而且是个寂寞的心灵呵！狄君璞对着灯，听那山枭夜啼，听那寒风低诉，他是深深地陷入了沉思里。

第四章

早上，狄君璞起晚了，一夜没睡好，头脑仍是昏昏沉沉的。才下床，他就听到客厅里传来小蕾的嬉笑之声，不知为什么，这孩子笑得好高兴。然后，他听到一个陌生的、女性的声音，在和小蕾攀谈着。怎么？这样早家里就会来客吗？他侧耳倾听，刚好听到小蕾在问：“我忘了，我该叫你什么？”

“梁阿姨，记住了！梁阿姨！”那女性的声调好柔媚，好年轻，这会是昨天山中的少女吗？“我住在那边霜园里，一个好大好大的花园，让爸爸带你来玩，好不好？”

“你现在带我去，好吗？”小蕾兴奋地说，一面扬声叫着，“婆婆！我跟梁阿姨去玩，好吗？”

“哦，不行，小蕾，现在不行，”那少女的声音温柔而坦率，“梁阿姨要去上学了，不能陪你玩。好吧，你爸爸还没起来，我就先走了，告诉你爸爸，今天晚上……”

狄君璞迅速地换好衣服，洗了把脸，就对客厅冲出去。不成，他不能放她走！如果竟是昨天那少女呢！跑进了客厅，他就一眼看到那说话的人了。不，这不是昨天那个山林的女妖，那个虚幻的幽灵，这是个活生生的，神采飞扬的，充满了生命、活力与青春的女孩！

他站住，迎视着他的是一对肆无忌惮的眸子，大而亮，带着点桀骜不驯的野性和一抹毫不掩饰的好奇，微笑地盯着他。

“哦，你是——你是？”他犹疑地问。

“我叫梁心霞！”她微笑着，仍然紧盯着他，“梁逸舟是我爸爸。”

“哦，你是梁小姐。”他打量着她，粉红毛衣，深红长裤，外面随随便便地披着一件大红色的薄夹克。手里捧着几本书，站在门前射入的阳光里，几乎是个璀璨的发光体，艳光四射。“怎么不坐下来？小蕾，你叫阿莲倒茶，婆婆呢？”

“婆婆在煮稀饭，阿莲去买菜了。”小蕾说，在一边用一种无限欣羡的眼光看着心霞，连稚龄的小女儿，也懂得崇拜“完美”呵！

“别忙，狄先生，”心霞急忙说，“我马上要走，我还要赶去上课。”她对四周环顾着，“你们改变得不多。”

“是的，”狄君璞说，“我尽量想保持原有的朴实气氛。”

心霞点点头，又抬起眼睛来看着狄君璞。

“我来有两件事，狄先生。”她说，“一件是：爸爸和妈妈要我来请你和这个小妹妹，今天晚上到霜园去吃晚饭，从今以后，我们是邻居了，你知道。”

“噢，你父母真太客气了。”

“你们一定要来哦，”心霞叮嘱着，“早一点来，爸爸喜欢聊天。还有一件……”笑容忽然在她唇边隐没了，那眼睛里的光彩也被一片不知何时浮来的乌云遮盖了。她深深地望着他，放低了声音：“我姐姐要我来问一声，你是不是捡到了一本她的书？”

“你姐姐？”

他怔了怔。

“是的，她叫梁心虹，她说她昨天曾在山中碰到了你。她想，你可能拾走了那本书。”

“哦！”他回过了神来，果然，那是梁家的女儿！但是，为什么心霞提到她姐姐的时候，要那样神秘、隐晦，而且满面愁容？“是的，我拾到了，是一本词选。你等等，我马上拿给你！”他走进书房，取出了那本书，递给心霞。心霞接了过去，把它夹在自己的书本中，抬起眼睛来，她对狄君璞很快地笑了笑，说：“谢谢你，狄先生，那么我走了。晚上一定要来哦，别忘了！”

“一定来！”狄君璞说，牵着小蕾的手，送到门外，“我陪你走一段，你去镇上搭车吗？”

“是的，你别送了！”

“我喜欢早上散散步！”

沿着去镇上的路，他们向前走着，只走了几步，小蕾就被一只大红蜻蜓吸引了注意力，挣开了父亲的掌握，她欢呼着奔向了路边的草丛里，和那只蜻蜓追逐于山坡上了。看着小蕾跑开，心霞忽然轻声地、像是必须解释什么似的说：“我姐姐……她很怕看到陌生人。”

“哦，是吗？”狄君璞顿了顿，“我昨天吓到她了吗？”

"我是怕……她吓到了你。"心霞勉强地笑了笑。

"怎会?"狄君璞说,"我以为……"他又咽住了,"她很少去城里吗?没有读书?"

"不,她已经大学毕业了,念的是中国文学系。爸爸常说,她是我们家的才女。但是,一年前,她……"心霞停住了,半天,才又接下去,"她生了一场脑病,病得很厉害,病好之后,她就变得有点恍恍惚惚的了,也曾经在精神病院治疗过一段时间,现在差不多都恢复了,只是怕见人,很容易受惊吓。医生说,慢慢调理,就会好的。"

"噢,原来如此。"狄君璞恍然了,怪不得她那样瑟缩、那样畏怯、那样惊惶呢!小蕾从山坡上跑回来了,她失去了那只蜻蜓,跑得直喘气,面颊红扑扑的,额上都冒着汗珠了。

拉着父亲的手,她开始一迭连声地叫:"爸,我饿了!爸!我还没吃早饭!"

"好了,"心霞站住了,笑着说,"别送了,狄先生,晚上见吧!"

"好,晚上见!"狄君璞也笑笑说。

心霞对小蕾挥了挥手,转身去了,一抹嫣红的影子,消失在绿野之上。狄君璞牵着小蕾,慢慢地向农庄走回去,老姑妈早已站在农庄门口,引颈而望了。

早餐过后,狄君璞进入书房,开始整理一篇自己写了一半的旧稿。搬家已经忙完了,也该重新开始工作了。他沉入自己的小说中,有很长一段时间,对外界的一切都茫无所知,直到将近中午,老姑妈推门进来。

"听说梁家今天晚上请你和小蕾去吃饭!"她说着,手里一面编织着一件小蕾的毛衣。

“是的。”狄君璞抬起头来，他的神志仍然深陷在自己的小说中。老姑妈在旁边的一张椅子里坐了下来，一面不停地做着活计。她虽竭力做出一副轻描淡写、无所事事的神情来，但狄君璞根据和老姑妈多年相处的经验，却知道她必定有所为而来。这姑妈是狄君璞父亲的亲妹妹，兄妹手足之情弥笃，狄君璞的父亲结婚后，姑嫂之间感情更好，一直住在一起。后来姑妈结婚了，谁知婚后三年就守了寡，狄君璞的父亲怜惜弱妹，就又把她接了回来。从此，老姑妈就再也没有离开过狄家，狄君璞几乎是被她带大的。等到狄君璞父母双亡，老姑妈就毅然地主持起家务来，对狄君璞和小蕾都照顾备至。所以，对老姑妈，狄君璞有份孺慕之依，更有份感激之情。现在，看到老姑妈那若有所思的样子，他放下了笔，问：“有什么事吗？”他想，老姑妈一定因为自己没有被邀请而有些不快。

“哦，没什么，”老姑妈说，神色中却明显地有几分不安，她嚅动了一下嘴唇，忽然问，“这个梁——梁逸舟，你跟他很熟吗？”

“哦，并不，怎么？”

“怎会想到租他的房子呢？认识多久了？”

“也不过半年左右，是在一个宴会上认识的，他说很佩服我的小说，那人很有点深度，我们挺谈得来的，就常常来往了。几个月前，我无意间说起想找一个乡间的房子，要阳光充足、地势高亢的，一来给小蕾养病，二来我可以安静写作，他就提起他有这样一座空着的农庄，问我愿不愿意搬来住。他说空着也是白空着，如果我来住，他就算借给我，他希望有我这样一个邻居。我来看过一次，很满意，就这样决定了。我当然不好白住他的房子，也形式化地签过一张租约。但是，现在我付的租金不过是意思意思而已，哪儿还可能找到这样便宜又这样适当的房子？梁逸舟这人真是个好人！”他停了停，瞪着老姑妈，“怎么？你为什么突然问起这个来？有什么不妥吗？”

“可是——”老姑妈沉吟了一下，毛线针停在半空中，“阿莲今天到镇上去买菜，听到不少闲话。”

“闲话？”狄君璞有些失笑，“菜场一向是三姑六婆传播是非的好所在。”

“倒不是是非……”老姑妈迟疑着。

“那么，是什么呢？”

“他们惊奇我们会搬进这农庄，他们说，这儿是一幢——一幢凶宅。”

“凶宅？”狄君璞一愣，“这对我真是新闻呢！有什么证据说这儿是凶宅呢？”

“有许多——许多传说。”

“例如什么？闹鬼吗？”

“不是这种，”老姑妈皱了皱眉，“是有关于死亡一类的。”

“是说这屋子里死过人吗？”

“我也不清楚，阿莲说大家都吞吞吐吐的，只说梁家是一家危险的人，和他们家接近一定会带来不幸，正谈着，因为梁家的女佣高妈来了，大家就都不说了。”

“咳，”狄君璞笑了，“我说，姑妈，你别担心吧，我保证那梁家没有任何的不妥，也保证我们不会有任何的不幸，那些乡下人无知的传说，我们大可以置之不理，是不是？”

“噢，”老姑妈笑了笑，“我知道你会这样说的，但愿我也能和你一样乐观。”

“那么，你就和我一样乐观吧！”狄君璞的笑容里毫无烦恼，“别听那些闲言闲语！梁家的人举止行动，可能和这农村的习性不同，大家就造出些话来，过一阵子，我们可能也会成为他们谈论的对象呢！”

“可是，关于那霜园里……”

“霜园里怎样？”

“哦，我不说了！”老姑妈蓦地打了个冷战，站起身来，“你会当作无稽之谈的，我还是不说的好，我去看看阿莲把午餐做好了没有。”

“到底是什么？”狄君璞皱起了眉头，他有些不耐，“你还是都说出来吧，姑妈！”

“他们说——他们说……那霜园里住着一个……一个魔鬼，一个女巫，一个疯子，她在一年以前，就在我们这栋农庄里，杀死了一个人！”

“什么？”狄君璞紧紧地盯着老姑妈。

“哦，哦，”老姑妈结舌地向门口走去，“这——这不过是大家这么说而已，谁也不知道真正是怎么回事，反正你也不信这些，我只是告诉你，姑妄听之吧！我去看阿莲和小蕾去！”

像逃走一般，老姑妈急急地走了，她最怕的就是狄君璞把眉头锁得紧紧的，这表示他在生气了！她有些懊恼，真不该把这些话告诉他的，他一定嫌她老太婆多管闲事了。

狄君璞看着老姑妈离去，他不能再写作了，一上午那种平静安详的心情，现在已一扫无余，他站起身来，走到窗前，瞪视着窗外那绿树浓荫，他真无法相信，在这寂静而优美的深山里，会有着怎样的隐秘和罪恶。狠狠地，他甩了一下头，大声地说："胡说八道！完全胡说八道！"

他的声音喊得那样响，把他自己都吓了一跳，他愕然回顾，房里静悄悄的，宽大的房间显得阴冷幽暗，他忽然觉得天气变冷了。

第五章

黄昏时，狄君璞就带着小蕾往霜园走去。那山中曲折的小径，那岩石，那野花遍地，那彩霞满天，以及那山谷中特有的一份醉人的宁静，使狄君璞再度陷入那种近乎感动的情绪里。而小蕾呢，她是完全兴奋了。不时地，她抛开了父亲的手，冲到草丛中去摘下几颗鲜红欲滴的草莓，或者，是一把野花。只一会儿，她两个手都满了，于是，她又开始追逐起蝴蝶和蜻蜓来，常常跑得不见身影。狄君璞只得站住等她，一面喊着："别跑远了，小蕾！草太深的地方不要去！当心有蛇！别给石头绊了！"小蕾一面应着，一面又绕到大石头后面去了，坚持说她看到一只好大好大的黑蝴蝶。狄君璞望着她那小小的身影，心头不自禁地掠过了一抹怛恻。因为要去霜园吃饭，姑妈把小蕾打扮得很漂亮，白色绣花的小短裙，红色的小外套，长筒的白袜子，小红皮鞋，再戴了顶很俏皮的小红帽子，颇有点童话故事中画的"小红帽"的味道。孩子长得很美，像她的母亲。大而生动的眼睛，小小的翘鼻子，颊上的一对小酒窝……都是她母亲的！可是，她的母亲在哪里？狄君璞还记得最后那个晚上，美茹哭泣着对他说："我爱你，君璞，我真的爱你。可是继续跟你一起生活，我一定会死掉，我配不上你。你放了我吧！求求你，放了我吧！"他当时的回答多么沉痛，她能听出来吗？

"我不想用我的爱情来杀死你，美茹！如果真已经到了这个地步，那么，你去吧！离开我吧，去吧！"

于是，她去了！就这样去了！跟着另一个男人去了。他表现得那样沉默，甚至是懦弱的。他知道，多少人在嘲笑他的软弱，也有多少人揶揄着他的"大方"，只有他自己明白，他那颗滴着血的心是怎样也留不住美茹那活跃的灵魂的！一切并不能全怪美茹，他能奉献给她的，只有一颗心！而美茹，她生来就是天之骄子，那样美，那样活泼，那样生活在群众的包围里！她说的也是实话，她是不能仅仅靠他的一颗心而活着的！她去了，奇怪的是他竟不能怨她，也不能恨她，他只是消沉与自苦而已。美茹，或者她并没有想到，她的离去，是将他生命里的欢笑与快乐一起带走了，竟没有留下一丝一毫来。小蕾从石头后面跑回来了，她喘着气，一边跑，手里的野花草莓就一路撒着，她的小白裙子飞开了像一把伞，整个人像个小小的散花天使。但是，她跑得那样急，喘得那样厉害，她的小脸是苍白的。"爸爸！爸爸！爸爸！"她一路喊着。

"怎么了？"狄君璞一惊，奔过去拉住那孩子，"你又喘了吗？准是碰到什么花粉又过敏了！"

"不是的，不是的！"孩子猛烈地摇着头，受惊的眸子睁得好大。

“是什么？你碰到蛇了？被咬了？”狄君璞慌张地检视着孩子的手脚，“哪儿？哪儿疼？”

“不是，爸爸！”孩子恐惧地指着那块大石头，“那后面……那后面有一个人！”

“一个人？”狄君璞怔了怔，接着就笑了，“一个人有什么可怕呢？小蕾，这山什么人都可以来呀！”

“那个人——那个人瞪着山上我们住的房子，样子好可怕哦！”

“是吗？”狄君璞回过头去，果然看到农庄悬崖边的红栏杆和屋脊。这山谷就是他昨日碰到梁心虹的地方。他心中一动，立即问：“是个女人吗？”

“是的，一个女人！一个穿黑衣服的女人！”

果然！是那个名叫心虹的女孩子！狄君璞牵着小蕾的手，迅速地向那块巨石走去，一面说：“我们去看看！”

“不！不要去！”小蕾瑟缩地后退了两步。

“别傻！孩子，”狄君璞笑着说，“那个阿姨不会伤害你的，去吧！别怕！”拉着小蕾，他跑到那块石头后面，那后面是一片草原，开满了紫色的小野花，还有几棵耸立着的、高大的红枫，除此之外，什么人影都没有。狄君璞四面打量着，石影参差，树影斑驳，四周是一片醉人的宁静。“这里没有人呀，小蕾，你一定看错了！”

“真的！是真的！”小蕾争辩着，“她就站在那棵枫树前面，眼睛……眼睛好大……好可怕哦！”

狄君璞耸了耸肩，如果心虹真在这儿，现在也早就躲起来，或是跑开了。他拍了拍小蕾的手，微笑地说：“不要夸张，那个阿姨一点也不可怕，她长得蛮好看的，不是吗？头发长长的，是不是。”

“不，不是，”孩子忙不迭地摇着头，“那是个……是个老太婆！”

“老太婆？”狄君璞是真的啼笑皆非了，心虹纵使看起来有些憔悴，也绝不至于像个老太婆呀！他对小蕾无奈地摇了摇头，看样子，这孩子夸张描写的本能，一定遗传自他这个写作的父亲！将来也准是个摇笔杆的材料！

“好了，别管那个老太婆了，我们要快点走，别让人家等我们吃饭！”片刻之后，他们停在霜园的大门外了，那镂花的铁门静静地掩着，门内花木扶疏，枫红似锦，房屋掩映在树木葱草中，好一个优美静谧的所在！

他按了门铃，开门的是他所认识的老高。对狄君璞恭敬地弯了弯腰，老高说：“狄先生，我们老爷和太太正等着你呢！”

想必老高是梁家从大陆带过来的用人，还保留着对主人称“老爷”的习惯。狄君璞牵着小蕾，跟着老高，穿过了那花香馥郁的花园，走进霜园那两面都是落地长窗的大客厅里。

霜园的建筑和农庄是个鲜明的对比，农庄古拙而原始，霜园却豪华而精致，那落地的长窗、玻璃的吊灯、考究的家具和宽大的壁炉，在在都显示出主人力求生活的舒适。狄君璞几乎不能相信这两栋房子是同一个主人所建造的。梁逸舟似乎看出了狄君璞的惊奇，他从沙发里站起来，一面和狄君璞握手，一面笑着说：“和农庄大大不同，是不是？你一定比较喜欢农庄，这儿太现代化了。”

“各有千秋，你懂得生活。”狄君璞笑着，把小蕾拉到面前来，“叫梁伯伯！小蕾！”

“嗨！这可不成！”一个清脆的声音响了起来，狄君璞看过去，心霞正笑嘻嘻地跑到小蕾面前，亲热地拉着小蕾的手说，“人家今天早上叫我阿姨呢，怎能叫爸爸伯伯？把辈分给叫乱了！”

“胡说！”梁逸舟笑着呵斥，“哪有自封阿姨的？她顶多叫你一声梁姐姐，你才该叫狄先生一声伯伯呢！”

“哪里，哪里，梁先生，别把我给叫老了！”狄君璞急忙说，“决不可以叫我伯伯，我可当不起！”

“好吧，这样，”心霞嚷着说，“我就让小蕾喊我一声姐姐，不过哦，我只肯叫你狄先生，你大不了我多少岁！”

“看你这个疯丫头相！一点样子都没有！”梁逸舟嘴里虽然呵斥着，却掩饰不住唇边的笑意。他转头对一直含笑站在一边的妻子说：“吟芳，你也不管管你的女儿，都是给你……”

“……惯坏的！”心霞又接了口。

梁逸舟对狄君璞无奈地摇摇头，笑着问：“你看过这样的女儿没有？”

狄君璞也笑了，他看到的是一个充满了温暖与欢乐的家庭。想起老姑妈的道听途说，他不禁暗暗失笑。如果他心中真有任何阴霾，这时也一扫而空了。望着吟芳，他含笑地问：“是梁太太吧？”

“瞧，我都忘了介绍，都是给心霞混的！”梁逸舟说，转向吟芳，“这就是狄君璞，鼎鼎有名的大作家，他的笔名叫乔风，你看过他的小说的！”

“是的，狄先生！”吟芳微笑地说，站在那儿，修长的身子，白皙的面庞，她看来高贵而雅致，“我们一家都是你的小说迷！”

“哦，不敢当！”狄君璞说，“我那些见不得人的东西，别提了，免得我难堪。”

“这边坐吧，君璞，”梁逸舟说，“我要直接喊你名字了，既然做了邻居，大家还是不拘形迹一些好！”

在沙发上坐了下来，高妈送上了茶。心霞已经推着小蕾到吟芳面前，一迭连声地说：“妈，你看！妈，你看！我可没骗你吧！是不是长得像个小公主似的？你看那大眼睛！你看那翘鼻子！还有那长睫毛，放一支铅笔上去，一定都掉不下来，这样美的娃娃，你看过没有？”她又低低地加了一句：“当然，除了我小时候以外。”

“呵！听她的！”梁逸舟说，“一点也不害臊，这么大了，一天到晚装疯卖傻！”心霞偷偷地做了个鬼脸，大家都笑了。这时，狄君璞才发现没有看到心虹，想必她还游荡在山谷的黄昏中，尚未归来吧！可是，就像是答复狄君璞的思想，楼梯上一阵轻盈的脚步声，狄君璞抬起头来，却一眼看到心虹正缓缓地拾级而下。她穿着件纯白色滚黑边的衣服，头发松松地挽在头顶上，露出修长的颈项，别有一份飘逸的气质。她并没有丝毫从外面刚回来的样子，云鬓半偏，神色慵懒。看到狄君璞，她愣了愣，脸上立即浮起一抹薄薄的不安和腼腆。

带着股弱不胜衣的娇柔，她轻声说：“哦，客人已经来了！”

“噢，心虹，”吟芳亲切地说，“快来见见狄先生，也就是乔风，你知道的！”心虹仿佛又愣了一下，她深深地看了狄君璞一眼，眼底闪过了一丝惊奇的光芒。梁逸舟望着心虹说：“你睡够了吧？睡了整整一个下午，再不来我要叫你妹妹去拖你下楼了。来，你爱看小说，又爱写点东西，可以跟狄先生好好地学习一番。”心虹瑟缩了一下，望着狄君璞的眼睛里有些羞怯，但是，显然她已不再怕他了。她轻轻地说：“哦，爸爸，我已经见过狄先生了。”

“是吗？”梁逸舟惊奇地道。

“是的，”狄君璞说，“昨天在山谷里，我们曾经见过一面。”

“那么，我的两个女儿你都认识了？”梁逸舟高兴地说，“我这两个女儿真是极端，大的太安静了，小的又太野了！”

“爸爸！我抗议！”心霞在叫着。

“你看！还抗议呢，不该她说话的时候，她总是要叫！”

心虹的目光被小蕾吸引了，走了过去，她惊喜地看着小蕾，蹲下身子，她扶着小蕾的手臂，轻扬着眉毛，喜悦而不信任地说：“这么漂亮的小女孩是哪里来的呀？狄先生，这是你的女儿吗？”

“是的，小蕾，叫阿姨呀！”狄君璞说着，一面仔细地注意着小蕾和心虹。

如果心虹今天下午真在楼上睡觉的话，他不知道小蕾在山谷里见到的女人又是谁。小蕾正对心虹微笑着，天真的小脸庞上一丝乌云都没有，她并不认得心虹。狄君璞确信，她在这一刻之前，绝没有见过心虹。而且，她显然丝毫不认为心虹是“可怕的”，她笑得好甜，好高兴，这孩子和她的母亲一样，对于有人夸她漂亮，是有着与生俱来的喜悦的，小小的、虚荣的东西呵！现在，她正顺从地用她那软软的童音在叫：“阿姨！”

“不行，叫姐姐！”梁逸舟说。

“姐姐！”孩子马上又顺从地叫。

大家又都笑了，吟芳笑着说：“瞧你们，把孩子都弄糊涂了。”

心虹站起身来，再看看狄君璞，她似乎在努力地克服她的腼腆和羞怯，扶着小蕾的肩膀，她说：“孩子的妈妈呢？怎么没有一起来？”

梁逸舟立即干咳了一声，室内的空气有一刹那的凝滞，心虹敏感地看看父亲和母亲，已体会到自己说错了话，脸色瞬即转红了。狄君璞不知该说些什么，每当别人询及美茹，对他都是难堪的一瞬，尤其是有知情的人在旁边代他难堪的时候，他就更觉尴尬了。而现在，他还多了一层不安，因为，心虹那满面的愧色和歉意，好像自己闯了什么弥天大祸，那战战兢兢的模样是堪怜的。他深恨自己竟无法解除她的困窘。

幸好，这尴尬的一刻很快就过去了，高妈及时走了进来，请客人去餐厅吃饭。这房子的结构也和一般西式的房子相似，餐厅和客厅是相连的，中间只隔了一道镂花透空的金色屏架。大家走进了餐厅，餐桌上已琳琅满目地陈列着冷盘，梁逸舟笑着说：“菜都是我们家高妈做的，你尝尝看。高妈是我们家的老用人了，从大陆带过来的，她到我家的时候，心虹才只有两岁呢！这么多年了，真是老家人了。”

狄君璞含笑地看了高妈一眼，那是个典型的、好心肠的、善良的妇人，矮矮胖胖的身材，圆圆的脸庞，总是笑嘻嘻的眼睛。

坐下了，大家开始吃饭。吟芳几乎把全部的注意力都放在小蕾身上，帮她布菜，帮她去鱼刺，帮她盛汤，招呼得无微不至。心霞仍然是餐桌上最活跃的一个，满桌子上就听到她的笑语喧哗。而心虹呢，却安静得出奇，整餐饭的时间，她几乎没有开过口，只是自始至终，都用一对朦朦胧胧的眸子，静悄悄地注视着餐桌上的人。

她似乎存在于一个另外的世界里，因为，她显然并没倾听大家的谈话。狄君璞很有兴味地发现，餐桌上每一个人，对她而言，都只像个布景而已。当狄君璞无意间问她："梁小姐，你是什么大学毕业的？"

她是那么吃惊，仿佛因为被注意到了而大感不安，半天都嗫嚅着没答出来。还是吟芳回答了："台大。"

"好学校！"狄君璞说。

心虹勉强地笑了笑，头又垂下去了。狄君璞不再去打扰她。开始和梁逸舟谈一些文学的新趋势。心霞在一边热心地插着嘴，不是问这个作家的家庭生活，就是问那个作家的形状相貌，当她发现狄君璞常常一问三不知的时候，她有些扫兴了。狄君璞笑笑说："我是文艺界的隐居者，出了名的。我只能蛰居在我自己的天地中，别人的世界，我不见得走得进去，也不见得愿意走进去。有人说我孤高，有人说我遁世。其实，我只是瑟缩而已。"心虹的眼光，轻悄悄地落到他的身上，这是今晚除了她刚下楼的那一刻以外，她第一次正视他。可是，当他惊觉地想捕捉这眼光的时候，那眼光又迅速地溜走了。

一餐饭就在一种融洽而安详的气氛中结束了。回到客厅，高妈斟上了几杯好茶。梁逸舟和狄君璞再度谈起近代的小说家，他们讨论萨洛扬，讨论卡缪，讨论存在主义。狄君璞惊奇于梁逸舟对书籍涉猎之广，因而谈得十分投机。小蕾被心霞带到楼上去了，只听到她们一片嬉笑之声，心虹也早已上楼了。当谈话告一段落，狄君璞才惊觉时间已经不早，他正想向主人告辞。梁逸舟却在一阵沉吟之后，忽然说："君璞，你对于农庄，没有什么——不满的地方吧？"

"怎么？"狄君璞一怔，敏感到梁逸舟话外有话，"一切都很好呀！"

"那——那就好！"梁逸舟有些吞吞吐吐的，"如果……你们听到一些什么闲话，请不要放在心上，这儿是个小地方，乡下人常有许多……许多……"他顿住了，似乎在考虑着词汇的运用。

"我了解。"狄君璞接着说，"你放心……"

"事实上，我也该告诉你，"梁逸舟又打断了他，有些不安地说，"有件事你应该知道……"

他的话没有说完，楼梯上一阵脚步响，心霞带着嘻嘻哈哈的小蕾下来了，梁逸舟就住了口，说："不是什么重要的事，将来再谈吧！"

狄君璞有些狐疑，却也不便追问。而小蕾已扑进了父亲怀中，打了一个好大好大的哈欠。时间不早，小蕾早就该睡了。狄君璞站起身来告辞，吟芳找出了一个手电筒，交给狄君璞说："当心晚上山路不好走，要不要老高送一送？"

"不用了，就这么几步路，不会迷路的！"

牵着小蕾，他走出了霜园，梁逸舟夫妇和心霞都一直送到大门口来，小蕾依依不舍地向“梁姐姐”挥手告别，她毕竟喊了“梁姐姐”，而没有喊“阿姨”。狄君璞心中隐隐地有些失望，因为他没有再看到那眼光如梦的女孩，心虹并没有和梁逸舟他们一起送到门口来。

沿着山上的小径，他们向农庄的方向缓缓走去。事实上，今晚月明如昼，那山间的小路清晰可见，手电筒几乎不是必需的。山中的夜，别有一份肃穆和宁静，月光下的树影迷离，岩石高耸，夜雾迷迷茫茫地弥漫在山谷间，一切都披上了一层虚幻的色彩。草地上，夜雾已经将草丛染湿了。

山风带着寒意，对他们轻轻地卷了过来，小蕾紧紧地抓着父亲的手，又一连打了好几个哈欠。月光把他们的影子投在地下，好瘦、好长。一片带露的落叶飘坠在狄君璞的衣领里，凉沁沁的，他不禁吓了一跳。几点秋萤，在草丛中上上下下地穿梭着，像一盏盏闪烁在深草中的小灯。

他们已经走入了那块谷地，农庄上的栏杆在月色里仍然清晰。小蕾的脚步有点滞重，狄君璞怕她的鞋袜会被夜露所湿了。他低问小蕾是不是倦了，小蕾乖巧地摇了摇头，只是更亲近地紧偎着狄君璞。狄君璞弯腰想把孩子抱起来，就在这时，他看到月光下的草地上，有一个长长的人影，一动也不动。他迅速地抬起头来，清楚地看到一个黑色的人影，在月光下的岩石林中一闪而没，他下意识地想追过去，又怕惊吓了孩子。他抱起了小蕾，把她紧揽在怀中，一面对那人影消失的方向极目看去，月光里，那一块块耸立的岩石嵯峨庞大，树木摇曳，处处都是暗影幢幢，那人影不知藏在何处。但，狄君璞却深深感觉到，在这黑夜的深山里，有对冷冷的眼睛正对他们悄悄地窥探着。月色中，寒意在一点一点地加重，他加快了步子，向农庄走去，小蕾伏在他的肩上，已不知不觉地睡着了。

第六章

接连的几日里，山居中一切如恒，狄君璞开始了他的写作生活，埋首在他最新的一部长篇小说里，最初几日，他生怕小蕾没伴，生活会太寂寞了。可是，接着他就发现自己的顾虑是多余的，孩子在山上颇为悠游自在，她常遨游于枫林之内，收集落叶，采撷野花。也常和姑妈或阿莲散步于山谷中——那儿，狄君璞是绝对不许小蕾独自去的，那月夜的阴影在他脑中留下了一个不可磨灭的印象。但，那阴影没有再出现过，阿莲也没有再带回什么可怕的流言，她近来买菜都是和高妈结伴去的。生活平静下来了，也安定下来了，狄君璞开始更深地沉迷在那份乡居的喜悦里。

早上，枝头的鸟啼嘹亮，代替了都市里的车马喧嚣，看晨雾迷蒙的山谷在朝阳上升的彩霞中变得清晰，看露珠在枫叶上闪烁，看金色的阳光在密叶中穿射出几条闪亮的光芒，一切是迷人的。黄昏的落日，黑夜的星辰，和那原野中低唱的晚风！山林中美不胜收。随着日出日落的嬗递，山野里的景致千变万化，数不尽有多少种不同的情趣。狄君璞竟懊丧于自己发现这世界发现得这么晚，在都市里已埋葬掉了那么多的大好时光！

连日来，他的工作进展得十分顺利，每日平均都可以写到两千字以上。如果没有那份时刻悄然袭来的落寞与惆怅，他就几乎是身心愉快的了。这晚，吃过晚饭没有多久，他正坐在书房里修改白天所写的文稿。忽然听到小蕾高兴的欢呼声："爸爸！梁姐姐来了！"

梁姐姐？是心霞，还是心虹？一定是心霞！腼腆的心虹不会作主动的拜访。他走出书房，来到客厅里，出乎意料，那亭亭玉立站在窗前的，竟是心虹！穿着件白毛衣，黑裙子，披了一件短短的黑丝绒披风，长发飘垂，脸上未施脂粉，一对乌黑清亮的眸子，盈盈然如不见底的深潭。斜倚窗前，在不太明亮的灯晕下，她看来轻灵如梦。窗外，天还没有全黑，衬托着她的，是那苍灰色的天幕。

"哦，真没想到……"狄君璞微笑地招呼着，"吃过晚饭吗，梁小姐？"

"是的，吃过了！"心虹说，她的眼睛直视着他，唇边浮起一个几乎难以觉察的微笑，"我出来散散步，就不知不觉地走到这儿来了。"

"坐吧！"

"不，我不坐了，我马上就要回去！"

"急什么？"

阿莲送上来一杯清茶，心虹接了过来。狄君璞若有所思地看着心虹那黑色的披风。黑色！她是多么喜爱黑色的衣服。小蕾站在一边，用仰慕的眼光看着心虹，一面细声细气地说："梁姐姐，你怎么不常常来玩？"

"不是来了吗？"心虹微笑了，"告诉你爸爸，什么时候你到霜园去住几天，好不好？"

小蕾面有喜色，看着狄君璞，张口欲有所言，却又忽然咽住了，摇了摇头说："那不好，没有人陪爸爸。"

狄君璞心头一紧，禁不住深深地看着小蕾，才只有六岁呢！难道连她也能体会出他的孤寂吗？心虹似乎也怔了一下，不自禁地看了狄君璞一眼。

"好女儿！"她说。啜了一口茶，她把茶杯放在桌上，对室内打量了一番，轻声说："我们曾在这儿住了好些年，小时候，我总喜欢爬到阁楼上，一个人躲在那儿，常躲上好几小时，害得高妈翻天覆地地找我！"

"你躲在那儿干吗？"

她望着他，沉思了一会儿，轻轻地摇了摇头。"我也不知道，"她说，"难道你从来没有过想把自己藏起来的时候吗？"

他一愣，心底有一股恻然的情绪。"常常。"

她微笑了。她今天的情绪一定很好，能在她脸上看到笑容似乎是很难得的事情。她转身走到农庄门口，望着农庄外的空地、山坡和那些木槿花。

"我曾经种过几棵茶花，白茶花。这么些年，都荒芜了。"她走出门外，环视着那些空旷的栅栏。狄君璞牵着小蕾，也走到门外来。她看着那些栏杆，说："你可以沿着那些栅栏，撒一些爬藤花的种子，像牵牛、茑萝一类的，到明年夏天，所有的栅栏都会变成花墙。那就不会像现在这样看起来光秃秃的了。”他有些惊喜。“真的，这是好建议！”他说，“我怎么没想起来，下次去台北，我一定要记得买些花籽。”

“我早就想这么办了！”她陷进了一份沉思中，“我爱这儿，远胜过霜园，爸爸建了霜园，我不能不跟着全家搬过去，但是，霜园仅仅是个住家的所在，这儿，却是一个心灵的休憩所。它古朴，它宁静，它典雅。所以，虽然搬进了霜园，我仍然常到这儿来，我一直想让那些栅栏变成花墙，却不知道为什么没有做。”她困惑地摇摇头，“真不知道为什么，早就该种了。”他凝视她，再一次感到怦然心动。怎样的一个女孩子！那浑身上下，竟连一丝一毫的尘俗都没有！经过这些年在社会上的混迹，他早就认为这世界上不可能有这一类型的人物了。

“我希望……”他说，“我希望我搬到这儿来，不是占有了你的天地。”

她看了他一眼。“你不会。”她低声说，“我看过你的小说，你应该了解这儿，像我了解这儿一样，否则，你不会搬来，是吗？”

他不语，只是静静地迎视着她的目光，那对眸子何等澄净，何等智慧，又何等深沉。她转开了眼睛，望着农庄的后面，说：“那儿有一个枫林。”“是的，”他说，“那是这儿最精华的所在。”

她向那枫林走去，他跟在她的身边。“知道我叫这枫林是什么吗？”她又说，“我给它取了一个名字，叫它作霞林，黄昏的时候，你站在那林外的栏杆边，可以看到落日沉没，彩霞满天，雾谷里全是氤氲的雾气。呵，我没告诉你，雾谷就是你第一次看到我的地方。谷中的树木岩石，都被霞光染红了。而枫叶在落日的光芒下，也像是一树林的晚霞。那时，林外是云霞，林内也是云霞，你不知道那有多美。”不知道吗？狄君璞有些眩惑地笑了笑。多少个黄昏，他也曾在这林内收集着落霞！他们走进了林内，天虽然还没有全黑，枫林内已有些幽暗迷离了，那高大的枫树，在地下投着摇曳的影子，一切都朦朦胧胧的，只有那红色的栏杆，看来依然清晰。她忽然收住了步子，瞪视着那栏杆。

“怎么了？”他问。“那栏杆……那栏杆……”她嗫嚅着，眉头紧紧地锁了起来，“红色的！你看！”“怎样？是红色的呀！”他说，有点迷惑，她看来有些恍惚，仿佛受了什么突然的打击。

“不，不，”她仓促地说，呼吸急促，“那不是红的，那不应该是红的，它不能抢去枫叶和晚霞的颜色！它是白的，是木头的原色！木头柱子，一根根木头柱子，疏疏的，钉在那儿！不是这样的，不是……”

她紧盯着那栏杆，嘴里不停地说着，然后，她突然住了口，愕然地睁大了眼睛，她的脸色在一瞬间变得死样地苍白了。她用手扶住了额，身子摇摇欲坠。狄君璞大吃了一惊，慌忙扶住了她，连声问：“怎么了？梁小姐？你怎样？”

小蕾也在一边吃惊地喊着：“梁姐姐！梁姐姐！”心虹呻吟了一声，好不容易回过气来，身子仍然软软地无法着力。她叹息，低低地说：“我头晕，忽然间天旋地转。”

“你必须进屋里去休息一下。”狄君璞说，用手揽住了心虹的腰，搀扶着她往屋内走去，进了屋子，他一面一迭连声地叫姑妈拿水来，一面径自把心虹扶进了他的书房，因为只有书房中，有一张沙发的躺椅。让心虹躺在椅子上，姑妈拿着水走了进来，他接过杯子，凑在心虹唇边，说："喝点水，或者会好一点！"老姑妈关心地看着心虹，说："最好给她喝点酒，酒治发晕最有效了。"

"不用了，"心虹轻声说，又是一声低低的叹息，看着狄君璞，她眼底有一抹柔弱的歉意，那没有血色的嘴唇是楚楚可怜的，"我抱歉……"

"别说话，"狄君璞阻止了她，安慰地用手在她肩上轻按了一下，"你先静静地躺一躺，嗯？"

她试着想微笑，但是没有成功。转开了头，她再一次叹息，软弱地合上了眼睛。狄君璞示意叫姑妈和小蕾都退出去，他自己也走了出来，说："我们必须让她安静一下，她看来很衰弱。"

"需不需要留她在这儿过夜？"姑妈问。"看情形吧。"狄君璞说，"如果等会儿没事了，我送她回去。要不然，也得到霜园去通知一下。"

片刻之后，姑妈去安排小蕾睡觉了。狄君璞折回书房，却惊奇地发现，心虹已经像个没事人一般，正坐在书桌前阅读着狄君璞的文稿呢！她除了脸色依然有些苍白以外，几乎看不出刚刚昏过的痕迹了。狄君璞不赞成地说："怎么不多躺一会儿？"

"我已经好了，"她温柔地说，"这是老毛病，来得快，去得也快，只一会儿就过去了。"

他走过去，在书桌前的椅子上坐下来，静静地注视着她。

"这毛病从什么时候开始的？"他问。

"一年多以前，我生了一次病，之后就有这毛病，医生说没有关系，慢慢就会好。”

他听心霞提起过那次病。深思地望着她，他说：“你不喜欢那栏杆漆成红色的吗？我可以去买一些白油漆来重漆一次。”她皱了皱眉。

“栏杆？”她心不在焉地问，“什么栏杆？哦，”她似乎刚刚想起来，“让它去吧！爸爸说红色比较醒目，筑密一点免得孩子们摔下去。”她定了定神，像在思索什么，接着就闭着眼睛甩了甩头，仿佛要甩掉某种困扰着她的思想。睁开眼睛来，她对狄君璞静静地微笑。“我刚刚在看你的稿子。”她说。

“你说你看过我的小说？”

“是的，”她凝视他，“几乎是全部的作品。”

“喜欢哪一本？”

“《两粒细沙》。”

他微微一震，那不是他作品中最好的，却是他感情最真挚的一部书，那几乎是他的自传，有他的恋爱，他的喜悦，他的痛苦、哀愁，及内心深处的呼号。他写那本书的时候，美茹刚刚离开他，他还曾渺茫地希望过，这本书或者会把美茹给唤回来，但是，她毕竟没有回来。那是两年前的作品了。

“为什么？”他问。“你知道的。”她说，语气和缓而安详，“那是一本真正有生命的作品，那里面有许多你心里的言语。”

“我每本书里都有我心里的言语。”他像是辩护什么似的说。她微微地笑了。“当然是的。”她玩弄着桌上的一个镇尺，“但是，《两粒细沙》不是一本思想产品，而是一本情感的产品。”

他瞪着她，忽然间感到一阵微妙的气恼，你懂得太多了！他想。注意，你是无权去揭开别人的隐秘的！你这鲁莽的、率直的人呵！转开身子，他走到窗前去，凭窗而立，他凝视着窗外那月光下隐隐约约的原野，和天际那些闪烁的星光。

她轻悄地走到他身边来。

“我说错了话，是不是？”她有些忧愁地问，“那是你的自传，是不是？”他猛地转过头来，瞪视着她，一层突然涌上来的痛楚使他愤怒了。皱紧了眉头，他用颇不友善的语气，很快地说：“是的，那是我的自传，这满足了你的好奇心吗？”

她的睫毛迅速下垂，刚刚恢复红润的脸颊又苍白了，她瑟缩了一下，不自禁地退后了一步，似乎想找个地方把自己隐藏起来，那受惊而又惶恐的面庞像个犯了错的孩子，而那紧抿着的嘴角却藏不住她那受伤的情绪。抓起了她已解下来放在桌上的披风，她急促地说：“对不起，我走了。”他迅速地拦住了她，他的面色和缓了，因为自己那莫名其妙的坏脾气而懊丧，而惭愧。尤其，因为伤害了这少女而感到难过与后悔。他几乎是苦恼地说：“别生气，我道歉。”她站住了，深深地看了他一眼，然后，她慢慢地摇了摇头。“我没有生气，”她轻声地说，“一年多以来，你是我唯一接触到的生人，我知道我不会说话。可是……”她的长睫毛把那乌黑的眼珠遮掩了片刻，再扬起来，那重新呈现的眼珠是清亮而诚挚的。“我并不是好奇，我是……”她困难地顿了顿，“我了解你书里所写的那种情绪，我只是……只是想告诉你，如果你出书是为了想要获得读者的共鸣，那么，《两粒细沙》是一部成功的作品，尤其对我而言。”

狄君璞被震慑住了，望着面前那张轻灵秀气的脸庞，他一时竟失去了说话的能力。她那么年轻，那样未经世故，一个终日藏在深山里的女孩，对这个世界、对人生、对感情，她到底知道多少？她在他的眼光下重新瑟缩了，垂下头，她默默地披上了披风，她低声说："我真的要回去了，如果再不回去，爸爸一定又要叫老高满山遍野地找我，他们似乎总怕这山野中会有什么魔鬼要把我吞掉。"她看了窗外一眼。"其实，我不怕山野，也不怕黑夜，我怕的是……"她忽然打了个冷战，把说了一半的话咽住了。他却没放松她。"怕什么？"他追问。她困惑地摇摇头。"如果我知道是什么就好了，"她说，"我也不知道是什么。像一个无声无息的黑影，它常常就这样靠过来了，不只恐惧，还有忧愁。它们不知从哪儿来的，捕捉住你就不放松……唉！"她低低叹息，看着他。"真奇怪，我今天晚上说的话比我一个月里说的都要多。我走了，再见，狄先生。"

他再度拦住她。"我送你回去！"

"哦，你不必，狄先生，我不怕黑，也不怕山，这条小路我早已走过几千几万次了！"

"我高兴，"他说，"我喜欢在这月夜的山谷里散散步，也想乘此机会去拜访一下你的父亲。"

她不再说话了，他打开了书房的门，姑妈正在客厅的灯下编织着，他向她交代了一声。

然后，他们走出了农庄，立即置身在那漫山遍野的月色里了。

第七章

小径上，树影迷离，天边上，星月模糊。狄君璞和心虹在山中缓慢地走着，有一大段时间，两人都默默不语，四周很静，只有那在原野中回旋穿梭的夜风，瑟瑟然，簌簌然，组成一串萧索而落寞的音调。

踩碎了树影，踏过了月光。夜露沾湿了衣襟，荆棘钩住了裙幅，他们走得好慢。这样的夜色里，这样的深山中，似乎很难找到谈话的资料，任何的言语都足以破坏四周那慑人的幽静。天空黑不见底，星光璀璨地洒在那黑色的穹苍中，闪闪烁烁，明明暗暗，像许多发光的小水滴。心虹下意识地看着那些星光，成千成万的星星，有的密集着，熙攘着，在天上形成一条闪亮的光带。她忽然站住了。

“看那些星星！”她轻语，打破了一路的岑寂，“那儿有一条河，一条星河。”

“是的，”他也仰望着穹苍，“这是一条最大的河，由数不清的星球组成，谁也没有办法算出这条星河究竟有多宽，想想看，我们的祖宗们会让牛郎和织女隔着这样一条河，岂不残忍？”

她摇摇头。“其实也没什么，”她说，继续向前走去，“人与人之间，往往也隔着这样的星河，所不同的是，牛郎织女的星河，有鹊桥可以飞渡，人的星河，却连鹊桥也没有。”

他深深地看了她一眼。

“你面前有这条星河吗？”他微笑地问。

她看着他，眼睛在暗夜里闪烁，像两颗从星河里坠落下来的星星。“可能。”她说，“我总觉得每个人和我都隔着一条星河，我走不过去，他们也走不过来。”

“包括你的父母和妹妹？”

“是的。”

“为什么？”

“他们爱我，但不了解我，人与人间的距离，只有了解才能缩短，仅仅凭爱是不够的，没有了解的爱，像是建筑在浮沙上的大厦。像是——”她顿了顿，“两粒无法黏附的细沙。”

他又一震，却不想把话题转回到“两粒细沙”上。再看了一眼天上的星河，他却蓦地一愣，是了！他明白了，他和美茹之间，就隔着这样一条无法飞渡的星河呵！

“你不说话了，”她轻语，“我总是碰触到你最不爱谈的题目。”

“不，”他冲口而出地说，“你总是碰触到我的伤处。”

她很快地抬眼看他，只那样眼光一闪，那长睫毛就慌乱地掩盖了下来。她低头看着脚下的草丛，不再说话了，沉默重新悄悄地笼罩了他们。

他们已经走进了雾谷，岩石的影子交错地横亘在地下，巨大的枫树，在岩影间更增加了杂乱的阴影，到处都是暗影幢幢。谷外的明亮消失了，这儿是幽暗而阴冷的。绕过岩石，越过大树，他们随时会触摸到被夜露沾湿的苍苔，幽径之中，风更萧瑟了。心虹不自禁地加快了步子，白天的雾谷，充满了宁静的美，黑夜里，雾谷却盛载着一些难以了解的神秘。狄君璞跟在她的身边，他忘了带手电筒，每当走入岩石的阴影中，他就不由自主地去搀扶她，他的手指碰到了她，她总是遏止不住一阵惊跳。“你在怕什么？”他困惑地问。

“我不知道，”她摇头惊悸地说，“我不怕黑，也不怕雾谷，但是……你不觉得今晚的雾谷有些特别吗？”

“特别？怎么呢？”他四面看了看，巨大的岩石，高耸的树木、山影、树影、石影、月影、云影……交织成的夜色，这种气氛对他并不陌生，他早已领会过。

“听！”她忽然站住，“你听！”

他也站住，侧耳倾听，有松涛，有竹籁，有秋虫的低鸣，有夜风的细诉，远处的山谷里，有乌鸦在悲切地轻啼，近处的草丛中，有什么昆虫或蜥蜴忽地穿过……除此之外，他听不出什么不该属于山野之夜的声音。

“什么？”他问，“有什么？”

“有人在呼吸。”她说，望着他，大眼睛里有着惊惶和恐惧。他的背脊上穿过一阵寒意。“如果有人呼吸，一定是你或我。”他微笑地说，想放松那份突然有些紧张的空气。

“不，那不是你，也不是我！”她说，肯定地、不自觉地用手抓住了他的手腕，“我知道，我对这山谷太熟悉了，这儿有一个第三者。”

“或者是落叶的声音。”

“落叶不会走路，”她抓紧他，“你听，那脚步声！你听！”

他再听，真的，夜色里有着什么。他仿佛听到了，就在附近，那岩影中，那草丛里。他搜寻地望过去，黝黑的暗影下一片朦胧，他什么都看不出来。

“别管它，我们走吧！”他说，感染了她的惊悸，依稀想起上次带着小蕾回农庄时所看到的人影。但，这儿怎可能有什么恶意的窥视呢？他们重新举步。可是，就在这时候，身边那一片阴影中，传来一声清晰的、树枝断裂的响声，在这种寂静里，那断裂的声音特别地刺耳。“你听！”她惊跳了一下，再度说。

他推开她，迅速地向那片暗影中走去，一面大声问：“是谁？”她拉住了他的衣服，惊慌地喊：“别去！我们走吧，快些走！”

她拉着他，不由分说地向前快步走去，就在这时候，那岩石影中突然窜出一个黑影，猛然间拦在他们的面前。这黑影出现得那样突然，心虹忍不住恐怖地尖叫了一声，反身就往狄君璞身上扑，但，那黑影比什么都快，像闪电一般，伸出了一只手，枯瘦的手指如同鸟爪，立即坚固地扣住了心虹的手腕，嘴里吐出了一连串如夜枭般的尖号：“我捉住了你！我总算捉住了你！你这个妖怪！你这个魔鬼！我要杀掉你！我要杀掉你！我要杀掉你！”

这一切来得那样突然、那样意外，狄君璞简直惊呆了。立刻，他恢复了意识，在心虹的挣扎中，那黑影已暴露在月光下，现在，可清楚地看出这是个穿着黑衣的、干枯的老妇人，她的头发花白而凌乱，眼睛灼灼发光，面貌狰狞而森冷，她的面颊瘦削，颧骨高耸。乍一看来，她像极了一个从什么古老的坟墓里跑出来作祟的木乃伊。她的声音尖锐而恐怖："我等了你好几个晚上了，你这个女妖，我要杀掉你！我要报仇！你还我儿子来！还我儿子来！还我儿子来！我要吃掉你！咬碎你！剥你的皮，喝你的血，啃你的骨头，抽你的筋……"心虹挣扎着，尖叫着。狄君璞冲上前去，一把抓住那老妇人的手腕，要把她的手从心虹的手臂上扯开，一面大声地喝叫："你是谁？这是做什么？你从哪儿跑出来的？你放手！放开她！"那老妇人有着惊人的力气，她非但没有放掉心虹，相反地还往她身上扑过去，又撕又打，又扯她的衣服。心虹显然是吓昏了，她只是不住口地尖叫着："放开我！放开我！你是谁？放开我！不要打我！不要！不要！不要……"狄君璞不能不用暴力了，他大叫了一声："住手！"接着，他就用力箍住了那老妇人的手腕，把她的手臂反剪到身后去，那老妇的力气毕竟无法和一个健壮的男人相比，她只得放松了心虹，来和狄君璞搏斗。她奋力地挣扎，又吼又叫，又抓又咬，完全像个疯狂的野兽，狄君璞几乎使出全力来对付她。但是，他决不忍伤害她，只能想法制服她，这就相当为难了，他的手背被她咬了好几口，齿痕都深陷进肉里去。而心虹呢，一旦被放松了，她就用手臂遮着脸，哭泣着往前奔去，她是又惊又吓又怕，才跑了几步，她就一头撞在另一个人身上，她早已吓坏了，这新来的刺激，使她再也控制不住，放开喉咙，她发出一声恐怖的尖叫。

那人抛开了心虹，迅速地冲到狄君璞面前来，大声叫着说：

“放手！”狄君璞抬起头来，那是个年轻的、高大的男人，月光下，他的面色严厉而苍白，但那张年轻的面庞却相当漂亮。他大踏步地走上前来，推开了狄君璞，差不多是把那老妇人从狄君璞的手里“夺”了下来。那老妇仍然在挣扎、扑打、号叫。那年轻人抱住了她的身子，用痛苦而沙哑的声音喊：“是我！妈，你看看，是我呀！是云扬！你看呀！妈！妈！你看呀！”那老妇怔住了，忽然安静了下来，然后，她掉过头来，望着那年轻人，好半天，她就这样呆呆地望着他。接着，她像是明白了过来，猛地扑在那年轻人的肩上，她喊着说：“我捉住了她，云扬！我捉住了她呀！”

喊完，她就爆发了一场号啕大哭。

那青年的面容是更加痛苦了，他用手拍抚着那老妇的背脊，像哄孩子似的说：“是了，妈妈。我们回家去吧，妈妈，我找了你整个晚上了。”狄君璞惊奇地看着这母子二人。那年轻人抬起眼睛来，他的目光和狄君璞的接触了。狄君璞忍不住地说：“我觉得，先生，你应该把你母亲留在家里或送进医院，不该让她在外面乱跑，她差点弄伤了那位小姐了。”

那青年的脸上浮起了一阵怒意，他的眼神是严厉的、颇不友善的。“我想，你就是那个新搬进农庄的作家吧，”他说，“我奉劝你，在一件事没完全弄清楚之前，最好少妄加断语！我母亲或者精神不正常，但她一生没有伤害过任何人！”

“但她确实几乎伤害了那位梁小姐！”狄君璞也愤怒了起来，“难道你认为我说谎？”

“那位小姐吗？”他的眼光在心虹身上飘了一下，心虹正蜷缩在一枝树干边，浑身抖颤着，仍然用手遮着脸在哭泣不已，“你对那位小姐了解多少呢？你对我们又了解多少呢？你还是少管闲事吧！”“听你的口气，你倒是听任你母亲伤害梁小姐呢！”他是真的生气了。

“我不是来阻止了吗？”那青年大声说，暴怒而痛苦地，“你还希望我怎样？你说！”搀着他母亲，他俯头看她，声音变柔和了，“让我们走，妈，让我们离开这鬼地方，以后也不要再来了！”那老妇不再挣扎，也不说话，只是低低地哭泣，现在，她完全像个软弱的、受了委屈的孩子。跟着她的儿子，他们开始向山下走去。狄君璞也跑到心虹面前，用手搀住了她，安慰地说：“好了，好了，都过去了，没事了，梁小姐，那不过是个疯子而已。”

心虹哭泣得更厉害。“她为什么找着我？我根本不认识他们！根本不认识！”她啜泣而且颤抖，“她为什么要打我骂我？为什么？为什么？我又不知道她儿子是谁！为什么呢？”

“疯人是没有理性的，你知道！”他拍着她的肩，“走吧！我们也快些回去！哦，你看，老高和你妹妹来了！准是来找你的！”真的，老高和心霞几乎是奔跑而来的，他们正好和那老妇及青年打了个照面。心霞惊喊了一声：“卢云扬！”那青年瞪视着心霞，眼底一片痛楚之色，搅住他的母亲，他们匆匆地走了。这儿，心霞奔了过来，苍白着脸，一把扶住心虹，她连声地喊：“怎样了，姐姐？他们把你怎样了？他们伤害了你吗，姐姐？我和老高出来找你，在山口听到你喊叫，吓死我们了！你怎样了，姐姐？”心虹被惊吓得那么厉害，她简直止不住自己的哭泣和颤抖，在心霞的扶持下摇摇欲坠，一面仍在啜泣地说：“我不知道他们是谁。

噢，心霞，她骂我是魔鬼，是妖怪，她要杀掉我，噢，心霞，为什么呢？”

心霞猛地打了个冷战。

“哦，姐姐，你被吓坏了！我们赶快回去吧！别再想他们了！老高，你来帮我扶扶大小姐！”

在老高和心霞的扶持下，他们急速地向霜园走去。狄君璞本想告辞了，但心霞热烈地说：“不，不，狄先生，你一定要到霜园去休息一下，你的手在流血了。”真的，在这场混乱中，狄君璞根本没有注意到自己的手已被那老妇咬伤了。他取出手帕，随便地包扎了一下，跟着心霞，他们簇拥着心虹回到霜园。

这样的归来，立即使霜园人仰马翻，高妈首先就大叫起来，把心虹整个拥进她的怀中，接二连三地喊叫着“太太”，梁逸舟和吟芳都从楼上奔了下来，拿水的拿水，拿毛巾的拿毛巾，大家乱成了一团。在这喧嚣和杂乱中，狄君璞简短地说了说经过情形，再度想告辞，梁逸舟阻止了他：“君璞，你再坐坐，我有话和你谈。”

终于，他们把心虹送到了楼上，吟芳、高妈和心霞都陪伴着她，客厅里安静了下来，狄君璞独自坐在沙发上，依稀还听到心虹的啜泣声。然后，梁逸舟从楼上下来了，脸色凝重而疲倦，望着狄君璞，他恳挚地说：“谢谢你，君璞，幸亏有你，要不然真不知道会怎么样。你的手要紧吗？”

“哦，这没关系。”狄君璞慌忙说，“不过，这老妇人是该送进精神病院的。我在这山谷中已不是第一次看到她了，这样太危险。”

“是吗？”梁逸舟注意地看着他，“但，她对别人是没有危险性的。”

“怎么说？”

“她不会伤害任何人，除了心虹以外。”

“我不懂。”狄君璞困惑地说。

“唉！”梁逸舟再长叹了一声，满脸的沉重，“这事说来话长，我早就预备告诉你了。你如果不忙，愿意到我的书房里坐一下吗？”狄君璞按捺不住自己对这事的好奇，何况，对方显然急于要告诉他一个故事。于是，他站起身来，跟着梁逸舟走进了书房。

第八章

这间书房并不大，一张书桌，一套三件头的沙发，和整面墙的书橱。布置简单明朗，却也雅洁可喜。那书橱中整齐地码着一排排的书，一目了然，主人也是个有书癖的人，藏书十分丰富。在沙发上坐了下来，高妈送上了茶，带上了房门。室内有一刹那的沉静。落地的玻璃窗外，月光下的花园，一片绰约的树影。梁逸舟不安地在室内兜了一圈，停在狄君璞面前，把书桌边的安乐椅拉过来，他坐下了。掏出烟盒，他送到狄君璞面前。狄君璞取了一支烟，片刻之间，两人只是默默地喷着烟雾，室内弥漫着香烟气息。梁逸舟似乎有些不知从何开始，狄君璞也不去催促他。半晌，梁逸舟重重地吸了一口烟，终于说："君璞，你写小说，你爱书，你会不会觉得，书往往是害人之物？""确实。"狄君璞微笑了一下，"我记得看过一个电影，假想是若干若干年以后，书都成了禁品，消防队的任务不是救火，而是焚书。因为书会统驭人的脑子，导致无限的烦恼。""真是这样，"梁逸舟有些兴奋，

“书是一样奇怪的东西，没有它，人类会变得愚蠢，变得无趣。有了它呢，它启发人的思想领域，而种下各种烦恼的根源。”

“这是矛盾的，几乎所有人类创造的东西，都有矛盾的结果，有好的一面，也有坏的一面。不只书是这样，一切物质文明都是这样。”狄君璞喷出一口烟雾，深思地看着梁逸舟，继续说，“假若你所说的书是指文学书籍，那么，我一向认为文学是一样奢侈品。”“为什么？”“要悠闲，要空暇，你才能走入文学的领域，然后，还要长时间地思想与揣摩。这不是一般人做得到的。”他摇摇头，“但是，书本里的世界却是另一番天下，一旦走进去，酸甜苦辣，你可以经历各种人生了。”

“这种‘经历’是好的吗？”

“是好的，”狄君璞微微地笑着，仍然凝视着梁逸舟，“也是坏的。同样的一本书，不同的人看了，常会有不同的反应，有好的，也有坏的。”

“你所谓的矛盾，是吗？”

“唔。”他哼了一声，笑笑，“你并不是要跟我讨论‘书’的问题吧？”“当然，”梁逸舟轻叹了一声，笑笑，“只是，我想，心虹这孩子是被书所害了。”“怎么呢？我觉得她很好，最起码，她吸收了书本里的一些东西，她有深度，有见解，也有她的境界。”

“你看到了好的一面。另一面呢？她以为人生都是诗，爱幻想，不务实际，爱做梦，而且多愁善感。”

“这不见得完全是书的问题。你忽略了，她是个少女。这也是少女的通病。”

“心霞呢？心霞就从来没让我烦心过。”

“你不能要求儿女都是一样的个性。”

“好吧，让我们撇开这些问题不谈，还是谈谈正题吧！”梁逸舟有点烦恼地说，猛抽了一口烟，“我们显然把话题扯得太远了！”狄君璞靠进了椅子中，不再说话，只是静静地抽着烟，等着梁逸舟开口。“你今晚在山里看到的那个老妇人，”梁逸舟说了，声调低沉而无奈，“原来并不是这样的，她原是个正常的女人，而且长得很不错，虽没受过高等教育，却也很谦恭有礼。她带着两个儿子，住在镇外的一个农舍里。她的丈夫很早就死了，除了留给她一个农舍和一点儿田地之外，什么都没有。她守寡十几年，把两个儿子带大，送他们读大学，受最高的教育，她自己给人缝衣服，来维持家用，等她的孩子们长成，她所有的田地都卖光了，已经贫无立锥之地。

“她的两个儿子，大的叫卢云飞，小的叫卢云扬，都长得非常漂亮，书也念得不错。因为他们家离霜园不远，我们有时遇见，也点点头。但是，我们家正式和卢家拉上了关系，却是四年以前开始的。”梁逸舟停了停，抛掉了手里的烟蒂，又重新燃上了一支新的。他的眼底是忧郁而痛苦的。

“四年前，云飞大学毕业，受完了军训，他突然来拜访我。”他继续说了下去，“你知道，那时候我的食品公司已经非常发达了，生意做得很大，也很赚钱。云飞来了，谦和，有礼，漂亮。他开门见山地请求我帮他忙，他希望到我的公司里来工作，他很坦白地把他的家庭情况告诉我，说他迫切地想找一个待遇较高的工作，报答他母亲一番养育的深恩。

“这孩子立即打动了我，我承认，我这人一直是比较重感情的。知道云飞学的是外文以后，我把他派到国外贸易部做秘书。他工作得非常努力，三个月以后，我调升他为国外贸易部业务主任，再半年，他升任为国外贸易部副理，几乎所有国外的业务，他都掌握实权。

“就这样，云飞、云扬这两个孩子就走入了我的家庭，经常出入于霜园了。”

“可是，”狄君璞不由自主地打断了梁逸舟的叙述，“心虹说她从没见过那母子二人。”

梁逸舟做了个阻止的手势。

“你不要急，”他说，“听我慢慢地说，你就了解了。”他啜了一口茶，眼光黯淡。

“是的，就这样，云飞兄弟两个变成了霜园的常客。我当时并没有想到家里的两个女儿。那时心霞还小，心虹却正读大学三年级，很快地，小一辈的孩子就建立起一份良好的友谊。心虹和云飞的行迹渐密。他们经常流连在山野里，或空废的农庄中，一去数小时，而我对这事也采取了听其自然的态度，因为云飞除了家世较差之外，从各方面看，都不失为一个够水准的好青年。

“可是，就在这时候，公司里出了点小问题，而且是出在国外贸易部，我先先后后发现不少的纰漏，却不知是谁干的，经过了一番很仔细的调查，出乎我意料的是，那竟是卢云飞。

“我开始削弱云飞的实权，而且暗示他我已注意到了他，但他习性不改，他收贿，他弄权，他盗汇，最后，我发现他竟窜改了账簿，不断地、小规模地挪用公款。

“这使我非常地愤怒，我把云飞叫来训斥，他以满面的惊惶对着我，他否认所有一切的不法行为，他侃侃而谈，说我待他恩重如山，他怎能忘恩负义？他使我动摇了，因为公司的组织庞大。我的调查很可能错误，于是，我继续让他留在公司里，一面作更深入的调查，包括了他的私生活在内。

“但是，在这段调查的时间里，云飞和心虹的感情却突飞猛进。心虹是个一直沉浸在幻想里的女孩，看多了小说，念多了诗词，总认为爱情是一片纯真的美。她一旦沉入爱河，就爱得深，爱得挚，爱得狂热。等我想干涉的时候，已经来不及了，她已那样单纯地、信赖地爱上了云飞，夺去云飞，似乎是比夺去她的生命更残忍。我稍有不赞成的暗示，心虹就伤心欲绝，她认为我是个势利的、现实的人，是个不了解儿女，也不懂得感情的人！她甚至于威胁我，说她可以死，但决不离开云飞！而这时候，云飞的一切，都显示出极端的恶劣，时间一久，他的真面目逐渐暴露，一个典型的、欲达目的不择手段的青年，我发现我被利用了，我不信任他对心虹的感情，不信任他所有的一切！于是，我也开始坚决地阻挠这段爱情，我必须把我的女儿从这个陷阱里救出来！

“那是一段相当痛苦的岁月，心虹逃避我，父女常常整个礼拜不说话，她不断地在农庄中或者是山谷里和云飞相会，因为我不允许云飞再走进霜园的大门。同时，我停止了云飞在公司里的工作，我告诉他，如果他真爱心虹，去独自奋斗出一番前途来献给心虹，不要在我的公司里混！这一着使云飞更暴露了他的弱点，他竟对我恶言相向，说出许多粗话，决不像个有教养的孩子。他拂袖而去，临走的时候，他竟对我说，他将带走心虹！于是，我监禁了心虹，那是一年多以前的事了，心虹已经从大学里毕了业，刚找到一个中学教员的工作。

“为了救她，我不许她出门，我们日日夜夜守着她，但是，她终于在一天夜里逃走了。她不知去向，我去找云飞，云飞家里也没有云飞的影子，云扬和他母亲同样在找寻他，我雇用了人到处找寻，却始终找不着他们。就在我已经快绝望的时候，心虹却意外地回来了，离她的出走，不过只有十天。她显得苍白而憔悴，似乎是心力交瘁，走进家门后，她只对我说了一句：‘爸爸，我回来了！你还要我吗？’我激动地拥住她，说：‘我永远要你，孩子。’她哭着奔进她的房间，把自己关在房内，谁也不肯见，我们至今不知道那十天里到底发生过些什么事。不过，看她那样萎缩，那样面临着一份幻灭和绝望，我们谁都不忍再去追问她一切，只希望随时间过去，她会慢慢平复下来。

“她把自己足足关了三天，这三天中，只有高妈和心霞能接近她，高妈是她从小的女佣，她对高妈有时比对吟芳还亲近。心霞和她的感情一向深挚。我们也深喜她不像刚回家时那样不见人了。但是，就在那第三天的晚上，事情就惊人地发生了！”梁逸舟住了口，注视着烟蒂上的火光，那支烟已经快烧到他的手指，片刻之后，他熄灭了烟蒂，抬起头来，注视着狄君璞。后者正深靠在沙发里，带着一股动容的神色，静静地倾听着。

“那第三天深夜里，我正坐在这书房中看着书，心霞和高妈忽然气急败坏地冲了进来，心霞一迭连声地叫着：‘爸爸，我们必须去找心虹！她已经走了四小时了！’我惊跳起来，心霞和高妈才断断续续地告诉我，说心虹在四小时前就出去了，她曾告诉她们，她是到农庄去再会一面云飞，两小时之内一定回来。我立刻猜测出可能是高妈或心霞给云飞传了信，薄弱的心虹又去赴约了。当时，我已有不祥的预感，但仍然决料不到竟是我后来发现的局面。

“我没有耽搁一分钟，叫来老高，穿上了雨衣——那时天正下着毛毛雨。我们马上出发到农庄去找寻心虹。心霞和高妈也坚持跟我们一起去，当时，我们都认为不会找到心虹了，她一定又跟着那流氓走了。

“到了农庄，我们屋里屋外地呼唤着心虹的名字，没有人答应，我们搜寻了所有的房间，没有心虹的影子，我们开始在户外搜寻。那时雨下大了，季节和现在差不多，天气很冷，山野里到处都是潮湿的。我们拿着手电筒到处探照，然后，我听到心霞在枫林内一声尖叫——就是农庄后面的那座枫林。我们冲进去，一眼看到心虹正倒卧在栏杆边的泥泞里，而那年久失修的栏杆，却折断了好大一个缺口。我们跑过去，我立即把心虹抱起来，一时间，我竟以为她是死了，她的样子非常狼狈，衣服撕破了，手背上、脸颊上，都有擦伤的痕迹，浑身湿透而且冰冷，她不知在雨地里已躺了多少时间。我用我的雨衣包住她，急于想送她回霜园去。可是，那栏杆的折断使我心惊，我叫老高绕到悬崖的下面去看看，因为我找不到云飞。老高飞快地跑去了，我们把心虹抱进农庄，用尽方法搓揉她的手脚，想使她恢复热气，我们呼唤她，摇撼她，但她始终没有苏醒过来。

“我所害怕的事情果然应验了，老高喘着气跑回来，在那悬崖下面，卢云飞的尸体躺在一堆乱草和岩石之中，早已断了气！”

他再度停住了。狄君璞紧紧地注视着他。他的嘴唇微颤着，面容笼罩在一片愁云惨雾里。

“这就是心虹的故事，也就是那农庄所发生过的惨剧。那晚，我们把心虹抱回家后，她就足足昏迷了三个月之久，什么问题都不能回答。我们把她送进医院，她高烧不退，有一度，我们都以为她会死去，但是，她毕竟活过来了，又能说话认人了。可是，当我们婉转地想向她探索那晚的真相时，我们才吃惊地发现，她对那晚的事一点记忆都没有，非但不记得那晚的事，她连卢云飞是何许人都不知道！她把整个这一段恋爱，从她的生命史中一笔勾销了。最初，我们还认为她可能是矫情，接着就发现她精神恍惚，神志迷惘，容易受惊，又怕见生人。我们请了精神医生，治疗了将近半年的时间，才出院回家。医生说她这是受了重大刺激后的变态，她确实不再记得卢云飞和有关卢云飞的一切人和物，因为在她的潜意识中，她不愿意记忆这段事。但是，医生也表示，这种失去记忆的情况只是暂时的，总有一天她会恢复过来，现在，还是听其自然，不要刺激她比较好些。”

狄君璞移动了一下身子，喷出一口烟。

“不过，”狄君璞说，“她记得小时候的事，记得农庄的花呀草呀，还记得她看过的书……”

“是的，除了有关卢云飞的事、物与人以外，她什么都记得，这是一种部分性的失忆症。她确实不再认得卢云扬和他的母亲，却认得其他的每一个人，哪怕是乡间种田的农妇，她都记得，事实上……”梁逸舟蹙紧眉头，深深叹息，“她这种情况是令人心痛的，也是可怜的。因此，我们也毁掉了许多有关云飞的资料，包括云飞写给她的情书、送给她的照片等。我们也很矛盾，我们希望她恢复记忆，变得正常起来。也怕她恢复记忆，因为那记忆必然是痛苦的。”

“她自己知道她失去了部分的记忆吗？”

“我想，她有些知道，她自己也常在努力探索，但是，每当她接触到那个回忆的环节时，她就会昏倒。这种昏倒也是精神性的，你知道，表示她的潜意识在抗拒那个记忆。”

“那么，你们至今不知道那晚在枫林内到底是怎么一回事吗？”狄君璞深思地问。“不知道。除非心虹恢复记忆，我们谁也无法知道那夜的悲剧是怎样发生的。员警来调查了许多次，勘查过几十次现场，那栏杆原来是木头柱子，这么多年风吹雨打，早就腐朽了，所以，后来警方判断为意外死亡，这件案子就结了。但是……”他摇摇头，啜了一口茶，又深深地叹息了，“在官方，这件案子是结了。私下里呢，所有人都知道我阻挠过心虹和云飞的恋爱，都知道我把他从公司里开除，也都知道心虹和他私奔过。这件命案一发生，大家的传言就非常难听了。有人认为是我杀了云飞，也有人认为是心虹杀了他，还有说法是我们全家联合起来，在农庄里杀掉了云飞，再把他推落悬崖，造成意外死亡的局面。这一年来，我们在镇上几乎被完全孤立了。再加上云飞的母亲，那个可怜的、守了十几年寡的老太太，禁不起这个刺激，在听到云飞死亡的消息后，她就疯了。我出钱把她送到医院，她在医院里住了差不多一年，上个月才回家。她并不是都像你今晚看到的那么可怕，她的病是间歇性的，不发作的时候也很好，很安静。一发作起来，她就说心虹是凶手，就要杀了心虹。不管我对云飞怎样不满意，对这个老太太，却不能不感到歉意和同情，不只这老太太，云扬也是个正直而有骨气的孩子，惨剧发生后，我曾先后送过好几次钱到他家里去，他都拒绝了，只接受了医治他母亲的那笔医药费。他对这事几乎没说什么，我不知他心中是怎样想的，我只知道他和他哥哥的个性完全不同。我也想把他安排到我的公司里去做事，他却对我说：'如果我将来会有一番事业，这事业必然是我用自己的双手去创下来的。我不需要你的说明，哥哥已经是我很好的教训！'我不知道他这些话的真正用意，但是，我想，他是很恨我们的。现在，他在一家建筑公司里做绘图员，他是学建筑的，据说工作十分努力。"

"你在暗中帮助他，我想。"狄君璞说。

"不，我没有。"梁逸舟坦白地望着狄君璞，"我尊重他的意志。在他的仇视中，我如果暗中帮助他，反而是对他的侮辱，你懂吗？"

狄君璞点点头。"就这样，你现在知道了整个的故事！"梁逸舟深吸了口气，"一个男人的死亡，两个女人的失常，这就是这山谷中藏着的悲剧。至今，那坠崖的原因仍然是谜。你是个小说家，你能找出这谜底来吗？""你希望找出谜底来吗？"狄君璞反问。

梁逸舟苦恼地笑了笑。

"问着了我，"他说，"我要那谜底，也怕那谜底！心虹是个爱与恨都很强烈的女孩！"

"但是，她不会伤害任何人，我断定，梁先生。"

"但愿你对！那应该只是一个意外！"他站起身来，踱到窗前，望着窗外的树影花影，风把花影都揉乱了。他重复地说了一句：“应该只是一个意外。”

“你不认为，那卢老太太仍然该住医院吗？”狄君璞说，“任凭她在这山里乱跑，你不怕她伤害心虹？”

“我怕。”他说，“可是，那老太太是不该囚禁在疯人院中的，她大部分时间都很好，很讲理，你没看到她好的时候！”

“唉！”狄君璞默然了，叹息一声，他也走到落地长窗前面来，凝视着那月光下的花园。“多少人类的故事，多少人类的悲剧！”他喃喃地说，回想着那在山谷里扑出来又吼又叫、又撕又打的老妇，又回想到那满面痛苦的青年，再回想到那柔弱娇怯、惊惶失措的心虹……他写过很多的小说、很多的故事，但是没有这样的。沉思着梁逸舟所告诉他的故事，他感到迷惘，感到凄凉，感到一份说不出来的难受和不舒服，甚至于，他竟有些泫然了。

“心虹曾是个温柔娴静而雅致的女孩，”梁逸舟又低声地说了，像是说给他自己听，“在没发生这些事之前，你不知道她有多可爱。”“我可以想象。”狄君璞也低声说，他另有一句话没有说出口：即使是现在，心虹那份娇柔，那份惊怯，又有哪一点不可爱呢？她那种时时心智恍惚的迷惘和那种容易受惊的特性，只是使她显得更楚楚可怜呵！

“夜深了。”梁逸舟说。

是的，夜深了。山风低幽地穿梭着，在那夜雾迷茫的山谷中，有只孤禽在悲凉地啼唤着，那是什么鸟？它来自何方？它在诉说些什么？会是什么孤独的幽魂所幻化的吗？

第九章

心虹在一段长时间的睡眠之后醒了过来，昨夜曾用了双倍的药量，难得一夜没有受梦魇的困扰。睁开眼睛来，窗帘还密密地拉着，室内依然昏暗，但那阳光已将深红色的窗帘映红了。她翻了一个身，拥着棉被，有一份无力的慵懒，深秋的早晨，天气是寒意深深的。用手垫着头，她还不想起床，她希望就这样睡下去，没有知觉，没有意识，也没有梦。虚眯着眼睛，她从睫毛下望着那被阳光照亮了的窗帘，有许多树影在窗帘上重叠交错，绰约生姿，她看着，看着……猛地惊跳了起来。树影、花影、月影、山影、人影……昨夜曾发生些什么？

她的意识恢复了，她是真正地清醒了过来。坐起身子，她用双手抱着膝，静静地思索，静静地回想。昨晚在山中发生的事记忆犹新，她打了个寒噤，不只记忆犹新，那余悸也犹存呵！

皱着眉头，她把面颊放在弓起的膝上。她眼前又浮起了那老妇的影像，那削瘦的面颊，那干瘪的嘴，那直勾勾瞪着的令人恐怖的眼睛。还有那眼神，那仇恨的、要吃人似的眼神！那不是个人，那简直像个索命的阴魂呵！

她又打了个寒噤，不自觉地想起那老妇的话："你是个魔鬼！你是个妖怪！我要杀掉你！……你还我儿子来！还我儿子来！还我儿子来……"

为什么呢？为什么这疯妇要单单找着她？她看来像个妖怪吗？或是像个吸血鬼呢？掀开了棉被，她赤着脚走下床，站到梳妆台前面，不信任似的看着镜中的自己。她只穿着件雪白的、轻纱的睡袍，头发凌乱地披垂在肩上，那张脸微显苍白，眼睛迷惘地大睁着……她瞪视着，站在那儿一动也不动。忽然间，她脑中闪过了一道雪白的亮光，像触电般使她惊跳，她仿佛感到了什么，似乎有个人在轻触着她的头发，有股热气吹在她的面颊上，同时，有个声音在她耳边响着："跟我走！心虹。我要你！心虹！"

不，不，不，不，不！她猛地闭紧眼睛，和那股要把她拉进某种幻境里去的力量挣扎着。我不要！我不要！我不要！那些讨厌的、像蛛网般纠缠不清的幻觉呵！

门上突然传来两声轻叩，把她唤醒了，她愕然地看着房门，下意识地害怕着有什么可怕的东西要闯进来。门开了，她陡地松了一口气，那是她所熟悉的，满面笑容、满身温暖的高妈。高妈一看到她，那笑容立即收敛了，她直奔过来，用颇不赞成的声调喊："好呵！小姐，你又这样冻在这儿！你瞧，手已经冻得冰冰冷了！你是怎么了？安心想要生病是不是？哎，好小姐，你不是三岁大的娃娃了呀！"

打开壁橱，她开始给心虹挑选衣服，取出一件黑底白花的羊毛套装，她说：“这套衣服怎样？”“随便吧！”心虹无可无不可地说，开始脱下睡衣，机械化地穿着衣服。一面，她深思地问：“高妈，三岁时候的我是什么样子？”

“一个最可爱的小娃娃，像个小天使。”高妈说着，同时在忙碌地整理着床铺，“好安静，好乖，比现在还听话呢！”

“我现在很讨厌吗，高妈？”心虹扣着衣扣，仍然直直地站在那儿，忧愁地问。

“哦！我的小姐！”高妈甩下了棉被，直冲过来，她一把握住了心虹的手臂，热情而激动地喊，“你明知道你不是的！你又美又可爱，谁都会喜欢你的。”

“可是，昨晚那老太婆叫我妖怪呢！”

“她是疯子！你知道！”高妈急急地说，“别听她的话，她自己都不知道她在说些什么。”

心虹哀愁地凝视着高妈。

“高妈，”她幽幽地说，“我是你抱大的，对吗？”

“是的，你两岁的时候我就到你家了，那时我还没嫁给老高呢！他在你们家当园丁，我跟他结婚后，没想到就这样在你们家待了半辈子！”“高妈，”心虹仍然凝视着她，“你跟了我这么许多年，你喜不喜欢我？”“当然喜欢啦，你这个傻小姐！”

“那么，”心虹急促地、热烈地说，“你告诉我吧，告诉我大家所隐瞒着我的事。”

“什么事呀？”高妈有些不安了，逃避地把眼光转到别处去。

“你知道的。你告诉我，一年前我害的是什么病？”心虹迫切而祈求地看着她。

“医生说是肺炎。”她在衣服里搓着手，“那天你在山里淋了雨。”

“不是的，一定不是的。”她猛烈地摇头，“我只是记不起来到底是怎么回事，有时，我会看到一些模糊的影子，但是它们那样一闪就不见了，我想我一定……”

“别胡思乱想吧，小姐，”高妈打断了她，走开去继续折叠棉被，“你一径喜欢在山里乱跑，淋了雨怎么不生病，淘气嘛！”她把床罩铺上。“好了，小姐，还不赶快洗脸漱口去吃早饭去，你猜几点钟了，楼下还有客人等着你呢！”

“等我吗？”她惊奇地问，“是谁？”

“那位狄先生和他的女儿。他带着女儿在山里散步，就顺便来问问你好了没有。你昨晚被吓得很厉害，以后晚上再也不要去山里了。”“现在几点钟了？”“十点半。”“呵！我怎么睡的？”心虹惊呼了一声，到盥洗室去洗脸了。“早饭要吃什么？我去给你做！”高妈嚷着问。

“一杯牛奶就好了，反正快吃午饭了，我又不饿！”

“加个蛋好吗？”“我最不要吃蛋！”“好吧！好吧！早晚又饿出病来！”高妈嘀咕着，无可奈何地摇摇头，走了。心虹梳洗过后，对镜中的脸再看了一眼，还不坏，最起码，眼睛底下还没有黑圈。打开门，她走下了楼。狄君璞和小蕾正坐在客厅中。因为梁逸舟到公司去了，心霞上学了，客厅里，只有吟芳在陪着客人。她正和狄君璞谈着一些心虹心霞小时候的事，这是中年妇女的悲哀，她们的谈料似乎永远离不开家庭和儿女。而小蕾呢？却在一边津津有味地玩着一个装香烟的音乐匣。看到心虹，狄君璞不自禁地心里一动，到这时，他才体会出自己的“顺道问候”是带着多么“专程”的意味。他有些迷糊了，困惑了，他弄不清楚自己的情绪。事实上，昨夜一夜他都是迷糊和困惑的，几乎整夜没有成眠，脑子里始终回旋着梁逸舟告诉他的那个故事。如今，他只能把自己对她的关怀归纳于自己那“小说家的好奇”了。

“狄先生，”心虹轻轻地点了一下头，微微一笑，那笑容是很难得的，因为难得，而更显得动人，“昨天晚上真要谢谢你。”

“哪里话，希望你没有怎样被吓着。”

“已经没事了，我昨晚吃了两粒安眠药，睡到刚刚才起来。”心虹说，一面直视着狄君璞。那清癯的脸庞，那深沉的眼睛，那若有所思的神情，这男人浑身都带着一种成熟的、男性的稳重和沉着。在稳重与沉着以外，这人还有一份难解的、易感的脸，那深不见底的眼睛中似乎盛载了无穷的思想，使人无法看透他，也无法深入地走进他的思想领域。

高妈递来了牛奶，心虹在沙发上坐下来。微蹙着眉头，慢吞吞地啜着牛奶，仿佛那是什么很难吃的东西。吟芳用一种苦恼的专注的神情看着她，对狄君璞勉强地笑笑。“你看，她就不喜欢吃东西，从去年病后，体重一直没增加上来。”

心虹有些烦恼，她不喜欢父母谈论她像在谈论一个三岁小孩似的。于是，她把小蕾拉到身边来，细细地、温柔地问她喜不喜欢这乡间。被冷落了半天的孩子立即兴奋了，用手攀住心虹的脖子，她兴奋地告诉她那些关于蝴蝶、蜻蜓、狗尾草、芦花、蒲公英……种种的发现，还有那些在黄昏时到处飞来扑去的萤火虫，清晨在枝头坠落的小露珠……心虹惊奇地抬起头来，看着狄君璞。

“这孩子必定有你的遗传，她述说起来像一首诗。”

“孩子的世界本来就是一首诗。”狄君璞说，深深地凝视着她，他那深沉的眸子好深好深，她觉得有点震动而且心乱了。他不是在“看”她，他简直是在“透视”她呢！

“梁姐姐，”小蕾的兴奋一旦被引发就无法遏止，她摇着心虹的胳膊，大声地说，“我们去采草莓好吗？婆婆说，如果我能采到一篮草莓，她要做草莓酱给我吃，我们去采好吗？”

“这种野草莓很酸的呢！”心虹说。

“可是，我们去采好吗？”孩子祈求地看着她。

心虹抬起眼睛来，看了看狄君璞，后者也正微笑而鼓励地望着她。“跟我们一起去山里散散步也不错，”他说，“外面天气很好，而且我保证不会再有什么疯老太婆来惊吓你，怎样？”

她不由自主地微笑了，站起身来。

“那么，我们还等什么？”她说，掉过头去看吟芳，“妈，我走走就回来。”

“早些回来吃午饭，哦，狄先生和小蕾也来我们家吃饭吧！”吟芳说，看到心虹那么难得地有份好兴致，使她衷心愉快。真的，小蕾是个小可人儿，狄君璞稳重忠厚，或者，这父女二人会对心虹大有帮助。

“哦，我们不了，”狄君璞说，“姑妈在等我们呢，她今天给我们炖了一只鸡，如果不回去吃饭，她要大大地失望了。”

吟芳笑笑，不再勉强了，她了解老姑妈那种心情。女人一上了年纪，对于小一辈的爱与关切也就更重了。往往并不是小一辈的需要她，而是她需要他们。

心虹牵着小蕾，跟狄君璞一起走出了霜园。秋日的阳光美好地照射着，暖洋洋的，熏人欲醉的。小径上铺满了落叶，被太阳晒得又松又脆。那些高大的红枫，在阳光下几乎是半透明的嫣红。无数的紫色小花，在秋风中轻轻摇曳。天蓝得耀目，云淡淡，风微微，鸟啼清脆。远处那农庄顶端，一缕炊烟细袅。“这就是我的世界，”心虹说，深深地呼吸着那带着泥土气息的空气，“山里的景色变幻无穷，清晨，黄昏，月夜……昨晚，所有的气氛都被那个老太婆破坏了。”

狄君璞没有说话，他不知该说什么好。

她在路边摘了一朵黄色的小花，把花朵无意识地转动着，用那花瓣轻触着嘴唇。“你吃过花瓣上的露水吗？”她忽然问。

“不，我没有。”“我吃过。”她微笑起来，眼睛蒙眬如梦，“在太阳还没出来以前，一清早走入山里，用一个小酒杯，去收集那些花瓣上的露珠，一粒一粒的，盛满一酒杯，然后喝下去，那么清醇，那么芬芳，那是大自然所酿制的美酒，喝多了，你一样会醉倒。醉倒在一个最甜最香的梦里。”她沉思，似乎已经沉浸在那梦里了，眼睛里罩上了一层薄雾，那眼珠显得更迷蒙了。好半天，她忽然醒了过来，垂下头去，她羞涩地低语：“我很傻，是不？”“不，”他注视着她，为之动容，“很美。”

“什么？”她不解地问。“很美，”他重复了一句，“你的人，你的声音，你的世界，和你的梦。”她很快地抬起眼睛来，扫了他一眼，脸颊上竟涌上了两片红潮。“你在笑我了。”她低声说。

“我会吗？”他反问。她再度抬起眼睛来，这次，她是大胆地在直视他了，眼光里带着研判的意味，那眼光那样深沉、那样专注，似乎想看穿他的内心。笑容从她的唇边隐去，而面上的红潮却更深了。“他们……他们都说我傻。”她喃喃地说。

“他们是谁？”“爸爸，妈妈，妹妹，还有……”她沉思，眉头轻蹙，在努力地思索着什么，“还有……他……”

“他是谁？”他追问，紧盯着她。

红潮从她脸上退去，她的眉头蹙得更紧了，那记忆的钟在敲动。她的眼光迷惘，她的嘴唇颤动，她知道自己遗失了一段生命，她在追寻，她在努力地追寻。像掉在一个回旋滚动着的深井里，她被那转动的水流越旋越深，越旋越深，越旋越深……那冰冷的水，清寒刺骨，冷得她发抖，而那水流也越转越快了，越转越快，越转越快……她觉得天旋地转，呼吸急促，她的面容发白了。

他及时扶住了她。“心虹！”他用力地喊，这是他第一次叫她的名字。

她一震，惊醒了，从那深井里又回到了地面。瞪大了眼睛，她茫然地看着面前那张脸，那张深刻的、担忧的而又带着抹痛楚与怜惜的脸，一时间，她有些神思恍惚，这是谁？那样熟悉又那样陌生，那样亲近又那样遥远。她闭上眼睛，呻吟而且叹息。“心虹，”他扶住她的胳膊，“你觉得怎样？”

她再睁开眼睛，真的清醒了。乌云尽消，阳光下是他那张忧愁的脸和关怀的眼睛。

“哦！”她勉强地微笑，“又来了。别管我，没有关系的。”

他深深地注视她。“我告诉你，”他诚挚地说，“当这种昏晕再来临的时候，你一定要克服它。不要让它把你打倒，你应该有坚强的自信和意志。如果你在害怕着什么，你唯一的办法，就是面对它，你懂吗，心虹？”

他的眼睛深沉似海。她觉得被淹没了，那浪潮，温温软软的浪潮，从头到脚地对她披盖过来，像一件温软的绸衣。

“你知道我在害怕，是吗？”她低语。

“是的，我知道。”他也轻声说，眼光仍然停驻在她的脸上，那件绸衣更温软了，更舒适了，松松地裹着她。

“你知道我在害怕什么吗？”

“不，我不知道。”“那么，帮我，好吗？”她的眼里漾起了泪光，“帮我找出来！那总是跟在我身边的、无形的阴影是什么？我害怕，真的，我好害怕。”“我会帮你。”他说，把她的外套拉拢，代她扣上衣领的纽扣。虽然有太阳，谷地里的风依然寒冷。“我会尽我的力量来帮你。”他站在她面前，比她高那么多，那宽大的胸怀必然是温暖的，一时间，她竟有把头靠近那胸怀的冲动。但是，小蕾奔过来了，她曾跑开去了一段好长的时间。她的面颊红润，眼睛发光，满手都握着熟透的草莓。

“嗨，梁姐姐！我找到一大片草莓，好多好多！你说好要帮我采草莓的，怎么只管站在这里和爸爸说话？来呀！你来呀！”拉着心虹的手，她不由分说地把她向山野里拖，心虹对狄君璞轻轻一笑，忽然振作了一下，高声说：“好，让我们采草莓去！”

说完，她就跟着小蕾，奔进那杂草丛生的树丛里去了。她的长发飘飞，和小蕾辫梢的大绸结相映。狄君璞不由自主地跟着她们走进草丛，绕过岩石，穿过一个枫林，果然，面前有一块平坦的草原，荆棘丛中，一大片的野草莓正茂密地生长着，那些鲜红欲滴的果实，映着阳光发亮，像一颗颗红色透明的琥珀。“哎呀，真不少！”心虹惊呼着，“小蕾，你简直发现了一个大宝藏呢！”

“我们来比赛，看谁采得多！”小蕾说，兴高采烈，眉飞色舞。

“好！让你爸爸也参加！”心虹说。

“爸爸？”小蕾询问地看着她父亲。

“参加就参加！”狄君璞大声说，感染了她们的兴致，“我一个人可以采得比你们两个人加起来还多！信不信？”

“吹牛！”小蕾叫着，“那么，马上开始！”他们立即展开了一场“草莓采摘比赛”。

心虹采摘得非常努力，难得她有如此高昂的情绪和兴趣，她轻盈地穿梭在荆棘中，毫不费力地采摘下那一颗颗的果实。小蕾就更轻便了，她小小的身子如穿帘之燕，奔前奔后，用她的裙摆兜了一大兜的草莓，不时还发出欢呼和嬉笑，对她那身手笨拙的父亲投来揶揄的一瞥。

狄君璞却弄得相当地狼狈了，他简直没料到这是如此艰巨的工作，他不住被荆棘刺伤，又钩住了衣服，又弄破了手指，刚采到的草莓又在不注意中给弄掉了，半天也没采到一握。最后，他竟尖声叫起救命来了。

“怎么了？怎么了？”心虹和小蕾都跑了过来。“不知是些什么东西，把我满身都刺得疼，哎呀，又疼又痒，不得了！”心虹看过去，禁不住惊呼着大笑了起来，又笑又叫地说：“你从哪里弄了这一身的窃衣呀？这么多！天哪！这些刺人的小针就是摘上一小时也摘不干净了！”

那是一种植物的种子，像一根根小刺，一碰到它，它就会黏附在人身上。现在，狄君璞整个裤管都粘满了这种东西。心虹一面笑，一面放下了自己的草莓，帮狄君璞去摘掉那些小刺，又摘又笑，因为狄君璞像木偶般挺立在那儿，一动也不敢动，满脸的可怜相。心虹看看他，忍不住又笑了。然后，她忽然站直了身子，愣住了。好半天，她才愕然地瞪视着狄君璞，喃喃地说："听到吗？我居然笑了！奇怪，我又会笑了。一年以来，我几乎不知道怎样笑。"狄君璞静静地望着她，眼光那样深沉、那样真挚。

"你的笑容很美，"他幽幽地说，"你不知道有多美。所以，千万别丢掉它。"她不语，呆呆地看着他，他们默然相视，阳光在两个人的眼睛里闪烁，时间不知过去了多久，小蕾已在一边高声地宣布，她获得比赛的第一名了。

第十章

一粒沙在海滩上碰到另外一粒沙。

“愿我们能结为一体。”第一粒沙说。

“哦，不行，沙子是无法彼此黏附的。”另一粒说。

“我将磨碎自己，磨成细粉，然后来包容你。”

于是，它在岩石上磨着、碾着、揉着，终于弄碎了它自己。但是，一阵海浪涌上来，把它们一起卷进了茫茫的大海，那磨碎了的沙被海浪冲散到四面八方，再也聚不拢来，更无法包容另一粒沙了。

心虹合上了书本，把它抛在桌上，这一段是全书的一个引子，她已经读过几千几百次了，闭上眼睛，她可以把整段一字不错地背出来。但是，每当她拿起这本书，她仍然忍不住要把它再读一遍。就像这书里面其他许多部分一样，她总是要一读再读，而每次都会重复地引起她心中的怆恻之情。

一粒磨碎了的沙子，被海浪冲散到四面八方，还可能再聚拢吗？可能吗？即使聚拢了，另一粒沙也不知漂流到天涯何处。她叹息了，懒洋洋地从床上站起来，走到窗子前面。窗外在下着细雨，迷迷蒙蒙的雨雾苍茫地笼罩在花园里，枫叶在寒风中轻颤着。她沉思片刻，然后走到壁橱前，取出一件大衣，拿了一条围巾，她走出房门。嘴里不自主地轻哼着一支歌，她轻快地走下了楼梯。在楼下，她一眼看到父母都在客厅中，母亲在打毛衣，父亲在拆阅着刚送到的邮件。听到她的声音，父母同时抬起头来，对她注视着。

"呵！真冷，不是吗？"她对父母微笑着，"我们的壁炉该生火了。"

"这么冷，你还要出去吗？"吟芳怀疑地问，望着她手腕上的大衣。

"这样的雨天，散散步才有味道呢！"心虹说着，穿上大衣，围上了围巾，"狄君璞说，雨是最富有诗意的东西，所以古人的诗词中，写雨的最多了。"

"你要去农庄吗？"吟芳再问。

"唔，小蕾这两天有点感冒，我去看看她好些没有，这孩子越来越喜欢我，我不去她会失望。"心虹不知为什么，解释了那样一大堆，走到玄关的壁橱前，她拿出一件白色的玻璃雨衣。

"回来吃晚饭，还是在农庄吃？"

"不一定，"心虹支吾着，扣好雨衣的扣子，"如果到时候没回来，就不等我吃饭吧！"

"晚上要不要老高去接你？"梁逸舟这时才问了一句，他的眼光始终研究地停在心虹的脸上。

“不用了，狄君璞会送我回来。”心虹打开房门，一阵寒风扑了进来，她缩着脖子打了个寒战，回头对父母挥了挥手，“再见！妈！再见！爸爸！”拉紧雨衣，她置身于冬天的雨雾里了。吟芳目送心虹的身影消失，房门才合拢，她就立即掉转头来看着梁逸舟，说：“你不觉得，这几个月来，她到农庄去的次数是越来越勤了吗？”“但是，她好多了，不是吗？”梁逸舟说，“那小女孩显然对她大有帮助，她几乎完全恢复正常了！”

“小女孩！”吟芳笑了一声，“逸舟，别太天真！那小女孩恐怕没有这么大的吸引力和功效吧！”

“你在暗示什么？”梁逸舟望着他的妻子。

“你知道的。狄君璞。”

梁逸舟不安地耸耸肩。“我不认为会有什么问题，狄君璞比她大那么多，而且，小蕾还喊心虹作姐姐呢！君璞是我的朋友，心虹该算他的小辈……”

“你这些理由都站不住的，两情相悦，还管你什么辈分年龄？一个是充满梦幻的少女，一个是孤独寂寞的作家。你是了解心虹那份不顾一切的个性的，假若再发生什么……”她抽了口气，紧盯着他，“这孩子生来就是悲剧性格，天知道又会发生什么！不行，逸舟，我又有不祥的预感了！”

“不要紧张，你也是太容易紧张。君璞不会的，他是过来人，在感情上早注射过防疫针了！”

“那么，你就不怕心虹单方面爱上狄君璞吗？”

梁逸舟为之愕然。“怎会呢？心虹总不能见一个男人就爱一个男人的！”

“你说这话太不公平，”吟芳有些动气了，“男人！你们永远是又粗心又愚笨的动物！”

“怎么了，你？”梁逸舟失笑地说，“你怎么跟我发起脾气来了？”“你想，心虹在大学里，那么多男同学追求她，她都不中意，你怎能说她是见一个爱一个呢？至于卢云飞，你不能否认他确实很吸引女孩子！而狄君璞呢，他有许多优点，还有对会说话的眼睛。记住，心虹已经完全忘记卢云飞了，在她，还和一个从未恋爱过的女孩一样单纯。假若她爱上狄君璞，我是丝毫也不会觉得奇怪的！”

梁逸舟深思了片刻，燃起了一支烟。

“你分析得也有道理。”他说，重重地吸了一口烟。

“我问你，逸舟，”吟芳又说，“如果心虹和狄君璞恋爱了，你赞成吗？”“当然不。”梁逸舟很快地回答。

“为什么？”“各方面的不合适。狄君璞年龄太大，离过婚，又有孩子。而且，他那次婚变是闹得尽人皆知的！他也是个怪人，追求他那个太太的时候，几乎连命都拼掉！结婚不过几年，就又让她跟别的男人走了！他是个作家，这种人的感情结构是特别的。如果他们真结婚，心虹一定会不幸，何况还要做一个六岁大孩子的继母！这事是绝不可能的，我当然不赞成！”

“那么，未雨绸缪，”吟芳沉吟地说，“你还是早做防备吧！我看，你让这个狄君璞搬进农庄，不见得是明智之举呢！”

“我怎么会料到还有这种问题！心虹这孩子，好像永远是我们家的‘问题制造中心’，从她的出世，就是我们的问题！”

“逸舟！”吟芳皱着眉喊，“你又不公平了！”

“好了，好了，算我说错了。”梁逸舟慌忙说，走过去坐到妻子身边，拉住了她的手，温柔地凝视她，“不生气，嗯？”

“你在敌视那孩子。”吟芳说，眼眶湿润了。

“没有，绝没有！”梁逸舟急切地申辩，“不过，我觉得你对那孩子有一种病态的抱歉心理，你总觉得对不起她。”

“我们是对不起她，逸舟。”吟芳含泪说，瞅着梁逸舟，“你没听到她在夜里做噩梦，不住口地叫妈，叫得我的心都碎了，好像我是凶手，杀了她的……”

“哦，别说了！”梁逸舟揽住了他的妻子，把她的头紧压在他的胸口，“别再说了，过去的事早过去了，一个孩子能记住多少？”“但是，她记得，她完全记得。”

“别再说！吟芳，别再说！说下去你又要伤心了！”

吟芳住了口，同时，一声门铃响，吟芳迅速把头从梁逸舟的怀里抬了起来，说：“心霞回来了！”拭去了泪痕，她不愿心霞看出她伤心过的痕迹。果然，房门开了，心霞抱着书本冲了进来，带进一股冷风。她的鼻尖冻红了，脸色显得有些苍白，身子微微发抖，那件红大衣上都缀着细粉似的小水珠，连那头发上也是，跺了跺脚，她似乎想跺掉身上的冷气，眼光阴晴不定地在室内扫了一眼。“你瞧！去上学的时候又没穿雨衣！淋了一身雨，又冻成这样子！”吟芳叫了起来，“快去拿条大毛巾把头发擦擦干！”

“我最不喜欢穿雨衣！”心霞说着，坐下来，脱掉雨鞋和手套。

“你脸色不好，没有不舒服吧？”梁逸舟问，奇怪她怎么不是一进门就叫饿，或者用双冷手往她母亲脖子里塞。她看来有点反常呢！

“没有。”心霞说，脸上有股阴郁的神气，“我看到姐姐了。”

“在哪儿？”

“山谷里，她不是去农庄吗？”

“你去山谷干吗？”吟芳诧异地问。

“啊，我……”心霞似乎有点慌乱，“我……没有什么，我想去代一个园艺系的同学采一点植物标本。”

“但是，你没有带回什么标本哦。”梁逸舟说。

“唔，太冷了，你知道。谷里的风像刀子一样，我又分不清楚那些植物，就回来了。”

心霞说着，抱起桌上的书本，“我要马上去洗个热水澡，我冷得发抖，今年冬天像是特别冷。”她像逃避什么似的往楼上走去。

一件东西从她的书本中落了出来，她慌忙弯腰去捡起来，不安地看了父母一眼。吟芳已经看到是一封信，但她装作并未注意。心霞匆匆地走上楼去了。

吟芳和梁逸舟面面相觑。

“你不觉得她有些特别吗？”梁逸舟问。

“我看，”吟芳忧郁地皱皱眉，“一个的问题还没有解决，另一个的问题又来了。你看吧，我们还有的是麻烦呢！”低下头，她开始沉默地编织着毛衣。模糊地想着心霞的那封信，封面上没有写收信人，这封信是面交的，是她的同学写给她的吗，还是在这山谷中交件的呢？她下意识地再抬起眼睛对窗外望了一眼。窗外，雨雾糅合着暮色，是一片暗淡的迷蒙与苍茫。这儿，心霞上楼之后，并没有像她所说的，马上去浴室。她径直走入自己的房间，立即关好了房门，并上了锁。把书本放在桌上，拿起那封信，她对那信封发了好一阵呆，似乎不敢抽出里面的信笺。握着信，她在梳妆台前坐下来，望了望镜中的自己，那平日活泼的眼神现在看来多么迷惘，她摇了摇头，烦恼地对自己说："梁心霞，梁心霞，你做错了！你不该接受这封信！现在，你最好的办法就是下楼去，把一切都告诉爸爸和妈妈！"

但是……但是……她眼前又浮起了那对痛楚的、漂亮的而又带着股野性与恼怒的眼睛，那被雨淋湿了的头发和夹克，以及他站在霜园门前枫树下的那股阴郁的神气。

"跟我来！"他是那样简单地命令着，她却不由自主地跟随着他走到谷地里，在那四顾无人的寂静中，在那茫茫的雨雾下，在那岩石的阴影里，他用那慑人的、火灼般的眸子瞪着她，眼神是发怒而痛楚的。然后，在她还没弄清楚他的目的以前，他就忽然捉住了她，他的嘴唇迅速地对她盖了下来，她吃惊地挣扎，但他的胳膊像铁索般强而有力，他的嘴唇灼热而焦渴。他浑身都带着那样男性的、粗犷的气息，她简直无法动弹，也不能思想。只是瞪大眼睛望着那张倔强而不驯的脸。然后，他放开了她，把那封信抛在她的书本上，他一句话也没有说，就掉转头，大踏步地踩着雨雾，消失在山谷中的小径上了。

现在，她握着信封，仍然觉得震慑，觉得浑身无力，觉得四肢如绵。用手指轻抚着嘴唇，那是怎样的一吻呵！她在镜中的眼睛更加迷惘了。终于，她忽然下定决心地低下头，抽出了信封里的信笺，打开来，她读了下去：

心霞：

我给你写这封信，因为我不相信我自己在见到你之后，还能镇静地和你说些什么。假如你不想再念下去，我奉劝你现在就把这封信撕了。

四年前，我第一次见到你时，你还只是个十五岁的小姑娘，我曾耐心地等着你长大，天知道，你长大之后，一切的局面竟变得如此恶劣！你们一家成了我的仇敌，尤其是你！我说“尤其”，你会奇怪吗？我了解你，我了解一切！我恨透了你，心霞，你这只不安静的小野猫！

或者我错怪了你，但愿如此！我曾想杀掉你，撕碎你，只为了我不能不想你！相信吗？

我常徘徊在霜园的围墙外，目送你上学，呆呆地像个傻瓜。然后再和自己发上一大顿脾气。

噢！我真恨你，心霞！

不知是不是命中注定，我们兄弟应该都丧生在你们姐妹手下？那么，来吧！让一切该来的都来吧！我在等着你！魔鬼！

明晚八时起，我将在雾谷中等你，在那块“山”字形的岩石下面。不过，我警告你，我可能会杀掉你，所以，你不要来吧！把这封信拿给你父母看，让他们来对付我吧！你不要来，千万不要来。我会一直等到天亮，但是，你让我去等吧！求你不要来，因为，如果你真来了，我们就都完了！我们将被打入万劫不复的地狱里，永远陷入痛苦的深渊中！

好好地想一想，再作决定。山谷里的夜会很冷，不过我可以数星星——如果有星星的话。

再提醒你一次：最好不要来！

云扬

心霞看完了信，好一会儿，她就呆坐在那儿，对着那张信纸发愣。逐渐地，有阵雾气升入了她的眼睛中，她的视线模糊了。某种酸涩的、痛苦的情绪抓住了她。捧起了那张信笺，她颤抖地把嘴唇压在那个签名上，喃喃地说："你知道的，云扬，你明知道我会去。所以，让我们一起下地狱吧！"

第十一章

一连下了好几天雨。山里的雨季是烦人的，到处都是湿答答的一片，山是湿的，树是湿的，草是湿的，岩石和青苔都是湿的。连带使人觉得心里都汪着水。狄君璞站在书房的窗前，看着那屋檐上滴下的雨珠，第一次觉得“久雨”并不诗意。何况，小蕾又卧病了好几天，感冒引发了气喘，冬天对这孩子永远是难挨的时刻。书房里燃着一盆火，驱散了冬季的严寒，增加了不少的温暖。握着一杯热茶，狄君璞已在窗前站了很长的一段时间，下意识里，他似乎在期盼着什么。已有好几小时，他无法安静地写作了。玻璃窗上，他嘴中呼出的热气凝聚了一大块白雾，他用手拂开了那团白雾，窗外，灰暗的树影中，有个红色的人影一闪，他心脏不自禁地猛跳了一下，有客人来了。

真的，是“客人来了”，农庄外面，有个清脆的声音正在嚷着：“喂喂，作家先生，你在吗？客人来了！”

不，这不是心虹，这是心霞。狄君璞的兴奋顿减，心情重新有些灰暗起来。但是，最起码，这活泼的少女可以给屋里带来一点生气。这长长的、暗淡的、倦怠的下午，是太安静了。他走到客厅，心霞已冲了进来，不住口地喊着："啊啊，冷死我了！真冷，这个鬼天气！哦，我闻到炭味了，你生了火吗？""在我书房里，你进来坐吧！"

"小蕾呢？""睡觉了，她不大舒服，姑妈在陪着她。"

"这天气就容易生病，大家都在闹病，我也鼻子不通了，都是那山谷……"她忽然咽住了，走到火炉边去，取下手套来烤着火，"姐姐要我帮她向你借几本小说，她说随便什么都好，要不太沉闷的。"哦，她呢？为什么她自己不来？她已经三天没来过了。他问不出口，只是走到书架边去，找寻着书籍。心霞脱下了大衣，"我都有一种回家似的感觉，这儿的环境事实上比霜园还美。我看到你在屋外的栅栏边种了些爬藤的植物，都爬得蛮高了。"

"那是紫藤，你姐姐的意见，她说到明年夏天，这些栅栏都会变成一堵堵的花墙。"

"姐姐！"她轻笑了，"她就有这些花样，她是很……很……"她寻找着词汇，"很诗意的！她和我的个性完全不一样！或者，她像她母亲！"

"她母亲？"狄君璞愕然地问，望着她。他刚抽出一本书来，拿着书本的手停在半空中。"怎么，你不知道吗？"心霞也诧异地问，"姐姐没有告诉你？我以为她什么都跟你谈的，她很崇拜你呢！"

"告诉我什么？""她和我不是一个母亲，我妈是她的继母，她的生母在她很小时就死了，爸爸又娶了我妈，生了我，所以我和姐姐差了五岁。""噢，这对我还是新闻呢，"狄君璞说，"怪不得你们并不很像。”“姐姐像爸爸，我像我妈。”

“可是，你母亲倒看不出是个继母，她好像很疼你姐姐。”

“爸爸妈妈竭力想遮掩这个事实，他们希望姐姐认为我妈是她的生母，而且以为可以混过去。妈倒是真心疼姐姐，大概她觉得她死去了亲生母亲，是怪可怜的。但是，这种事情想隐瞒总是不大容易，何况家里又有两个知情的老用人，高妈到现在，侍候姐姐远超过我。据说，姐姐的生母是个很柔弱的小美人，全家都宠她。她死于难产，那个孩子也死了。我常觉得，她对高妈的影响力，一直留到现在呢！”她顿了顿，又说，“你可不能告诉爸爸妈妈，我把这事告诉你了，他们会大生一气的。”“当然我不会说。”狄君璞在书架上取了三本书，一本是《莫里哀短篇小说集》，一本是《冰岛渔夫》，一本是《契诃夫短篇小说集》。把书交给心霞，他也在火炉边坐了下来。“你先把这三本带去给你姐姐吧，不知她看过没有，其实，”他轻描淡写地说，“她还是自己选比较可靠。”

“她不能来，她生病了。”“哦？”狄君璞专注地问，“怎么？”

“还不是感冒，她身体本来就不好，爸爸说她都是在山谷里吹风吹的！”狄君璞默然了。低着头，他用火钳拨弄着炉火，心里也像那炉火一样焚烧起来。一种抑郁的、阴沉的、捉摸不定的火焰，像那闪动着的蓝色火苗。心霞拿着书，随便地翻弄着，她也有一大段时间的沉默，她并不告辞，那明亮的眼睛显得有些深沉。许久，她忽然抬起头来。

“知道姐姐的故事吗？”她猝然地问，“她和那个坠崖的年轻人。”“是的，”狄君璞有些意外，“你父亲告诉了我整个的故事。”“他一定告诉你卢云飞是个坏蛋，是吗？”

“嗯。怎样呢？”“爸爸有他的主观和成见，而且，他必须保护姐姐。你不要完全相信他，云飞并不坏，他只是比较活泼、要强、任性。再加上他家庭环境的关系，他未免求名求利求表现的心都要急切一些，年轻人不懂世故人情，得罪的人就多，别看我父亲的公司，还不是有许多人在里面耍花样，云飞常揭人之私，结果大家都说他坏话。爸爸耳朵软，又因为自己太有钱，总是担心追求他女儿的人，都是为了钱。这种种原因，使他认定了云飞是坏蛋，这对云飞，是不太公平的。”

狄君璞深深地注视着心霞，她这一篇分析，很合逻辑，也很有道理，她并不像她外表那样天真和稚气呵！对于心虹和卢云飞，她又知道多少呢？姐妹之间的感情，有时是比父母子女间更知己的，何况吟芳又不是心虹的生母！心霞是不是会知道一些梁逸舟夫妇都不知道的秘密？

“你认为那晚的悲剧是意外吗？”他不自禁地问。

“当然。”她很快地回答，眉目间却很明显地有一丝不安之色，“一定是意外！那栏杆早就朽了，因为农庄根本没人住，就没想到去修理它，谁知道他们会跑到那枫林里去呢！”

狄君璞凝视着心霞，她那眉目间的不安是为了什么？她真认为那是个意外，还是宁愿相信那是个意外？她一定知道一些东西，一些她不愿说出来的事情。

“那晚是你代卢云飞传信给你姐姐的吗？”

“怎么？当然不是！我想是高妈，她一直是姐姐的心腹……但是，怎么？那已经是过去的事了，不谈也罢。我们真想弄清楚真相，除非是姐姐恢复记忆！不过……”她停住了，若有所思地望着炉火，脸上的不安之色更深了。

“不过什么？”他追问。

她摇摇头。“算了，不说了！”她振作了一下，抬起眼睛来，很快地看了狄君璞一眼，睫毛就又迅速地垂了下来，继续望着炉火。她说：“我今天来，是有点事想和你谈，关于我自己的事。我不能和爸爸妈妈说，也不能和姐姐说。你是个作家，你对感情有深入的了解，或者，你能给我一些意见、一些帮助。”

“哦，是什么？”他望着她，那张年轻的、姣好的面庞上有着苦恼，而那对黑亮的眸子却带着股任性与率直，“我想，是恋爱问题吧？”“也可以这样说。”她的目光凝注着炉火，“告诉我，如果你爱上一个你不该爱的人，怎么办？”

“唔，”他愣了愣，“这是若干年来，被作家们选为小说材料的问题，你自己也知道，这是根本无法答复的。而且，也要看‘不应该’的原因何在。”

“那是卢云扬。”“卢云扬？”他一惊。“是的，云飞的弟弟！你该可以想象横亘在我们面前的困难，和我们本身的苦恼。”

“这事有多久了？”“什么时候爱上他的？我不知道。我认识他已有四年多了，但是，感情急转直下的发展却是最近的事。一星期以前，他在霜园门口等我，然后……然后……你可以想象的，是吗？”

狄君璞注视着心霞，他心中有些混乱，在混乱以外，还有种惊悸的感觉。他记得那个男孩子。那对仇恨、愤怒而痛苦的眼睛，还有那张年轻漂亮而带着倔强与骄傲的脸。这是一段真诚的感情吗？还是一个陷阱？一个报复？如果是后者，这样发展下去未免太可怕了。

如果是前者呢？他们将经过多少的痛苦与煎熬，这又未免太可悲了！

“你怎么不说话？”心霞望着他，“你在想什么？”

“我有一句不该问的话，”狄君璞慢吞吞地说，“你信任他的感情吗？”心霞震动了一下。“你在暗示我什么？”她受惊地问。

“我没有暗示，我只是问你，你信不信任他？”

她思索片刻，咬了咬牙。“我想，我是信任的！”

只是“我想”而已，那么，她并没有百分之百的把握啊。狄君璞燃着了一支烟，深吸了一口，那种不安而混乱的情绪在他心中更加重了。他站起身来，在室内兜了一个圈子，忽然站定说：“必须把那个谜底找出来！”

“什么谜底？”“卢云飞，他怎会摔下那个悬崖的？”

心霞打了个寒噤，狄君璞立即锐利地盯着她。

“你冷吗？”“不。我不知道那谜底对我有什么帮助。而且，那案子已经结了，我宁愿不再去探索谜底。”

“你怕那谜底，对不对？你并不完全相信那是件意外，对不对？”他紧盯着她。她惊跳起来，有些恼怒了，她的大而野性的眼睛狠狠地瞪着他，大声地说：“我后悔对你说了这些话，你当作我根本没说过好了！我要回家去了，谢谢你的书！”

他拦住了她。“你可知道，只要把你姐姐的嫌疑完完全全洗清楚，你和云扬就没有问题了？人总不能对‘意外’记仇的！我奇怪你们谁都不去追求真相，宁愿让你姐姐一直丧失记忆，宁愿让流言继续在到处飞扬！这是不对的，你们该设法唤醒心虹的记忆呵！”“谢谢你！但愿你别这样热心！你要扮演什么角色呢？福尔摩斯吗？”她抓起了桌上的大衣，穿上了，“记住了！真相不一定对心虹有利！如果你真关心我们，躲在你的书房里，写你自己的小说吧！”抱着书本，她冲到房门口，狄君璞沉默地望着她，不再拦阻。她推开了门，迟疑了一下，然后，忽然又掉过头来，她的眼光变柔和了，而且，几乎是沮丧的。

“对不起，狄先生，”她很快地说，“我并不是真的要跟你发脾气，我最近的情绪很坏，你知道。本来，姐姐的事件在我心中已逐渐淡漠了，可是，它现在又压住了我，压得我简直透不过气来。”他点了点头，眼光温柔。

“我了解。”他轻声地说。

“你——你不会把我和云扬的事告诉妈妈爸爸吧？”

“你放心。”

她点点头，想说什么，又忍住了。看了看手里的书本，她改变了想说的话，“有时间，到霜园来坐坐，我们全家都喜欢你。”

“我会去的。”

她再看他一眼，“你没生我的气吧？”

“我怎会？”

她嫣然地笑了。

“有一天，我会告诉你一些事，等我有……”她的声音压低了，低得几乎只有她自己才听得到，“有勇气说的时候。”打开门，她翻起了衣领，冲进门外那茫茫的雨雾里去了。

狄君璞没有立即关门，他倚在那寒风扑面的门边，对那雨雾所笼罩的山谷凝视了好长的一段时间。他的眉头微锁，心情是迷惘而沉重的。

第十二章

夜里，雨变大了。早上吃过早餐后，姑妈告诉狄君璞说，她一夜都听到雨滴滴在阁楼上的声音，她相信屋顶在漏雨了。

“如果你再不到阁楼上去看看，我怕雨水会漏到我们房间里来了，而且，阁楼里梁家那些东西都泡了水，准会发霉了，你必须上去检查一下。”狄君璞上了阁楼。这阁楼的面积十分宽大，横跨了下面好几间房间，里面横七竖八地堆着些用不着的旧家具。虽然屋顶上有一扇玻璃窗，阁楼上的光线仍嫌幽暗，狄君璞开了电灯，那灯装在屋顶上，只是一个六十度的灯泡，光线也是昏黄的。但是，阁楼上的一切东西都可看清了。

他立刻找到了漏雨的地方，使他惊奇的是，那漏雨处早已放好了一只铝桶，现在，桶里正积了浅浅的一层雨水，怪不得没有水漏到楼下去。那么，早就有人知道这儿漏水而且防备了。他相信这不是梁逸舟为他们布置的，如果他知道屋顶漏水，他一定会在他们迁入之前就预先修好屋顶。那么，这儿在以前，在这农庄空着的时候，必定有人常来了，甚至于经常待在这阁楼里。他想起心虹告诉过他的话：“小时候，我总喜欢爬到阁楼上，一个人躲在那儿，常躲上好几小时。”那么，这会是心虹吗？

在一连几个“那么”之后，他抛开了这个漏水的问题，开始认真地打量这间阁楼。那儿有一张摇椅，他走过去，在摇椅中坐下来，椅子摇得很好，十分安适，只是他弄了一身的灰尘了。梁逸舟租房子给他时，曾表示阁楼里的家具，如果有能用的，尽管可以利用。他决定将这摇椅搬下去放在书房里，看书时可以用。摇椅边有一张书桌，书桌后面还有张安乐椅。

他再坐到书桌后的安乐椅上去，同样地，安乐椅完好舒适，这些家具都还没有破损，想必，梁逸舟只是因为搬了新房子，不愿再用旧家具，而把这些东西堆进阁楼的。

书桌上有一层灰尘，旁边的地下却丢着一把鸡毛掸，他下意识地拿起那鸡毛掸，在桌子上拂过去，所有的灰尘都飞扬了起来，呛得他直咳嗽，鸡毛掸，最不科学的清洁器！他抛下鸡毛掸，却一眼看到那被拂过的书桌桌面上，有一块地方，被小刀细细地挖掉了一块，露出里面白色的木材，那被挖掉的，刚好是一个心形，在那颗“心”中，有红色的圆珠笔写着的两行字，他看过去，是：“困倚危楼，过尽飞鸿字字愁。”

他心里怦然一动，立即涌上一股难言的情绪。想当时，必定有人在这儿期待着谁。他几乎可以看到那在等待中的少女，百无聊赖地雕刻着这颗心。他坐在椅子里，禁不住对这颗心愀然而视，半晌都没有动弹。

然后，他试着去拉开那书桌的抽屉，几乎每个抽屉中都有些字纸，揉皱了的，团成一团的。他开始一张张地检视起来，绝大部分都是一些诗词的片段。有张纸上涂满了名字，胡乱地写着“心虹”“心霞”“卢云飞”“卢云扬”，还有他所不知道的，什么“萧雅棠”“江梨”“何子方”等等。再有一张纸上，画着两颗相并的心，被爱神的箭穿过，一颗心中写着“卢云飞”，另一颗心中写着“梁心虹”。但在这两颗心的四周，却画了无数颗小的心形，每颗心中都有一个名字，像“心霞”“萧雅棠”“江梨”“魏如珍”……许多名字都重复用了好几次，这是什么意思呢？抛开这些字纸，再拉开一个抽屉，里面有几本小说，他翻了翻，是《战地钟声》《巴黎圣母院》《七重天》和一部《嘉莉妹妹》。书都保存得很好，没有任何涂抹。再拉开一个抽屉，有本封面上印着玫瑰花的记事册，打开第一页，上面很漂亮地签着名：“梁心虹”。他的心脏又猛跳了一下，这里面会找到一些东西吗？翻过这一页，他念到下面的句子：

> 我的心像一个大的熔炉，里面热烘烘地翻滚着熔液，像火山中心的岩浆。我整个人都在燃烧着，随时，我都担心着会被烧成灰烬。这是爱情吗？何以爱情使我如此炙痛？如果这不是爱情，这又是什么？
>
> 近来我不相信我自己，许多事情，我觉得是我感觉的错误。我一直过分地敏感。多愁善感是“病态”，我必须摆脱掉某种困扰着我的思想！但是呵！我为什么摆脱不掉？
>
> 父亲说我再不停止这种“幼稚的胡闹”，他将要

对我采取最强硬的手段，他指责我“无知”“荒谬”和“莫名其妙”！这就是成人们对爱情的看法吗？但是，他难道没有恋爱过吗？他当初的狂热又是怎样的呢？如果他必须扼杀我的恋爱，不如扼杀我的生命！他们不是曾经扼杀我母亲的生命吗？噢，我那可怜的、可怜的母亲呵！

连日来，云飞脾气恶劣，我想，父亲一定给了他气受，他抑郁而易怒，使我也觉得战战兢兢的。我留心不要去引发他的火气，但他仍然对我发了火，他说我如果再不跟着他逃跑，他将弃我而去。我哭了，他又跪下来抱住我，流着泪向我忏悔。啊！我心已碎，我将何去何从？

我曾整日在阁楼里等候云飞，他没有来，月亮已上升了，我知道他不会来了，他在生我的气。我整日没有吃东西，又饿又渴又累。回家后，父亲一定还要责备我。天哪，我已心力交瘁！

和父亲爆发了一场激烈的争吵，父亲说将把云飞从公司里开除，毁掉他的前程！心霞挺身而出，代云飞辩护，她是伶牙俐齿的呢！我那亲亲爱爱的小妹妹，但是，她真是我亲亲爱爱的小妹妹吗？

在云飞家里又碰见了萧雅棠，云飞不在。云扬说云飞可能去公司了，但愿！他如果再不好好上班，爸爸一定会开除他！他会说他盗用公款什么的。可怜的云飞，可怜的我，萧雅棠很漂亮，云扬和她是很好的一对，他们不会像我们这样多灾多难！我祝福他们！祝福天下的有情人！

云飞不住地哀求我，不住地对我说："跟我走！心虹，跟我走！"我为什么不跟他走呢？有什么东西阻止了我？道德的约束？亲情的负担？未来的忧虑？

还是……那阴影又移近了我，我怕！

云飞说他不信任我的感情了，他对我大发脾气，从来没有看到他如此凶暴过！我哭着把他拉到枫林外的悬崖边，指着那悬崖对他发誓："将来我们之中，若有任何一人负心，必坠崖而死！"他战栗了，抱着我，他吻我。自责他是个傻瓜，说他永远信任我，我们都哭了。

……

看到这里，狄君璞不禁猛地合上了那本子，心中有份说不出来的、惊惧的感觉。

这册子中还记载了些什么？梁逸舟曾毁掉他们间的信件，但他再也没想到，这无人的阁楼里，竟藏了如此重要的一本东西！想必当初这"阁楼之会"只是死者与心虹二人间的秘密，再也没有第三人知道，所以云飞死后，竟从没有人想到来搜寻一下阁楼！他握着册子，在那种惊惧和慌乱的感觉中出神了。然后，他听到姑妈在楼下直着脖子喊："君璞！你上去好半天了，到底怎样了？漏得很严重吗？君璞！你在上面干吗呀？"

狄君璞回过神来，关好了那些抽屉，他把那本小册子放在口袋中，一面匆匆地拾级而下，一面说："没有什么，一点都不严重，已经用铝桶接住漏的地方了，等天晴再到屋顶上去看看吧！”

“啊呀，看你弄得这一身灰！”姑妈又大惊小怪地叫起来，“君璞呀，这么大年纪还和小孩子一样！还不赶快换下来交给阿莲去洗！”狄君璞急于要去读那本册子，知道最好不要和姑妈辩，否则姑妈就说得没完了。顺从地换了衣服，他拿着那小册子走进了书房，才坐下来，姑妈在客厅里又大声嚷：“君璞呀！梁先生来了！”

梁先生？那个梁先生？他慌忙把那本小册子塞进了书桌抽屉里，迎到客厅中来，梁逸舟正站在客厅中，他带来的雨伞在墙角里滴着水。他含笑而立，样子颇为悠闲。

“听说小蕾病了，是吗？”他问。

“哦，气喘，老毛病，已经好了，我让她躺着，不许她起床，再休息两天就没事了。梁先生，到书房里来坐，怎样？书房中有火。”“好极了。外面真冷，又冷又湿。我就不明白这样冷的天气，我那两个女儿为什么还喜欢往山里跑。”

“年轻人不怕冷。”狄君璞笑笑说，说完才觉得自己的语气，似乎已不把自己归纳于“年轻人”之内了。把椅子拉到火炉边来，他又轻描淡写地问：“是不是心虹也感冒了？”

“可不是，心霞昨天晚上也发烧了，我这两个女儿都娇弱得很。”在炉边坐了下来，阿莲送上了茶。梁逸舟燃起一支烟，眼光在书桌上的稿纸上瞟了一眼，有些不安地说：“是不是打扰你写作了？”

“哦，不不。写作就是这点好，不一定要有固定的工作时间。梁先生今天没去公司吗？”

“天太冷，在家偷一天懒。”他笑笑说。

天太冷，却冒着风雨到农庄来吗？他的目的何在呢？他一定有什么事，特地来拜访的。

狄君璞深思地看了他一眼，没说什么，也燃上一支烟，他静静地等着对方开口。果然，在一段沉默之后，梁逸舟终于坦率地说了：“君璞，我不想多耽误你时间，有点事我想和你谈一谈。”“唔？”他询问地望着他。

“是这样，”梁逸舟有些碍口似的说，“我告诉过你关于心虹的故事，对吧？”“是的。”“所以，我必须提醒你，心虹不是一个很正常的女孩子，她是在一种病态的情况中，再加上她又爱幻想，所以……所以……我……”他结舌而不安，“……我非常担心她。”

“哦？”狄君璞遏止不住自己的关怀，怎样了？是心虹发生了什么事吗？他狐疑地望着梁逸舟，为什么他这样吞吞吐吐呢？他焦灼了，而且立即感染了他的不安。“怎么了？她病得很厉害吗？”“不，不是的。”梁逸舟急急地说。

“那么，有需要我效劳的地方吗？”他迫切地问。

“是的，希望你帮忙。”他锐利地望着他。

“是什么呢？”

梁逸舟深吸了一口烟，他的眼光仍然紧盯着他，那眼光里有着深深的研判的意味，他的语气显得有些僵硬：“希望你对她疏远一点。”

狄君璞一震，一大截烟灰掉落到火盆里去了。他迅速地抬起眼睛来，紧紧地注视着梁逸舟。血往他的脑子里冲进去，他的脸涨红了。“哦，梁先生？”他说，“你能解释一下吗？”

“你别误会，君璞，”梁逸舟心平气和地说，“我并不是认为你会怎样，我只是不放心我的女儿，那样一个生活在幻梦里的孩子，她是不务实际的，她常会冲动地走入感情的歧途。她根本不会想到你比她大那么多，又是她的长辈，又有孩子，又有过妻子……她什么都不会想的。或者我是多虑，但是，万一她的感情又陷深了，怎么办呢？以前已有过一次悲剧，心虹是不能再受任何刺激了！”

狄君璞看着梁逸舟，这是第一次，他在这和蔼而儒雅的脸庞上看到了其他的一些东西，严厉的，冷静的，甚至于是残酷的！多么厉害的一番话，表面上字字句句是说女儿的不是，事实上，却完全在点醒他：癞蛤蟆休想吃天鹅肉！狄君璞，你必须要有自知之明！别去惹她，别去碰她，因为你不配！他狠狠地喷出一口浓浓的烟雾，心中对梁逸舟已有另一番估价。当初的卢云飞，曾忍受过些什么？面前这人，是多么地精明干练啊！他竟能体会出他心中那一点点、那一丝丝尚未成形的微妙之情！及时地给予他当头棒喝！那么，那数日未见的心虹，是真的病了，还是被他们软禁了？他甩了甩头。罢了！躲避到这山中来隐居，原是要摆脱那些人世的烦恼和感情的纠葛，难道他自身的痛楚还不够，还要到这山中来，再牵惹上一段新的烦恼吗？罢了！从今天起，甩开梁家所有的事吧！不闻，不问，也不要再管！

“你放心，梁先生，”他很快地说了，“我了解你的意思，我会注意这问题，不给你们增加任何麻烦。”

“你这样说我就放心了。”梁逸舟又微笑了，那笑容几乎是和煦的，“我信任你，君璞。希望你能谅解我，将来你的女儿也会长大，那时你就能体会一个做父亲的心了！”他再笑笑，带着点哀愁，默然地瞅着狄君璞，他完全知道，自己已伤了这个作家的自尊了，“我很抱歉，君璞，这是不得已……”

“不用解释，梁先生，”狄君璞说，语气不由自主地变得冷淡而疏远了，这两个男人之间，原有的那份知遇之感和友谊，已随着炉火，焚烧成了灰烬，“我完全了解你的苦衷。”他用一句话，堵住了梁逸舟的口。熄灭了烟，他抬起头来，用一种已结束谈话的姿态看着对方。梁逸舟知道，他有送客的意思了。他不能不随着他的注视，勉强地站起身来，有些不安地说：“那么，我不打扰你了，再见，君璞。”

狄君璞没有挽留，也没有客套，只是默默地送到大门口来。梁逸舟站在门口，撑开了伞，再看了狄君璞一眼，后者脸上有一份萧索和倦怠，这使梁逸舟心头涌上一股近乎激动的歉意，他想说什么，但是，他毕竟没有说，转过头，他走了。狄君璞关好房门，退回到书房里，立即砰然一声把书房门合上。沉坐在炉边的椅子中，他望着炉火发愣。然后，他又匆匆地站起身来，走到书桌边，拉开抽屉，取出那本小册子。回到炉火边，他对自己说：“从今后，各人自扫门前雪，休管他人瓦上霜！让梁家的一切像鬼影般泯灭吧！”一松手，他把那小册子掷进了燃烧着的炉火里，自己站在炉边瞪视着它。火并不很旺，小册子的封面很厚，一时间没有能很快地燃烧起来。他呆呆地看着，那封面变焦了，黄了，一个角被探着头的火苗搜寻到了，立即蜷缩着吐出了火焰，狄君璞迅速地伸出手去，又把它从火中抢出来，丢在地下，他用脚踩灭了火。拾起来，幸好内容都没有烧到，但他的手指，却被火灼伤了。“你从哪里来，还回到哪里去吧！我无权毁掉你！”他对那小册子说。爬上阁楼，他把那册子放回到抽屉里。

第十三章

天晴了。久雨之后的阳光，比什么都可爱，天蓝得发亮，云白得耀眼，那枫叶上的雨珠在阳光下闪烁。整个暗沉沉的大地，像是在一刹那间恢复了生气，连鸟啼声都特别地嘹亮，门前一株含苞的茶花，在一夜间盛开了。

小蕾小病初愈，看到阳光就手舞足蹈了。从早上起，她就闹着要上街，说她好几个月都没有上过街了。姑妈也说需要添购冬装。于是，午饭之后，狄君璞自愿留守，姑妈带着阿莲和小蕾，一起去台北了。

偌大一栋农庄，只剩下狄君璞一个人，听不到小蕾的笑语喧哗，听不到老姑妈的唠唠叨叨，也听不到厨房里阿莲的锅铲叮当……四周就有种奇异的静，静得让人心慌。坐在书房里，狄君璞怎样也定不下心来写作，他无法让自己的思想，不在窗外的阳光下飞旋。于是，他走出了农庄，站在那广场上。阳光下，空气仍然寒冷。他四面眺望着，山谷里，那些枫树似乎更红了，栅栏边，紫藤的叶子绿得像滴得出水来，那些木槿花，并没有被风雨摧残，一朵朵紫色、黄色、白色的花朵，倔强地盛开在寒风里。

他在空地上随意地踱着步子，一种孤寂之感静悄悄地掩上了他的心头，他绕到农庄后面，走进了枫林。不由自主地，他一直走到悬崖边。倚栏而立，他看着悬崖下的巨石嵯峨和杂草丛生，如果有人摔下去，是绝无生还的可能的。再看着那一片葱翠的雾谷和那几棵挺立在绿色植物中的红枫，他静静地出着神。有好长的一段时间，他根本没有固定的思想，他只是呆呆地站着，一任阳光恣意地曝晒。他的情绪沉陷在一份黯淡的萧索里。然后，他忽然震动了一下，依稀仿佛，他看到雾中有个人影一闪，是谁？又是那疯狂的老妇吗？他极目望去，似乎看到草丛的蠕动和偃倒，有人在那里面穿梭而行吗？接着，那谷中的小径上清晰地出现了一个小小的人影，太远了，看不出是男是女，那人影在奔跑着，只一忽儿，就消失在树丛中了。他依然凭栏而立，这人影并没有引起他太大的注意。那萧索感在逐渐加重，他又想起了美茹，无助地、无奈地、绝望地想着美茹，心中在隐隐作痛。他不知道这样站了多久，然后，他听到有人狂奔着跑到农庄来，他惊愕地侧耳倾听，那奔跑的声音已直扑枫林而来，有个人窜进了枫林，喘息着，兴奋着，一下子停在栏杆前面。长发飘拂，乌黑的眼珠好深好大，热气从她嘴中呼了出来，她已跑得上气不接下气。狄君璞诧异地喊："心虹！你干吗？""怎么——怎么——"她喘着，一脸的困惑和茫然，"怎么——是你？""当然是我，"狄君璞不明所以地说，"还可能是谁吗？"

他显然问了一个很笨拙的问题，心虹的眼睛里，困惑更深了，她慌乱地后退两步，用手扶着栏杆，不知所措地、迷茫地、讷讷地说："我在雾谷里，看到——看到这儿有人，我——一直——一直跑来，我以为——以为——"

"你以为是什么？是谁？"他追问着，他又看到那记忆之匙在她面前转动。"我……我不知道，"她更加慌乱和不知所措，眼光迷乱地在附近搜索着，"我不知道，有个人……有个人……他在等我。""谁？是谁？"她用手扶住额，努力思索，她本来因奔跑而发红的脸现在苍白了，而且越来越苍白，那颤动的嘴唇也逐渐地失去了颜色，她看来憔悴而消瘦，摇摇晃晃地站在那儿，如弱柳临风。她那迷茫的眼珠大大地瞪着，眼神深邃，越过枫林，越过农庄，那目光不知停留在一个怎样的世界里。

他扶住了她，用力地握住她的胳膊，他在她耳边，低沉而有力地说："不许昏倒！记住，不许昏倒！"

"我冷……"她颤抖着，可怜兮兮的，目光仍瞪在那遥远的地方，"我好冷。""但是，你已经记起了什么。不是吗？那是什么？告诉我！"

"一个——一个人，一个男人，"她像被催眠般地说，声音低低的，呻吟的，如同耳语，"一个男人！他在等我，他要我跟他……跟他走！他一直要我跟他走！"

"他是谁？""他是……"她闭上眼睛，身子摇摇欲坠，"他是……他是……""是谁？"他毫不放松地，扶住她的手更用力了。

"是……是……是一个男人，年轻的，漂亮的，他……他要我跟他走！""他叫什么名字？"他逼问着。

"他叫……他叫……"她的脸色苍白如蜡，身子虚弱地摇摆，她的眼睛又张开了，那深邃的眼珠几乎是恐怖地瞪视着。那记忆之匙在生锈的锁孔中困难地转动。“他的名字是……是……”她的嘴唇嘬起，却发不出那名字的声音，她挣扎着，痛苦地重复着，“他的名字是……是……”

“是什么？想！好好地想一想！是什么？”

“是……是……是……啊！”她崩溃了，大颗的泪珠夺眶而出，她啜泣着大喊，“我不知道！我不知道！我什么都不知道！”那记忆之匙断了。她抱住了头。“我什么都不知道！都不知道！都不知道！不要问我！不要问我！不要问我……”

她的双腿发软，身子向地下溜去。他一把把她抱了起来，大踏步地走进农庄，一直走进书房，他把她放在火炉边的躺椅上。她仍然用手抱住头，把自己的身子缩成一团，她下意识地在逃避着什么，她的手是冰冷的。他泡了一杯热茶，扶起她的头，他强迫她喝，她喝了几口，引起了一大串的呛咳。他放弃了茶，倒了一小杯酒，送到她的唇边，她猛烈地摇头。

“喝下去！”他的喉咙喑哑，看她那种无助的模样是堪怜的，“喝下去！你会舒服一点。”

她喝了，仍然把身子缩成了一团。他取来一条大毛毯，包住了她。把火烧旺了。“怎样？”他看着她，焦灼地问，“好些吗？”

她的四肢逐渐放松了，脸色仍然苍白如死。拥着毛毯，她可怜兮兮地蜷缩在那儿，眼珠浸在蒙蒙的水雾里，显得更黑，更深，更晶莹，像两泓不见底的深潭。她看着他，默默地看着他，眼光中充满了祈求的、哀恳的神色。他也默默地蹲在她身边，忧愁地审视着她。然后，她忽然轻喊了一声，扑过来，把她的头紧倚在他胸前，用胳膊环抱住了他的腰。一连串地说：“不要放弃我！求你，不要放弃我！不要放弃我！”

他不知道她这“放弃”两个字的意思，但是，她这一举动使他颇为感动，不由自主地，他用手抚摸着那黑发的头，竟很想把自己的唇印在那苍白的额上。可是，梁逸舟的提示在他心中一闪而过，他的背立即下意识地挺直了。她离开了他，躺回到椅子里，有些羞涩，有些难堪。那苍白的面颊反而因这羞涩而微红了。“对不起。”她讷讷地说。

他使她难堪了！她没有忽略他那挺背的动作。小小的、敏感的人呵！他立即捉住了她的手，用自己那大而温暖的双手握住了她。“你的手热了。”他说，“好些了，是不？”

她点点头，瞅着他。“很抱歉，”他由衷地说，“不该那样逼你的。”

“不，”她说了，幽幽地，“我要谢谢你，你在帮助我，不是吗？别放弃我，请你！我已经知道了，我害的是失忆症，但是，似乎没有人愿意帮助我恢复记忆。”

“你怎么知道你害的是失忆症？”

“我总是觉得有个阴影在我的面前，有个声音在我的耳畔。前天，我逼问高妈，她吐露了一点，就逃跑了，她说我丧失了一部分的记忆。我知道，我那段记忆一定有个男人，只是，我不知道他是谁，他现在在哪里。或者，”她哀愁而自嘲地微笑，“我曾有个薄幸的男友，因为，跟着那记忆而来的，是那样大的痛苦和悲愁呵！”

他紧握了一下她的手，那小小的、温软的手！这只纤细的、柔若无骨的小手上会染着血腥吗？不！那苍白的、楚楚动人的面庞上会写着罪恶吗？不！他拍了拍她的手背，安慰地说：“我会帮助你，心虹。但是，现在别再去想这个问题了，今天已经够了。”“你知道多少关于我的事？”她忽然问。

“一点点。”他回避地说。

“告诉我！把你知道的部分告诉我！”她热烈地、激动地抓住了他的手臂。“只有一点点，”他深思地说，“你生了一场病，使你失去了一部分的记忆，如此而已。”他站起身来，走到桌边，拿起了茶杯，送到心虹的手上，“喝点茶，别再想它了，你很苍白。而且，你瘦了。”“我病了好些天。”她说。

那么，她是真的病了？他心中掠过一抹怛恻的温柔。

“现在都好了吗？”他问。

“你没想过我，”她很快地说，“我打赌你把我忘了，你一次都没到霜园里来。”他的心不自禁地一跳，这几句轻轻的责备里带着太多其他的意义，这可能吗？他有些神思恍惚了。站在那儿，他两手插在口袋里，眼睛注视着炉火，唇边浮起了一个飘忽而勉强的微笑。

“我这几天很忙。”他低低地说。

“哦，当然哪！”她说，语气有点酸涩，“你一定写了很多，一定的！”“唔。”他哼了一声，事实上糟透了，这些日子来，他的小说几乎毫无进展，“杂志社向我拼命催稿，弄得我毫无办法。”她瞅着他，然后她垂下头来，轻轻叹息。这声叹息勾动了他心中最纤细的一缕神经，使他的心脏又猛地一跳。不由自主地，他望着她，这可能吗？这可能吗？那如死灰般的感情能再燃烧起来吗？这细致娇柔的少女，会对他有一丝丝感情吗？是真？是幻？

是他神经过敏？他在感情上，早就是惊弓之鸟，早就心灰意冷。但是，现在，他为什么会有这种反常的心跳？为什么在他那意识的深处，会激荡着某种等待与期盼？为什么那样热切地希望帮助她，那样渴望她留在他的眼前？为什么？为什么？

“我想，我打扰了你吧！”她说，忽然推开毛毯，想站起来。“哦，不，不！”他急促地说，拉了一张椅子，坐在她对面，用手按住了她，“别走！我喜欢你留在这儿！我正……无聊得很。”“真的，姑妈和小蕾呢？”

“她们全去台北了。”“哦。”她沉默了，坐正身子，她看着他，半晌，她说，“你刚刚还没告诉我，你对于我知道多少。”

“我已经告诉你了。”“不止这样多，不止。”她摇摇头。忽然倾向他，用一对热切的眸子盯着他，“你答应帮助我的，是吗？”

“是的。”“那么，告诉我，是不是真有那样一个男孩子？在我的生命中，是不是真有，还是我的幻觉？”

他凝视她。“是的，”他慢慢地说，“真有。”

她颤抖了一下，眼睛特别地燃着光彩。

“怎样的？怎样的？”她急促地问，“他到哪里去了？告诉我！”他心中有阵微微的痉挛和酸涩。她那热切而燃烧着的眸子使他生出一种微妙而难解的醋意。天哪！她是多么美丽呵！他咬了咬牙，含糊地说：“走了。我想。”“走了？走了？”她嚷着，“为什么？走到哪儿去了？怎么！告诉我！把一切都告诉我！快！请你！是他不爱我了吗？是吗？所以我生病了，是吗？所以我失去了记忆，是吗？哦，你告诉我吧！”

“我不能。”他忧愁地说，“因为我也不知道。我等着你来告诉我。”

“哦，是吗？”她颓然地垂下了头。好沮丧，好迷茫。有好一会儿她沉默着，然后，她叹息着说：“这些日子来，我时时刻刻在思索，在寻觅，但是我总是像在浓雾中奔跑，什么方向都辨不清楚。我的脑子里有个黑房间，许多东西在这黑房间里活动，而我不知道那是什么。我一直希望给那黑房间开一个窗子，或点一盏灯，让我看清那里面的东西。但我没有这能力！没有！每当那黑房间里有一线亮光的时候，我就觉得整个头都像要炸裂般地痛楚起来，然后，我就昏倒了。”她重新抬起眼睛来，盯着他，祈求地、恳切地说：“帮助我吧！让我把这个黑房间交给你，你给我点上一盏灯吧！好吗？不知道为什么，我不能去求我的父母，我不相信霜园里的每一个人！甚至高妈，我都不相信！”

他注视着面前那张脸，那张迫切的、渴望的而痛苦着的脸和那对哀哀欲诉的眸子。

他被折倒了，他心中涌上了一股热流，一股汹涌着、澎湃着的热流。握住了她的手，一些话不受控制地冲出了他的嘴：“你放心，心虹，我将帮助你，尽我一切的力量来帮助你。让我们合力来打开那个黑房间吧！我相信这并不是十分困难的事。但是，我需要你的合作。”

“我会的！”“或者，那黑房间里有些可怕的东西，你有勇气吗？你能接受吗？”“我会的！真相总比黑暗好！”

“那么，你有一个助手了！让我们一起去解开那个谜吧！第一步，我要找回那本小册子。”

“小册子？什么小册子？”

“慢慢来，别急。明天下午，你愿意来我这儿吗？”他问，完全忘记了梁逸舟的嘱咐。

“我一定来！”“好，会有些有趣的东西等着你，我想。”

她侧着头看着他，那惊奇的眸子里洋溢着一片信任的、崇拜的、期待的与兴奋的光彩。

第十四章

于是，这天晚上，狄君璞重新爬上了阁楼，取出了那本小册子。夜里，躺在床上，狄君璞翻到上次中断的部分，接着看了下去。床头边，一灯荧荧，窗外，月光又漫山遍野地洒着，在窗上投入了无数的树影。那小册子散发着一缕似有若无的纸张的香味，他专心地翻阅着，再一次走入了心虹所遗忘的世界里。

强烈地思念我那已去世的生母，缠着高妈，问我母亲的一切，高妈说她是天下最可爱的美人儿，说我是她的心肝宝贝。啊！如果我的生母在世，她一定会了解我！不会让我受这样多的痛苦！呵，母亲！母亲！你在哪儿？

父亲告诉我，云飞在公司中纰漏百出，我早知道他有这一手！我愤怒极了，和他大吵，我骂他说谎，骂他陷害！我警告他，如果他做了任何不利于云飞的事，我将离家出走！父亲气得发抖，说我丧失了理性，说云飞根本不爱我，完全是为了他的钱，我嗤之以鼻，闹得不可开交，妈也跟在里面派我的不是，说我对父亲太没礼貌，我哭着对她叫："请不要管我！你又不是我的母亲！"她大惊失色，用手蒙住脸哭了。我才知道我做了什么，她待我毕竟不坏呀！我冲过去抱住她，也哭了。她揽住我，只是不住口地喊着："你是我的女儿！你是的！你是的！"天哪，人类的关系和感情多么复杂呀！

云飞再一次求我跟他走，他说父亲给他的压力太大，把许多莫须有的罪名加在他身上，使他在公司里无法做人。他说如果不是为了我，他早就拂袖而去，现在，他已经不知该怎么办。他说，假如父亲把他开除，那么，他在别的公司都无法做下去。啊，我所深爱的，深爱的云飞！

痛苦，痛苦，无边的痛苦。黑暗，黑暗，无边的黑暗！我像是陷在雾谷中的浓雾里，茫茫然不辨途径，我奔跑又奔跑，却总是撞在冰冷坚硬的岩石上。我累了！我真是又乏又累！

我告诉父亲，我已到法定年龄，可以有婚姻自主权，不必受他的控制，他说："我不要控制你，心虹，你早就可以不受我控制了。我管你，不是要控制你，而是要保护你。你拒绝我吧，咒骂我吧，我的悲哀是做了父亲，无法不爱你，无法不关怀你。"我愕然，注视着他，我忽然间知道了：这也就是我总是鼓不起勇气和云飞出走的原因。我与父亲间，原有血与血联系着的感情呵！

莎翁说：“做与不做，那是个难题。”“犹豫，是我最大的敌人！”云飞来，和父亲又爆发了激烈的争执。云飞在盛怒中，说了许多极不好听的话，父亲大叫着说：“我警告你，远离我的女儿，否则我会杀掉你！我说得出做得到，我会杀掉你！”我突然周身寒战，我觉得父亲真会那样做。

云飞又和我发脾气，他说如果我再拿不出决心，他不要再见我，他真的就不见我了！我会死去，几百次，我想从那悬崖上跳下去。我去找云飞，他的母亲和萧雅棠在那儿，云飞和云扬都不在。萧雅棠对我说：“你何必找他？卢家的男孩子都是自己的主人，他找你时，你是他的，他不找你时，你也找不到他！”怎么了？她为什么那样阴阳怪气？难道她和云扬也吵架了？爱情，这是一杯苦汁吗？

好几日没有看到云飞了，我度日如年。何苦呢，云飞？你为什么也要这样折磨我？为什么？难道我受的罪还不够多？如果连你都不能谅解我，我是真的死无葬身之地了！

我又觉得那阴影在向我游来。

天哪！我看到了什么，在那雾谷中的岩石后面？天哪！那是真的吗？天哪！我为什么活着？为什么还不死？为什么还不死？这世界还有道义和真情吗？这不是太可怕了！太可怕了！天哪！让我死去吧！让我死去吧！这世界只是一团灰暗的混沌！我再也不相信人类有真实的感情了！我恨他！我恨他！我要杀了他！还有她，我那亲亲爱爱的小妹妹！我的第六感毕竟没有欺骗我！噢，心霞，心霞，世界上的男人那么多，你一定要选择你姐姐的爱人吗？

让我死去吧！让我死去吧！我的心已经死了，碎了，化成粉，化成灰了！我宁愿死！

我想杀了他！不是“想”，我“要”！噢，天哪，指引我一条路！指引我！噢，母亲，你在哪儿？助我！助我！助我！

像红楼梦里的句子：“无我原非你，从他不解伊，肆行无碍凭来去，茫茫着甚悲愁喜，纷纷说甚亲疏密，从前碌碌却因何，到如今回头试想真无趣！”他在阁楼里找到了我，苍白，憔悴，他看来不成人形，茫茫然如一只丧家之犬！抓着我，他焦灼地、痛楚地、坏脾气地嚷着：“你要我怎样？你为什么不听我解释！爱你是一件多么痛苦的事，你懂吗？我受够了！我受够了！是的，我吻了她。因为她身上有你的影子，你懂吗？随你怎么评价我，如果我一定得不到你，我会选择她，我打赌她不会像你那样摆架子，她会跟我走！你信吗？”他忽然哭了，跪下来，他抱住我的腿，哑着喉咙喊：“原谅我！原谅我！我不知道自己做了些什么！你跟我走吧！心虹！求求你！不然，我会死掉！”我抚着他的头，他那浓浓的头发，我哭了。呵，我原谅了他！从心底原谅了他！天哪，可怜可怜我们吧，帮助帮助我们吧！我终于决定了。我将跟他走！浪迹天涯，飘零人海，我将跟他走！父亲终于把他从公司里开除了，他咆哮着说将带我走！傻呵，云飞，我会被幽禁了，我知道！他问我："跟我去讨饭，怎样？"我说："是的！我跟定了你！"我将走了！跟着他走了！别了，父母！别了，妹妹！（我不再恨你了。）别了，小阁楼和农庄！别了，雾谷！别了，我所熟知的世界！

我将跟他走，浪迹天涯，飘零人海，我将跟他走！

小册子里的记载，到此为止，下面都是空白的纸张了。想必这以后，心虹就被幽禁了起来，接着，她逃走了，跟着云飞逃走了，再也没有时间到阁楼里来收拾这些东西。然后，就是那次莫名其妙的悲剧，云飞死了，她呢？她的记忆也"跟着他走"了。合上小册子，狄君璞燃起了一支烟，躺在床上，他了无睡意，脑子里，有几百种意念在分驰着。从他所躺的床上，可以清晰地看到窗外的天空，这又是个繁星满天的夜！那些星星，璀璨着，闪烁着，组成了一条发亮的光带。那条星河！那条无法飞渡的星河！那条辽阔无边的星河！而今，云飞与心虹间的这条星河，是再也不能飞渡了！"迟迟钟鼓初长夜，耿耿星河欲曙天，鸳鸯瓦冷霜华重，翡翠衾寒谁与共？"呵，心虹！他更了解她了，那个有颗最热烈的心、最倔强的感情、最细致的温柔的女孩！云飞，你何其幸运！这样的少女，是值得人为她粉身碎骨呵！何况，她虽然丧失了记忆，狄君璞仍然深信，卢云飞必定依然活在她的潜意识里。

一支烟吸完，狄君璞才能把自己的思想，从那本小册子中那种炙热的感情里超拔出来。

他觉得有份微妙的怅惘和心痛，对那个逝去的卢云飞，竟有些薄薄的醋意。他奇怪，云飞为什么不像梁逸舟所说，去闯一番天下来见心虹呢？他何以必须带着她逃走呢？他开始归纳这本小册子里的要点和疑问，开始仔细地分析着一些事实，最后，他得到了几点结论：

一、心虹不是吟芳的亲生女儿，对父母在潜意识中，有份又爱又恨又怀疑的情绪。她认为自己生母的死，与梁逸舟和吟芳有关。

二、梁逸舟痛恨云飞，曾威胁过要杀死他。

三、心虹说过，她和云飞若有一方负心，必坠崖而死，接着，她发现云飞和心霞有一段情，她也发誓说要杀死云飞。

四、云飞的弟弟云扬曾有个女友名叫萧雅棠，而现在，他又追求了心霞，这里面似乎大有文章。

五、心霞的个性模棱，她仿佛很天真，却背着心虹和云飞来往，现在又和云扬恋爱，这是一笔怎样的乱账呢？

六、云飞到底是个怎样的青年？是好？是坏？是功利主义者？是痴情？是无情？是多情？梁逸舟对他的指责，是真实的，还是偏见，还是故意地冤屈他？

随着这些归纳，狄君璞觉得头越来越昏了，他发现自己的“结论”根本不能算“结论”，因为全是一些疑问，一些找不出答案来的疑问。唯一可信任的事实，是心霞在这幕戏中必然扮演了一个角色。这就是心霞上次吞吞吐吐的原因，也就是她不愿他继续追究的原因，她急于要掩饰一件事情，她和云飞的那段事！那么，心霞可能相信是心虹杀了云飞，为了云飞背叛心虹！所以，她对他说过："记住了！真相不一定对心虹有利！"是吗？

这之中的复杂，真远超过狄君璞的意料。按这些线索追查下来，倒是真的，"真相不一定对心虹有利！"他有些犹豫了。如果那记忆之匙，是一把启开痛苦之门的钥匙，那么，他也要帮她把这钥匙找出来吗？

他辗转反侧，不能成眠，脑子里一直盘旋着心虹、心霞、卢云飞、卢云扬、梁逸舟……的名字，这些名字在他脑中跳舞，跳得他头脑昏沉。而他却无法阻止自己去想，去思索，去探求！而在这所有的名字和人物之中，心虹那张祈求的、哀愁的、孤独而无助的面孔始终飘浮在最上层，那对哀哀欲诉的眸子，也始终楚楚可怜地望着他，还有她的声音，她那恳切的、无力的、祈求的声音："帮助我吧！让我把这个黑房间交给你，你给我点上一盏灯吧！"他能置她于不顾吗？

他能不点那盏灯吗？他不能！呵，他不能！窗外渐白，星河暗淡，黎明快来了。"迟迟钟鼓初长夜，耿耿星河欲曙天"！他心中掠过了一抹怆恻的情绪，他也同样有"鸳鸯瓦冷霜华重，翡翠衾寒谁与共"的慨叹呵！

第十五章

早上，他起得特别早，匆匆地吃过了早餐，他就一个人走出了农庄。太阳还没有升高，树叶上宿露未收，彩霞把天空染成了淡淡的紫色。他沿着大路，走下了山，一直走到镇上。

天气依然寒冷，晓风料峭，他竖起了大衣的领子，拉起衣襟，埋着头向前走去。他很容易就找着了卢家的农舍，那栋简单的砖造房子孤立在镇外的一片稻田中，附近种满了竹子，门前有小小的晒谷场，屋后堆着些潮湿的稻草堆。

卢云扬正站在晒谷场上，推动着一辆摩托车，大概正准备上班去。看到狄君璞，他站住了，用一对闪亮的、桀骜不驯的眸子，不太友善地盯着他。

“我认识你，”卢云扬说，“你就是那个作家，你有什么事？”

“能不能和你谈谈？”狄君璞问。

“谈吧！”他简短地说，并没有请狄君璞进屋里去坐的意思，从摩托车的工具袋里抽出一条毛巾，他开始擦起车子来，看都不看狄君璞一眼。

“你母亲——好些了吗？”他不知该如何开始。

“谢谢你，她本来就没有什么。”他继续在擦车。

“我来，想和你谈谈你哥哥。”

“他死了！”他简短地说。

“当然，我知道。”狄君璞燃起了一支烟，有些碍口地说，“我只想问问你，你认为——你认为你哥哥是怎样死的？”

“从悬崖上掉下去摔死的！”

狄君璞有点不知所措了。

“我的意思是——”他只得说，“你认为那是意外吗？”

这次，他迅速地抬起头来了，他的眼睛直瞪着他，那对漂亮的黑眼珠！现在，这对眼睛里面冒着火，他的浓眉是紧锁着的。带着满脸的不耐烦，他有些恼怒地说：“你到底想要知道些什么？你是谁？你有什么权利来问我这些？我又为什么要告诉你？”

“你不必一定要告诉我，”狄君璞说了，出奇地诚恳和冷静，许多的话，竟从他的肺腑中，不期而然地冒了出来，“我来这儿，只因为在霜园里，有两个女孩都为你哥哥的死亡而深深痛苦着。一个是根本遗失了一段生命，另一个却在那死亡的阴影下被压迫得要窒息。我是个旁观者，我大可以不闻不问，这事与我一点关系也没有。但是，或者我们能救她们呢？我说我们，是指你和我。你愿意帮忙吗？”他一面说着，一面深深地看着卢云扬，他想在卢云扬的脸上读出一些东西，他对心霞的感情，是真的，抑或是假的？

卢云扬怔了怔，或者是狄君璞的话打动了他，他的脸色变了，一抹痛楚之色逐渐地进入了他的眼中，他的脸苍白了起来，嘴唇紧闭着，好半天，他才喑哑地说："你指什么？心霞对你说过些什么吗？她很不快乐，是吗？"

"她应该快乐吗？"他把握了机会，紧盯着他。"前两天，她曾经来看过我，"他慢吞吞地说，"她说她近来痛苦极了。"

卢云扬震动了一下，他咬了咬牙，浓眉紧蹙，那黑眼珠显得又深邃又迷蒙。狄君璞立即在这青年的脸上看到了一个清清楚楚、毫无疑问的事实，而且，这事实使他深深地感动了。

卢云扬，他是真真正正在爱着心霞的！一份狂热而炙烈的爱，一份烧灼着他、痛苦着他的爱！狄君璞那样感动，对于自己竟怀疑过他的感情而觉得抱歉与内疚了。

"心霞不快乐，"终于，卢云扬一个字一个字地说了，眼睛直直地望着远方的云和天，"因为她和我一样清楚那件事。"

"什么事？"狄君璞追问着。

"心虹确实杀了云飞！"

"什么？"狄君璞吃惊了，"你怎能确定？"

"那不是意外，是心虹把他推下去的，他们常在那悬崖边谈天，她很容易把他推下去！"

"可是，你怎能证实？动机呢？"

"动机？"他冷冷地、苦恼地哼了一声，"可能就是为了心霞，也可能是别的，你不知道梁心虹，她爱起来狂热，恨起来也深刻！""为了心霞！"狄君璞喃喃地说，"那么你也知道心霞和云飞的事了！""当然知道！"卢云扬有些激动，"我知道心霞所有的事，所有的一举一动！从她十五岁我第一次看到她起，我就再也没有过别的女人！我怎可能不知道她的事呢？但是这不能怪她，没有女人能抗拒云飞，从没有！何况她那时只是个十七岁的小姑娘！你以为我不知道，我怎会不知道，我耐心地等着她长大，等着她的眼光能掠过我哥哥的头顶来发现我！我等待了那样久！”“但是，等待的同时，你还有个萧雅棠呵！”狄君璞完全没有经过思想，就冲口而出地冒出了这句话来。

卢云扬一惊，顿时住了口，狠狠地盯着狄君璞，他的眼光变得愤怒而阴暗了，好一会儿，他没有说话。然后，他把那块毛巾甩在摩托车上，掉转身子来，正面对着狄君璞，憋着气，他点了点头说：“你知道得还真不少！是吗？”

狄君璞沉默着，没有说话。

“好吧，既然你这样迫切地要知道所有的事，”卢云扬摆出一股一不做二不休的神气来，很快地说，“去镇上吧，成功街十一巷八号，你可以找到你所说的那个萧雅棠，去吧！去吧！让她把一切都告诉你！去吧！”

“成功街十一巷八号？”

“是的，离这儿只有十分钟路，去吧！看你发现的事情能不能帮助你了解！”狄君璞抛掉了手里的烟蒂。

“那么，谢谢你，再见，卢先生。”他转身欲去。可是，一个苍老的、温柔的、女性的声音唤住了他。“云扬，这是谁呵？”

狄君璞回过头来，使他惊奇的，这是那天夜里的疯老太婆！她正站在门口，含笑而温和地望着他们。现在，她和那晚已判若两人。整齐，清爽，头发挽在脑后。依然瘦削，但那面庞上却堆满了慈祥而温和的微笑，那眼睛清亮而有神，带着柔和的光彩，和那已升高了的太阳光同样和煦。这就是那晚要杀人的疯子吗？狄君璞简直无法相信，至今，他手背上的齿痕犹存呢！他站在那儿，注视着这老太太，完全呆住了！

卢云扬一看到他母亲的出现，脸上那僵直的肌肉就马上放柔和了，他很快地给了狄君璞一个紧张而迫切的眼光，似乎是警告他不要再说什么。同时，他的脸上迅速地堆满了笑，振作了一下，对母亲说："哦，妈，这位是狄君璞，是我们的朋友！他是个作家呢！"

"哦，狄先生，"老太太含笑对他点头，显然她对那晚咬他的事已毫无记忆了，"你怎么不进来坐，云扬，你瞧你！这么冷的天，怎么站在院子里聊天呢！快请狄先生进来喝杯热茶！"

"噢，伯母，别客气！"狄君璞慌忙说，"我还有事呢，马上要走！""不在乎这一会儿的！"老太太笑着挽留，又看着云扬说，"云扬，你哥哥呢？你别想帮着哥哥瞒我，他昨晚一夜没回来，他棉被还叠得好好的呢！"

"妈！"云扬笑应着，又紧急地对狄君璞使了一个眼色，再对他母亲说，"我又没说哥哥在家，我根本没开口呀！"他显然在回避这个痛苦的问题。

"没开口！"老太太笑着埋怨，一种慈祥的埋怨，"你还不是总帮哥哥瞒着，就怕我不高兴。看！现在就整夜整夜地不回家了，将来怎么办呢？你哥哥呀，这样下去会堕落了！我告诉你。"她的笑容收住了，换上了一个慈母的、忧愁的脸。看着狄君璞说："狄先生，你也认识云飞吗？""呵，呵，是的，是的。"狄君璞仓促地回答。

“你瞧，兄弟两个完全不一样，是吧？”老太太热烈地说，“我也是一样地管，两个人就不一样发展，云扬虽然脾气坏一点，倒是处处走正路！云飞呢，他总跟我说：‘妈，在这世界上，做好人是没用的，你要活着，就要耍手段，什么都不可靠，可靠的只有金钱和势力！’你瞧，这算什么话呀？唉！真让我担心，我怕这孩子总有一天会堕落，你看会吗？”

狄君璞勉强地笑了笑，简直不知怎样回答好。但是，老太太并不要他答复，她又想到了别的事情了，望着云扬，她说：“怎么好多天都没有看到梁家的女孩子了，云扬？你哥哥没欺侮人家吧？”“她会来的，妈。”云扬尽量掩饰着他的苦恼。

“雅棠在哪儿？”“回家了。”“唉，这孩子也是……”老太太咽住了，又大发现似的，热心地嚷着，“干吗大家都在风里站着？进来喝杯茶呀！”她对屋里大声叫，“阿英，开水烧好了吗？”

“真的不行，我必须走了。”狄君璞急忙说，“改天我再来看您，伯母。”“妈，我也得赶去上班了。让阿英准备一点好菜等我晚上回来吃。”云扬也急忙说，“我送狄先生一段。再见，妈！”

拉着狄君璞，他慌忙地、低低地在狄君璞的耳边说：“我用摩托车送你到镇上，走吧，否则她不会放你走了，她是很寂寞的。”

于是，狄君璞上了云扬的摩托车，一面再对那倚门而立的老太太挥手说了声再见，老太太笑倚在门上，仍然在不住口地叮咛着叫狄君璞下次再来，又叫云扬早些回来，并一再喊要云扬下班后去找哥哥。

车子发动了，狄君璞和云扬很快地离开了那幢小屋，云扬一直沉默着。狄君璞却觉得心里充满了一股难言的酸涩。和这老太太的几句谈话，使他了解了很多很多的东西。了解了云扬，也了解了一些云飞。云扬那样沉默，简直像一块石头，一直驶到镇里，他都没有开过口，到了镇上，他停下车来，才简短地说了一句："你很容易就可以找到萧雅棠的家，我不再送了。"

狄君璞下了车，"我想，我……"嗫嚅地开口说，却又停住了。他有很多的话想对卢云扬说，可是却不知从何说起，望着云扬，他怔怔地发着呆。云扬也看着他，逐渐地，那漂亮的黑眼睛里蒙上了一层温柔的光彩，于是，忽然间，他觉得什么都不必说了，他在云扬的眼睛里看出了理解与友谊。他们间那种敌对的情形已经不知不觉地消失了。现在，他们是朋友，并肩作战的朋友，携手合作的朋友！他笑了。

"再见！云扬！"这是他第一次直呼他的名字。目送云扬的摩托车驶远，消失在市镇的尽头。他才转过身来，开始找寻萧雅棠的家。

第十六章

很容易地，狄君璞就找到了萧雅棠的家。那是一栋简陋的、两层楼的木造房屋，楼下，开着一个小小的洋裁店。一个蓬松着头发的中年女人，正在缝衣机前工作着。缝衣机旁边，是个铁制的模特儿，上面横七竖八地披挂着一些衣料。他跨了进去，那女人立即抬起头来，狐疑地望着他，问："你找谁？""一位萧小姐，萧雅棠小姐！"

"二楼！"那女人说，不耐地指了指旁边一个狭隘的楼梯，就又埋头在缝衣机上了，那轧轧的机声，充塞在整个房间里。

既然她并无意于通报，他只得自己拾级而上，到了上面，他发现是一间长长的屋子，被三夹板隔成了三间，最前面的一间就算是客厅，里面放着几张简单的藤椅，还有一个婴儿用的摇篮。现在，正有一个少女在那客厅中逗弄着一个半岁左右的孩子。听到他的声音，那少女回过头来，吃惊地问："是谁？""我姓狄，我找一位萧雅棠小姐。"狄君璞说。

“我就是萧雅棠。”那少女说，慌忙站起身来，把孩子放进摇篮中，“请进来，你有什么事吗？”

狄君璞走了进去，他惊奇地看着这个萧雅棠，一时间，竟眩惑得几乎说不出话来。自从他搬到农庄来以后，见到了梁氏姐妹，他总觉得这姐妹二人必定是这小镇市中数一数二的美人。可是，现在他看到了萧雅棠，这推翻了他的观念。他再怎么也不会想到，在这简陋的小房子里，竟藏着这样炫目的一颗珍珠！她穿着一件黄毛衣，一条咖啡色的裙子，脸上没有任何脂粉。双眉入鬓，明眸似水，那挺秀的鼻梁，那小小的、厚嘟嘟的、性感的嘴唇，以及那美好的身材，细小的腰肢，浑身都带着那种自然的、毫不造作的、摄人的美。狄君璞站在那儿，好一会儿才回过神来。

“我叫狄君璞，几个月以前，我才搬到梁家的农庄里来住，”他解释着，“我听说了那个坠崖的悲剧，刚刚我去看卢云扬，他要我来看你。”他毫无系统地说，自己也觉得措辞得十分笨拙。她的反应却是激烈的，瞬息间，她的脸色已经死一样地惨白了，她那又大又黑的眼珠直直地望着他，嘴唇微微地颤抖着，她看起来像个被迫害的幽魂。

“我不想谈这些事，”她很快地说，“你也没有权利要我说什么。”“当然，”狄君璞不安地说，“你可以拒绝我，萧小姐。或者你也无法告诉我什么，我抱歉来打扰你。”他望着摇篮里的婴儿，那是个十分美丽的小东西，现在正大睁着一对乌黑的眼珠，津津有味地啃着自己的小拳头。“好漂亮的孩子！”他由衷地称赞着，“是你的小妹妹吗？”“是个小弟弟。”她叽咕着，低声地说。

“哦，对不起，”他转过身子，“我还是不打扰你好，如果你有时间，来农庄里玩，好吗？”

“我永不会走到那个地方去！”她发狠地说。

他抬抬眉毛，不知该说什么好。他开始往楼梯的方向走，这是一次完全不得要领的拜访，他有些懊恼。可是，他才走到楼梯口，那少女却忽然叫了一声：“等一下，狄先生！”他站住了，回过头来。萧雅棠正望着他，那眼睛是研究性的，然后，寒霜解冻了，她脸上浮起了一丝温柔的悲凉。

“是云扬要你来的吗？”她问。

“是的。”“那么，你想知道些什么呢？”

“哦，”他有份意外的惊喜，走回到客厅里来，他说，“我想，你或者知道，那次悲剧是怎么一回事。你知道吗？”

她呆了呆。出乎他的意料，她说：“是的。”“是怎么回事呢？”他迫切而惊奇地问。

她看着他，“你是警方的人吗？”她问。

“当然不是，你可以放心，我只是以梁家朋友的立场，想知道事实的真相。”“你要知道真正的情形吗？”她强调了“真正”两个字。

“是的。”“那么，”她轻声地，却肯定地说，“她杀了他！”“你怎么知道？”他惊愕地问，望着面前那张严肃的、美丽的，而又奇异地充满了悲凉的脸。

她盯着他，沉默了好一会儿，那眼中放射着异彩，神情是奇怪的。“我知道，”她说，喃喃地，“她一定会杀他，她把他从悬崖上推下去，这是最简单而生效的办法！”

“但是，为什么，她爱他，不是吗？”

“她也恨他！”“你怎么知道？”他再一次问。

“因为卢云飞不是人，他是个魔鬼！”她咬了咬牙，眼神更加悲凉，还有层难以掩饰的愤怒，“梁心虹是个有骨气的女人，我佩服她，她做了一件她应该做的事！如果她不杀掉他，我也会杀掉他的！”“怎么！”他更愕然了，“你与他有什么关系，你不是云扬的女朋友吗？”“云扬！”她冷笑了一声，“云扬从头到尾，心里就只有一个梁心霞！我告诉你！”他摇摇头。“我糊涂了！”他说。“云飞告诉她，我是云扬的女朋友，多荒谬的谎言！而她也会相信！但是，我们谁不相信他呢？云飞，”她虚眯起眼睛，长睫毛静静地掩着一对乌黑的大眼珠，沉重的呼吸使她的胸膛起伏不已，她的声音骤然喑哑了，一种空虚的、苍凉的、梦似的声音，仿佛从什么遥远的深谷里回响而来，“我们谁能不信任云飞呢？他可以制控我们的思想、意识和一切！他要我们活，我们就活，他要我们死，我们就死！有时，我们明知他说的是谎话，却宁愿欺骗自己去信任他！哦，云飞！”她叹息，忽然用手蒙住了脸，无声地、压抑地啜泣起来。然后，她放下了手，面颊上一片泪光，她的眼睛水盈盈地望着狄君璞。“你满足了吗，狄先生？”她幽幽地问，“你看到了我，一个被云飞玩弄过又抛弃过的女人，一个永远生活在惊恐和患得患失中的女人！云飞曾是我的世界，但是……”她的眼光调向了窗外，好迷茫、好哀怨、好空洞的眼光，“现在，他去了！没有人再来抢他了！”

狄君璞看着萧雅棠，吃惊得说不出话来。后者已沉入了一份虚无缥缈的、幻梦似的境界里，她固执地望着窗外，不语也不动。好半天，她就这样像木偶一般站着，眼里一片凄凉的幽光。然后，摇篮里的孩子突然响亮地哭泣了起来，这惊动了她。她迅速地转过头，从摇篮里抱起了那婴儿，紧紧地揽在怀中，她摇撼他，拍抚他，呢呢喃喃地哄着他。她重新看到了狄君璞，一层红潮漾上了她的面颊，她的眼光变得非常温柔了。“对不起，狄先生，”她仓促地说，“我想我有点失态，请原谅我，并不是常有人来和我谈云飞，你知道。”

“是的。”他点点头，凝视着她，“我想我了解。”

孩子不哭了，她仍然继续拍着他。

“是云扬要你来的吗？”她再一次问这问题。

“是的。”

她凝视他，这是他进来后的第一次，她在深深地、研究地打量着他。“那么，你绝不是警方的人员吧？那案子早已经结了，栏杆朽成那样子，谁都靠不住会失足的！”她忽然又重复地问，而且前后矛盾地掩护起心虹来。

“我不是警方的人！”他再一次说，迎视着她。这是个有思想、有教养、有风度的女人呵！“我写小说，笔名叫乔风。我住到农庄来，是想有个安静的、写作的环境！”

“乔风？”她惊动了，“你就是乔风吗？我知道你！《两粒细沙》的作者，是吗？”又是《两粒细沙》！他头一次知道这本书有这么多读者。没有等他答复，萧雅棠又接了下去：“你写了两粒细沙，事实上，这世界上岂止两粒细沙呢？有无数无数的细沙呵！”她叹口气，又说：“那么，你追查这件事，是在收集小说资料吗？”

“不尽然是。”他望着她，对她有了更高的估价，“主要是想挽救……”“梁心虹？”她问。

“是的，我在尝试恢复她的记忆。”

“何苦呢？”她说，“如果我能患失忆症，我会跪下来祷谢上苍。并不是每个人都有失去记忆的幸运，她何必还要恢复？狄先生，你如果真想帮助她，就帮助她忘记这一切吧，否则，恢复记忆的第一件事，就是无边无尽的痛苦！何苦呢？”

“但是，生活在黑暗里，也不是快乐的事。假若这是一个脓疮，我们应该给她拔脓开刀，剜去毒疮，让它再长出新肉，虽然痛苦，却是根治的办法。而不应该用一块纱布，遮住毒疮，就当作它根本不存在。要知道这样拖延，毒疮会越长越大，蔓延到更多的地方。将来对她的伤害反而更大。”

她迟疑片刻。“或者，你也有道理。”她说，在藤椅上坐了下来，示意让他也坐，狄君璞这时才坐下了。她把孩子抱在怀中，孩子已睡着了。她低头望着那婴儿白白嫩嫩的脸庞，低低地说：“既然这样，我可以把我所知道的事告诉你。而且，既是云扬让你来，我也应该告诉你，这世界上，如果我还有一个尊敬而信任的人，那就是云扬了。”她抬起眼睛来，看着狄君璞，“云扬和他哥哥完全不同，他是热情而耿直的，愿上天保佑他！”狄君璞望着她，颇有一些感动的情绪。她又低下头去，整理着孩子的衣襟，不再抬起眼睛来，她很快地说：“我认识卢家兄弟已经有五六年了。我的家在台中，我的父亲是个木匠，我上面有两个哥哥，我是家中唯一的女孩子。父亲很穷，却知道读书的重要性，他让我们兄妹全读了书，六年前，大哥到台北来读大学，把我也带了来读高中，因为台北的学校好，将来考大学容易，那时我只有十六岁。来台北才两个月，就认识了云飞，他是大哥的同学。”她顿了顿，再看了他一眼，“这就是我噩运的开始，这个卢云飞，他征服了我，走入了我的生命，再也和我分不开来。大哥责我为荡妇，要把我送回家去，我逃走了，住到这个镇上来，为了靠近云飞，可是，云飞却认识了梁心虹。”她注视他，“你知道他的野心和哲学吗？他一径要征服这个世界，却不想循正当的途径。他告诉我：‘雅棠，我要打入上流社会，我要那个食品公司，我做给你看！’于是，他在受完军训后，就顺利地打入了梁家，得到了食品公司的工作，同时，他也开始对梁心虹全力进攻了。我成了什么呢？幕后的情人，黑市的情人！

“但他常拥着我，要我少安毋躁，说他真真正正是爱着我的，梁心虹只是他进身之阶而已。他向我指天誓日，说一旦得到了金钱和权势，必定娶我为妻，他常说得声泪俱下。哦，我相信他，我百分之百地相信他，相信他是为了我要闯一个天下，为了要给我一个安定舒适的生活和美丽高贵的家！但我求他不要玩火，不要欺骗那个女孩子，我说我甘愿跟他吃苦，甘愿陪他讨饭，但他捉住我说：‘别傻！雅棠，你这样一个美人，是该穿绫罗锦缎、吃美果茶浆的！我爱你，雅棠，我不忍让你跟着我受苦！求你允许我为你努力吧！我要你生活得像个皇后，你必须给我机会！因为我那么那么爱你！至于你责备我用欺骗的手段，你错了，雅棠，这世界就是一个大的骗局，谁不在欺骗呢？’好吧！我屈服了。担忧地、痛苦地、惊惧地等待着他。每天我等在他家里，捡拾一些他和心虹亲热之后的余暇。你能了解那份痛苦吗？有时心虹来找他，我还必须躲在一边，扮演成云扬的爱人，这样的日子，我一直过了两三年之久。这之中，真正同情我的，只有云扬，他也曾和云飞起过许多次的冲突，责备云飞所有的行为！但是，云飞是我行我素的，没有人管得了他，也没有人驾驭得了他！

“接着，就发生了一年多以前的那个悲剧。”

她停住了，眼中又隐约地浮起了一片泪光，她望着孩子，脸上充满了悲壮之色，狄君璞燃上了一支烟，他静静地抽着，不想去打扰她，一任她陷在那痛苦的回忆里。

“一年多以前，云飞的情况不再良好了，显然梁逸舟已看穿了云飞的真面目，他在公司中待不下去了。那几个月，他的脾气暴躁而易怒，我一再一再地恳求他，放弃吧，放弃这一切吧，我愿跟他吃苦，我愿跟他流浪，我愿做他的使婢，我愿为他讨饭！但他不放手，怎么也不放手。然后，我常常找不到他，我不知道他在忙些什么。接着，那使我震惊得要昏倒的消息就传来了，他带着她跑了，你可知我那时的心情吗？”

她望着他，他默默地点了点头。

“他带着她跑了，跑得不知去向，我到处找寻他，却一点影子也找不出来，可是，十天后，他回来了。他对我说，他将娶心虹做妻子，因为只有造成既成事实，他才能谋得梁家的财产，我求他，我跪在地下求他，我哭得泪竭声嘶，但他推开我说：‘这样不是也很好吗？等到我谋得梁家的财产之后，我可以再和她离婚呀！而且，我跟她结婚之后，你依旧可以做我的情妇，一切和现在不会有什么不同的！我会好好安排你，你又何必在乎妻子这个名义呢！’我到这时才发现，我的一切都落空了，我为他已经牺牲了学业，背叛了家庭，我的父母和哥哥们都不要我了，而最后，云飞也将遗弃我！我什么都没有了！于是，我打听出来那晚他们要见面，那最后的一晚！云飞计划那晚将带走心虹，和她正式结婚。我决心要阻挠这件事，所以，那天我整天整晚都躲在霜园的门外，到晚上，心虹果然出来了，我把她拉到山谷里，和盘托出了我和云飞的整个故事，我求她不要跟他走，不要再步我的后尘。当时，心虹的样子十分可怕，她对我咬牙切齿地说，那个人是个魔鬼，她说她恨不得杀了他，为人群除害！她谢谢我告诉她这些事，然后，她走了，走向农庄。我也回到家里，清晨，他们就告诉我，云飞坠崖而死了。”她停止了叙述，含泪的眸子静静地望着狄君璞。叙述到这一段，她反而显得平静了。虽然依旧泪光莹然，她唇边却浮起了一个凄凉的微笑。“这就是我的恋爱和我所知道的一切。刚得到云飞死亡的消息，我痛不欲生，几次都想结束自己的生命，但是，接着，我想明白了，即使云飞活着，他也不会属于我，而且，说不定有一天，我会杀了他呢！他去了倒好，我可以永远死了这条心了。我没有自杀，我挺过去了，因为，我还有个必须活着的原因……”她低头看着怀里的孩子，“这个小东西！他出生在云飞死后的六个月。这就是云飞给我留下的最后的纪念品！”她站起身来，把孩子抱到狄君璞的面前来，递进狄君璞的手中，“看看他！狄先生，他不是很漂亮的孩子吗？他长得很像他爸爸。但是，我希望他有一颗善良而正直的心！有个高贵而美丽的灵魂！”狄君璞抱着那孩子，不由自主地望着那张熟睡的脸孔，那样安详，那样美丽，那样天真无邪！他再抬头望着萧雅棠，后者脸上的痛苦、悲切、愤怒、仇恨……

到这时都消失了，整个脸庞上，现在只剩下了一片慈和的、骄傲的、母性的光辉！狄君璞把孩子还给她，注视着她轻轻地把孩子放进摇篮，再轻轻地给他盖上棉被，他觉得自己的眼眶竟微微地潮湿了。

萧雅棠站直了身子，温柔地望着狄君璞。

“你是不是得到了你想知道的东西，狄先生？”

狄君璞熄灭了烟。“还有一个问题，”他思索地说，“心虹出走十天之后，为什么又回来了？既然回来，为什么又和他约会？”

“这个——我就不清楚了。我想，是梁心虹看清了他的一些真面目，她逃了回来，但是云飞很镇定，他一向有自信如何去挽回女孩子的心，他必定又借高妈或老高之手，传信给心虹，约她再见一面。他自信可以在这次见面里扭转劣局，把心虹再带走。可是，他没有料到我先和心虹有了一篇谈话，更没想到心虹会那样狠，这次约会竟成了一次死亡的约会了。”她的分析并非没有道理，相反地，却非常有条理。这年轻女人是聪明而有思想的。狄君璞站起身来，他已经知道了许多出人意料的事情，他可以告辞了。

“再有一句话，”他又说，“你似乎很有把握，是心虹把他推下去的，而不是一个意外。”

“真正是意外的可能性毕竟太少，你知道。”她说，“那栏杆朽了，那悬崖危险，是所有的人都知道的，何况他们经常去那儿，怎会这样不小心？不过，我们不能怪心虹，如果我处在她的地位，甚至是我自己的地位，我也会这样做，你不知道一个在感情上受伤的、暴怒的、绝望的女人会做些什么！梁心虹，这是个奇异的女人，我恨过她，我怨过她，我也佩服她！我想，云扬对她也有同样的看法，他知道是她杀了他，但他一句话也不透露，对警方，他也说他相信是个意外。他了解他哥哥，人已经死了，死者又不能复生，他也不愿深究下去，何况，梁家在事后，表现得非常好，他们治疗卢老太太，又厚葬了云飞，还送了许多钱给云扬，但云扬把那些钱都退回去了，他对我说，他哥哥是前车之鉴，不管多苦，他愿意自食其力！至于他哥哥的死于非命，也有一半是咎由自取。但他虽然说是这样说，可是，在他心中，他也很痛苦，手足之间，毕竟是骨肉之亲呵！唉！”她摇摇头，叹了口气，“可怜的云扬！他也有多少矛盾的苦恼呵，那份爱和那份恨！他在忍受着怎样的煎熬！”

狄君璞注视着她，惊奇于她脸上那份真诚的同情与关怀，她似乎已忘怀了自己的苦恼，却一心一意地代别人难过。怎样一个感情丰富而又善良的女性！那个卢云飞，先有了萧雅棠，后有了梁心虹，他几乎占有了天下之精英，而都不知珍惜！那是怎样一个男人呵！

他走向了楼梯。“那么，我不打扰你了，谢谢你告诉我这些事。除了我以外，你还曾把这些事告诉别人吗？例如梁逸舟或梁心霞？”

“不，从来没有。只有云扬知道。我并不希望这些事有别人知道啊！”“我了解。”他点点头，再看了她一眼，那张清新、美丽、年轻而温柔的脸庞！带着一个私生的、无父的孩子，这小小的肩上背负着怎样的重担呵！他站住了，几句肺腑之言竟冲口而出：“多多保重你自己，萧小姐，还有那孩子。别难过，总有一天，你会碰到新的人，再开始一段真正的人生。相信我，以往会随着时间俱逝，不要埋葬掉你的欢乐。我希望，你很快能找到真正属于你的幸福。”

一片红潮染上了那苍白的面颊，她凄然微笑，眼睛里涌上了一层泪影。“谢谢你，”她低声地说，带着点哽咽，“你会再来看我吗？”“一定会！”他看看那简陋的屋子，“这房子是租的吗？谁在维持你们母子的生活？”

“是云扬！他的薪水不高，他已经尽了他的全力了，我有时帮楼下房东太太做衣服，也可以赚一点钱。”

他点点头，走下了楼梯，她送到楼梯口来，站在那儿对他低低地说了声再见。他对她挥手道别，到了楼下，他再回头看看她，她站在楼梯口的阴影里，好孤独，好落寞，又好勇敢，好坚强。他的眼眶再一次地潮湿了。翻起了衣领，他很快地穿过那裁缝店，走到屋外那明亮的阳光里。

第十七章

午后，狄君璞坐在书房中，望着窗外那耀眼的阳光和枝头那苍翠的绿，心中充塞着几千万种难言的情绪。心虹马上要来了，他不知道自己将对她说些什么，经过一上午的奔波，会合了各种的资料、所有的线索，都指出了一条明确的路线：云飞是个坏蛋，而心虹在盛怒之下，将他推落了悬崖！事后，却在这一刺激下生病，丧失了记忆！这是综合了事实，再加上理智的分析后，所得到的答案。但是，以情感和直觉来论，狄君璞却不愿承认这事实，他实在无法相信，以心虹的柔弱和善良，即使是在暴怒的状况之下，她似乎也无法做出这种事情来。而且，这种"泄愤"的行为未免太可怕了，这关系了一条活生生的生命呵！不管云飞怎样罪该万死，心虹却不能假天行道！他深思着，不能遏止自己痛苦、懊恼而若有所失的情绪。自从他第一眼看到心虹，他就觉得她惊怯纯洁雅致得像个小白兔，至今，他对她的印象未变，这小白兔竟杀过一个人，这可能吗？不，他对自己猛烈地摇头。

不，那只是一个意外！一个绝对的意外！他深信这个，比所有的人都深信，因为别人或者不像他这样了解心虹！那个充满了诗情画意的小女孩！那个经常要把自己藏在阁楼里的小女孩！那个对着星河做梦的小女孩！不不，她做不出这件事情来！他重重地甩了一下头，对这件事作了最后的一个结论：这是一个意外！

这结论作过之后，他却忽然间轻松了下来，好像什么无形的重担已经交卸了。同时，他也听到小蕾在广场上踢毽子的声音，一面踢着，她在一面计数似的唱着歌："一二三，三二一，一二三四五六七，三个娃娃踢毽子，三个毽子与天齐。踢呀踢呀不住踢，三个毽子不见了！两个飞到房顶上，一个进了泥潭里！"

他不由自主地微笑起来，怎样的儿歌，不知是谁教她的，想必是心霞顺口胡诌的玩意儿。他站起身来，走到广场上，小蕾正踢得有劲，老姑妈搬了一张椅子，坐在阳光下，笑吟吟地看着，手里仍然在编织着她那些永远织不完的毛衣。

山坡上出现了一个小小的人影，他定睛看着，白毛衣，白长裤，披着那件她常披的黑丝绒披风，长发在脑后飘拂。修长，飘逸，雅致，纯洁，在阳光下，她像颗闪亮的星星，一颗从星河里坠落到凡尘里来的星星。她走近了，小蕾欢呼着："梁姐姐，我会背你教我的儿歌了！"

是她教的？他竟不知她何时教的。

她站定了，气色很好，面颊被阳光染红了，额上有着细小的汗珠。这天气，经过一连两天的阳光普照，气温就骤然上升了，尤其在午后，那温热的阳光像一盆大大的炉火，把一切都烤得暖洋洋的。心虹对老姑妈和狄君璞分别点点头，就揽着小蕾，蹲下来，仔细而关怀地审视她，一面说："让我看看，小蕾，这几天生病有没有病瘦了。"站起身来，她微笑地拂了拂小蕾的头发，"总算还好，看不出瘦来，就是眼睛更大了。"望着狄君璞，她又说，"我知道一个偏方可以治气喘，用刚开的昙花炖冰糖。然后喝那个汤，清清甜甜的，也不难喝。""是吗？"狄君璞问，"可是，哪儿去找刚开的昙花呢？"

"霜园种了很多昙花，你们准备一点冰糖，等花一开我就摘下来给你们送来，马上炖了喝下去。不过，今年花不会开了，总要等到明年。""昙花是很美的东西，可惜只能一现。"狄君璞颇有所感地说。"所有美丽的东西，都只能一现。"心虹说。

狄君璞不自禁地看了她一眼。还没说什么，小蕾已绕在心虹膝下，要心虹教她再唱一支儿歌，心虹捉住了她的小手，把她带到一块石头上坐下来，真的挽着她唱起歌来。她的歌喉细腻温柔，唱得圆润动听，却不是什么童谣，而是那支有名的世界名曲："井旁边大门前面，有一棵菩提树，我曾在树荫底下，做过甜梦无数……"

狄君璞倚在门框上，望着她们，心虹的头倚着小蕾那小小的、黑发的头，她的手握着小蕾的手，她的歌声伴着小蕾的歌声，她的白衣服映着小蕾的红衣服。金色的阳光包裹着她们，在她们的头发上和眼睛里闪亮。她们背后，是一棵大大的枫树，枫叶如火般灿烂地燃烧着。这是一幅画，一幅太美的画。但是，不知为什么，这画面却使狄君璞心头涌上一股酸涩而凄楚的感觉——这该是个家庭图呵！如果那不是心虹，而是美茹，他心中像插进了一把刀，骤然地一痛。他看不下去了，掉转身子，他急急地走进了书房里。

在椅子中坐下来，他喝了一口茶，沉进一份茫然的冥想中。窗外的歌声仍然清晰传来，带着那股说不出的苍凉韵味。他有好长的一刻，脑子里是一片空漠，没有任何思想，只依稀觉得，"人"是一个奇怪而复杂的动物，只有"人"，才能制造奇怪而复杂的故事。他不知坐了多久，窗外的歌声停了。半晌，房门一响，心虹推开门走了进来。"怎么？你为什么躲在这儿？"她问，合上门走了过来。

他落寞地笑笑。"小蕾呢？"他问。

"姑妈带她去镇上买绣花线了。"

狄君璞没有再说话，心虹却一直走到书桌前来，立即，她把一张发着光的脸庞凑近了他，一对闪亮的、充满希冀的眸子直射着他，她迫切地说："快！告诉我吧！你找到我那个遗失的世界了吗？快！告诉我！"狄君璞的心脏紧缩了一下，面对着这张兴奋的、焕发的、急切的脸庞，他怎样说呢？那遗失的世界里没有璀璨的宝石，没有艳丽的花朵，所有的只是惊涛骇浪和鬼影幢幢！他如何将这样一个世界，捧到这张年轻的、渴望的面孔之前来呵？

他的沉默使她惊悸了，笑容立即从她唇边隐去，她脸上的红霞褪色了，她的眼睛睁得很大，光彩消失，取而代之的是惊惶、恐惧、畏缩和怀疑。

"怎样？怎样？"她焦灼地说，"你找到了一些什么？告诉我！请你告诉我，不管是好的或是坏的！"

他推了一张椅子到她面前。

“坐下来！”他几乎是命令地说。沉吟地、深思地看着她，多么单纯而信任的一张脸！

她到底能承受多少？

她坐了下来，更加急切和不安了。

“到底是怎样的？你都知道了，是吗？”

“不，”他深沉地说，“我只知道一部分。”

“那么，把这一部分告诉我吧！请你告诉我！不要再犹豫了！不要再折磨我！”她的话深深地打动了他。

“心虹，你真的想知道吗？”他蹙着眉问。

“你明知道的！你明知道的！”她嚷着，“你答应了帮助我的！你不能后悔！你一定要告诉我，求你！”“那并不是美丽的，心虹。”

她的脸色惨白了，嘴唇微颤着。

“不管是多么丑恶，我一定要知道！”她坚决地说。

他再沉吟了几秒钟，然后，他下定了决心，心虹那种迫切哀恳和固执折服了他。他从椅子里站了起来，大声地说：“好吧！那么，你跟我来！”

她惊愕地看着他，不明所以地跟在他身后，走出了书房。狄君璞开始向阁楼上爬去，他仍然抱着一种希望，就是心虹会自己回忆起一切，而不用他来告诉她。那么，这阁楼是个最好的、唤起记忆的所在。他没有变动阁楼上任何的东西，只是曾经把里面清扫过一次，拭净了那一年多来厚积着的灰尘。

到了阁楼上面，他把心虹拉了上来，心虹惊愕而不解地站在那儿，并不打量四周，只是呆呆地看着狄君璞，困惑地说：“为什么你要在阁楼里告诉我？书房不是很好吗？”

“四面看看，心虹，你对这阁楼还有印象吗？”

心虹向四面张望着，狄君璞仔细地注视着她，研究着她面部的变化。心虹的目光立即被那张书桌和摇椅所吸引了。她发出一声兴奋的轻喊，就对那张摇椅直冲了过去，坐在椅子中，她摇动了起来，高兴地说：“这是我的摇椅、我的宝座。”抬起头来，她注视着屋顶上那透明的天窗。狄君璞这时才发现，这摇椅的位置是正对这天窗的，现在，阳光正从那天窗里斜射进来，成为一条闪亮的光，心虹就沐浴在这条阳光里。她的眼睛被阳光照射得睁不开来，虚眯着眼睛，她像沉浸在一个梦里一般，说：“晚上，坐在这摇椅里，正可以从天窗看到外面天空中的满天星斗，那些星闪亮着，一颗颗亮晶晶的，像是什么小天使的眼睛，悄悄地注视着我。星星多的时候，就会有那条星河，我总是幻想着，我会摇一条小船，在那星河中荡漾，河水是由无数的星星组成的，每颗星星中有一个梦，我一面摇船，一面捞着那些星星，捞了一船的星星，堆在那儿，对着我闪烁。”

她述说得好美好美，她脸上的表情温柔如梦，狄君璞几乎为之神往。她低下头来，看着狄君璞，眼睛里有着梦似的光辉。“我很傻，是不？”“不。”狄君璞说，“但是，这是什么时候的事？”

“什么时候？”她有些困惑，“小时候吧！不不，小时候这摇椅在爸的书房里，我们搬家以后才搬上来的。那么，是前几年吧，我喜欢到这空的农庄里来。”

“晚上吗？一个人在这空的农庄阁楼上看星星，你不怕吗？”“啊，我……我不知道，我……我想……”她嗫嚅着，轻蹙着眉头，她在费力地思索，“我想，或者，或者是心霞陪我来，我不记得了。啊，这书桌……”她跳起来，走到书桌背后，坐进那椅子中，她立刻看到了桌上那颗雕刻着的心形。她扑过去，用手摩挲着那颗心，审视着那心中写的字迹，她的嘴唇发白了。抬起眼睛来，她看着狄君璞，惶恐地说：“这是我的字，但是，我不记得，为什么……为什么我要写这些？这是谁刻的，我吗？”他紧紧地望着她。“应该由你来告诉我，”他说，“是你吗？”

她重新瞪视着那颗心，一种惊恐的、惶惑的表情浮上了她的脸，她的眼睛直瞪瞪的。她的意识正沉浸在一个记忆的深井中，在那黑暗的井水中探索，探索，再探索！然后，她猛地一惊，迅速地拉开了那书桌的抽屉，她发现了那些纸团，那些揉皱的、撕裂的纸张。她开始一张一张地打开来看，一张一张地研究着，她找着了那张写满名字的纸，她喃喃地念着：“卢云飞、卢云扬、江梨、魏如珍、萧雅棠……天哪，我只知道一个江梨，她是心霞的同学，在霜园住过，后来去美国了。但是，其他的是些什么人呢？卢云飞，卢云飞，卢云飞……”她费力地、挣扎地思考着，她的嘴唇更白了，脸上毫无血色。她开始颤抖，眼睛恐怖地瞪着那张纸，她的意识在那深邃的井中回荡，旋转。逐渐地、逐渐地、逐渐地……有什么东西在她的脑中复活。慢慢地、慢慢地、慢慢地蠢动着复活……她惊悸着跳起来，喘息地、受惊地瞪视着狄君璞。

“不许昏倒！”狄君璞命令地说，语气是坚定的、有力的，“你没有任何昏倒的理由！你身体上没有病！现在，告诉我，你想起了什么？”她的眼睛睁得好大好大，里面盛载着一个令人惊惧的、遗忘的世界。她嗫嚅地、结舌地呢喃着:“那是……是叫卢云飞吗?”她可怜兮兮地、没有把握地问,“那……那男人!是……是有一个男人,是吗?他……他叫卢云飞,是……是吗?”

“看下面一个抽屉!”他命令着。

她惊惧地拉开了,那里面是一叠小说:《巴黎圣母院》《七重天》《战地钟声》《嘉莉妹妹》……

她的眼光射向旁边的摇椅。

“是了!”她骤然说,“我总是拿一本小说,坐在那摇椅上看,一面等着他!等着他!等着他!常常一等好几小时!有时等得天都黑了,我就……就……”她抬头看那天窗,“是了,我就看着那条星河做梦!”

“他是谁?”他用力地问。

“云飞!”这次,答复是迅速而干脆的。

“说下去!”他再命令。

她惊惶了,因为吐出那个名字而惊惶了。她的眼睛瞪得更大,脸色更白。她面上的表情几乎是恐怖的,望着他,她的身子不由自主地往椅子的深处退缩,好像他就是使她恐惧的原因。她的头震颤地、急促地摇动着。

“不不不,”她一迭连声地说,“不不不!我不知道了!我什么都想不起来!我不知道!我怕,我怕……”

“怕什么?”他追问。

“我……我不知道!我真的不知道!”

“想!用你的思想去想!”他低沉地、有力地说,“你如果真要知道谜底,不要退缩,不要怕!想!努力地想!你想起什么了吗？是的，那人名叫云飞，怎样？还有些什么，你告诉我！”“不，”她逃避地把头转开，眼底的恐惧在加深，“不！我想不出来！想不出来！”她猛烈地摇头。

“那么，这个能帮助你记忆吗？”他从口袋里掏出了那本小册子，放到她面前的桌子上。

她瞪视着那本册子，畏怯地看着那封面上的玫瑰花，惊惶地低语：“这是我的。你……你在哪儿拿到的？”

“就在这书桌的抽屉里。现在，打开来，看下去！”

她怯怯地伸出手来，好像这是什么会爆炸的机关，一翻开就会把整个阁楼都炸成粉碎似的。迟迟疑疑地，她终于翻开了那小册子。一行一行，一段一段，一页一页，她开始看了下去，而且，即刻就看得出神了。随着那一页页的字迹，她的面色也越来越白，眼神越来越凄惶，那记忆之匙在转动，又转动，再转动……那笨重的、生锈的铁门在沉重地打开，一毫，一厘，一分，一寸……她终于看完了那本小册子，她的眼睛慢慢地抬了起来，望着那站在对面的狄君璞。她的大眼睛是蒙蒙然的，一层泪浪逐渐地漫延开来，迅速地淹没了那眼珠，像雨夜芭蕉树叶上的雨滴，一滴滴地沿着面颊滚落，纷纷乱乱地跌碎在那书桌上的小册子上面。她微张着嘴，低低地在说着什么，他几乎辨不清楚她的语音，好一会儿，他才听出来她是在背诵着什么东西：“……于是，它在岩石上磨着、碾着、揉着，终于弄碎了它自己。但是，一阵海浪涌上来，把它们一起卷进了茫茫的大海，那磨碎了的沙被海浪冲散到四面八方，再也聚不拢来……”原来她背诵的竟是《两粒细沙》里的句子！背到这里，她已泣不成声，她弯下了腰，仆伏在桌上，把面颊埋在臂弯中，哭泣得抬不起头来。她还想说什么，但是没有一个句子能够成声，只是在喉咙中干噎。狄君璞扑了过去，捉住了她的手臂，让她面对自己，他摇撼着她，焦灼地喊着：“心虹！心虹！抬起头来，看着我！心虹！”

她泣不可仰，头仍然垂着，泪珠迸流。她哭得那样厉害，以至于浑身痉挛了起来，她把自己缩成了一团，和那痉挛徒劳地挣扎着。狄君璞大惊失色，又急又痛，他迅速地把她拥进了怀中，用自己的胳膊紧抱着她，想遏止她的哭泣和痉挛。他把她的头埋在自己的怀里，拍抚着她抽动着的背脊，用各种声音呼唤她的名字，一面痛切地自责着：“心虹！心虹！都是我不好，我不该让你看这本小册子，我不该逼你回忆！哦，心虹！心虹！你不要哭吧！求你不要哭，请你不要哭吧！哦，心虹！心虹！我怎么这样傻，这样笨，这样愚蠢！我干吗要让你再被磨碎一次？呵，心虹！请不要哭吧！请你……”他把她的头扳起来，使她的脸正对着他。她闭着眼睛，湿润的睫毛抖动着，面颊上泪痕狼藉，新的泪珠仍然不断地从眼角涌出，迅速地奔流到耳边去。她的嘴微张着，吐出无数的抽噎、无数的呜咽，她的痉挛和哭泣都无法停止。他掏出手帕，徒劳地想拭干她的泪痕，他拥抱她，徒劳地想弄温暖那冰冷的身子。他继续恳求着：“别哭吧！心虹，那些事都早已过去了，它再也伤害不到你了，别哭吧！别哭吧！求你，别哭吧！”

她仍然在哭，不停不休地哭，他望着她，眼看着那张苍白的脸被泪痕浸透，眼看着那痛苦在撕裂她，碾碎她，而自己却无能为力。眼看那瘦弱的身子抖动得像寒风中枝上的嫩叶……他焦灼痛楚得无以自处。然后，忽然地，他自己也不知道在做什么，他竟俯下头来，一下子吻住了那抖动战栗着的嘴唇，遏止了那啜泣抽动的声音。

时间不知道过去了多久，他慢慢地移开了自己的唇，抬起头来，注视着她。她的睫毛扬起了，一对浸在水雾里的眸子，好惊愕，好诧异，又好清亮、好晶莹地望着他。那颤抖、痉挛和哭泣都像奇迹般地消失了。她只是那样看着他，那样不信任地、恍惚如梦地看着他。

天窗外，已近黄昏的光线柔和地射了进来，把她的脸笼罩在一片温柔的落日余晖之中。

“嗨，心虹。”他试着说话，喉咙是紧逼而痛楚的，他几乎控制不住自己的声音。这一个意外的举动，使他自己都受惊不小。“你好些了吗？”他柔声地问，想对她微笑，却笑不出来。她仍然惊愕而不信任地看着他，一瞬不瞬。半晌，她抬起手来，用那纤长的手指，轻轻地、轻轻地碰触他的嘴唇，低声地说：“你吻了我。”“是的。”他轻声说。她的身子软软地倚在他的怀中，她的眼光也软软地望着他，然后，她低低叹息，慢慢地合上了眼睛。

“我好累，好疲倦，”她叹息着说，“我现在想睡了。想好好地睡一下。”“你可以好好地睡一下。”他说，抱起她来，把她抱下了楼梯，抱进了书房里，他把她放在躺椅上，拿了自己的棉被，轻轻地盖住了她。她合上眼睛，真的睡了。

第十八章

两小时后，心虹从一段甜甜的沉睡中醒来，蒙蒙眬眬地睁开眼睛，她首先看到的，就是书桌上那盏亮着的台灯和窗外那迷蒙的夜色。然后，她看到了狄君璞，他正坐在距离她不远的地方，手里握着一本书，眼睛却静静地望着她。两人的目光一接触，他立刻站起来，走到她面前，对她温存地一笑。“你睡得很好，”他低低地说，“现在，舒服了一点吗？”

她有些神思恍惚，一时间，她似乎弄不清楚自己为什么睡在这书房里。但是，立即，整个下午的事都在她脑中飞快地重演了一遍，对过去的探索、阁楼、摇椅、写着名字的纸张、小说，和那本小记事册！然后，然后是什么？她的眼光再度和狄君璞的相遇，她的心脏不禁猛地一跳，一股热烘烘的暖流从胸口向四肢迅速地扩散。呵！他吻了她！这是真的吗？他竟吻了她！她下意识地伸手抚摩自己的嘴唇，似乎那一吻的余温仍在。她的脸红了，像个初恋的、羞赧的小妇人，她的头悄悄地垂了下去。“饿了吗？”他俯视她，声音那样温柔，那样细腻，那样充满了一种深深切切的关怀之情，“我让阿莲给你下碗面，我们都吃过晚饭了。”他站直了，想走到门口去。

她一把拉住了他，她的眼光楚楚动人地望着他。

“不要。”她轻声说，“不要离开我！请你！”

“我马上就来，嗯？”“等一下，我现在还不想吃。”

“那么，好吧。”他拉了一张椅子过来，坐在她面前，用手按着她说，“你再躺一会儿，好吗？看样子，你还有点懒懒的呢！”她依言躺着，用一只手枕着头，另一只手在被面上无意识地摩挲着，她的思绪在游移不定地飘浮，半晌，她不安地说：“我来了这么久，家里没有找我吗？”

“高妈在饭前来过了，小蕾告诉她，说你陪她玩累了，所以睡着了。我已经跟高妈说过，要你父母放心，我晚上负责送你回去。所以，你不必担心，好好地躺着吧！”

她点点头。呵！小蕾！那个善于撒谎的小东西呵！她的思想又在飘浮了，飘出了书房，飘上了阁楼，飘到了那本小册子里，她的眉头猛然皱紧，下意识地把头往枕头里埋去，似乎这样子就可以躲掉什么可怕的东西。狄君璞用手抚摩她的头发，把她的脸扳了过来，使她面对着自己。他的眼睛炯炯有神地望着她，脸上带着股坚毅和果断，他用低沉有力的声音清晰地说：“听着，心虹。我知道你现在已经记起了过去的事，你一定感到又痛苦又伤心！但是，那些事都早已过去了，你要勇敢些，要面对它们，不要让它们再来伤害你，听到了吗？知道了吗？想想看，心虹，有什么可悲的呢？不是另有一段新的人生在等着你吗？”她瞅着他，眼神是困惑而迷惘的。

“但……但是，”她怯怯地说，“‘过去’到底是怎样的呢？”

他一惊，紧盯着她。“怎么！”他愕然地说，“你不是已经记起来了吗？关于你和卢云飞的一切！”“卢云飞？是了！”她像骤然又醒悟了过来，不自禁地闭了闭眼睛，“云飞，对了，他的名字叫云飞。我常在阁楼里等他，我们相偕去雾谷，我们有时整日奔驰在山里，有时又整日坐在阁楼中静静相对。他是爸爸公司里的职员，他有个弟弟叫云扬，他们住在镇外的一个农舍中，生活很清苦。”

“你瞧！你不是都记起来了吗？”狄君璞兴奋地说，“但是，今天已经够你受了，我不要你今天讲给我听。等过几天，你完全平静以后，你再慢慢地告诉我！”

“不！”她说，陷进了记忆的底层，努力地在思索着。她做了个阻止的手势，说：“别打扰我，让我想！是的，父亲不赞成我和云飞恋爱，说他太油，太滑，太不走正路。我们的恋爱很痛苦，同时，我发现云飞对我并不忠实，他也追求心霞，又和江梨调情，还有别的女人，很多很多。他要我跟他走，我始终没有勇气，因为我在潜意识中并不信任他。可是，另一方面，我又爱他爱得如疯如狂！没有他我就活不下去。然后，爸爸把他从公司里开除了，他们在霜园大吵，云飞又说要带我走。爸爸把我关了起来，然后，然后……”她尽力思索，眉心紧紧地蹙在一起，“爸爸把我锁在屋里，我想逃出去。我哀求高妈帮助我，看在我已死的母亲面上帮助我。然后……然后……然后……”她睁大眼睛，惊慌地看着他，“然后怎样了？我怎么又一点也想不起来！然后我就生病了吗？就失去记忆了吗？”狄君璞凝视着她。一开始，那记忆的绳索已经理清楚了，可是到了这重要的关口，就又打了结。在心理学上要分析起来，从她出走到云飞的死，一定是她最不愿回忆的一段，一定也是对她最痛苦的一段。他沉吟了一下，提示地说：“记得萧雅棠吗？”“萧雅棠……她不是云扬的女朋友吗？长得很美的一个女孩子。”

“她是云扬的女朋友吗？”他追问。

“怎么……她……啊，是的，她和云飞也有一手，这就是云飞，他还说他在这世界上只爱我一个！他欺骗我，他玩弄我，我为他可以死，而他……而他……”她喘息，又不能自已地愤怒了起来，“而他这样欺侮我呵！”

“你怎么知道他和萧雅棠也有一手呢？”他再问。

“我知道了！我就是知道了！”她暴怒地说，眼睛冒着火，“我不知道怎样知道的，但是我知道了！他欺侮我，他骗我！他是魔鬼，他不是人！而我那样爱他，那样爱！我可以仆伏在他脚下，做他的女奴！他却欺侮我，那样欺侮我呵！”

他坐到她的身边，拥住了她，捧着她的脸，抚摩她的头发，温温柔柔地望着她。“别生气，心虹，别再想这些事了，都已经过去了，不是吗？来，擦干眼泪，擤擤鼻涕吧！”

她在他的大手帕里擤了擤鼻子，擦净了脸。坐起身来，她望着他。她的长发蓬松着，双眸如水，那神态，那模样，是楚楚堪怜的。“怪不得，”她幽幽地说，“我总是觉得有人叫我跟他一起走！怪不得我总是觉得忧郁，怪不得我总依稀恍惚地觉得我生命里有个男人，原来……原来是这样的！”

“抛开这件事，不许再想了，心虹！”狄君璞站起身来。正好有人敲门，他走过去打开房门，是笑容满面的老姑妈，手里正捧着一碗热腾腾的肉丝面，笑吟吟地说：“我听到你们在屋里讲话，知道梁小姐一定睡醒了，快趁热把面吃了吧！”她走进来，笑着对心虹说：“梁小姐，你多吃一点，包管就会胖起来，身体也会好了！”

心虹有些局促，慌忙推开棉被，坐正身子，羞涩地喃喃着：“这怎么好意思，姑妈！”

“别客气，这是我自己下厨做的呢，就不知道梁小姐是不是吃得来！”老姑妈笑着说。

狄君璞已经端了一张小茶几，放在心虹面前，姑妈把面放在小几上，一迭连声地说：“快吃吧，趁热！来，别客气了。”

心虹只得拿起筷子，老姑妈看着她吃了几口，殷勤地问着咸淡如何，心虹表示好极了。

老姑妈有些得意，更加笑逐颜开了。看了看心虹，再看了看狄君璞，她心中忽然有了意外之想，真的，为了美茹，狄君璞已经消沉了这么久。眼前这个女孩，又有哪一点赶不上美茹呢？难得她和小蕾又投缘。虽然对狄君璞而言，心虹是显得太年轻了一点，但是，男的比女的大上十几岁，也不算怎么不妥当。假如……假如……假如能成功，老姑妈越想越乐，忍不住嘻嘻一笑，那才真好呢！她可别在这儿夹萝卜干碍事了！她慌忙向门口走，一面对狄君璞说：“君璞，你陪梁小姐多谈谈哦，碗吃好了就放着，明天早上阿莲会来收去洗。我照顾小蕾睡觉去，你就别操心了，只管陪梁小姐多聊聊。嘻嘻！”她又嘻嘻一笑，急急忙忙地走了，还细心地关上了房门。她这一连两个嘻嘻，使心虹莫名其妙地涨红了脸。狄君璞也不自禁地暗暗摇了摇头，他知道老姑妈在想些什么，自从美茹离去以后，她是每见一个女孩子都要为他撮合一番的。

心虹吃完了面，她是真的饿了，一碗面吃得干干净净。她的好胃口使狄君璞高兴，望着她，他问："再来一碗?""不了，已经够了，真的。我平常很少吃这么多。"用狄君璞的手帕擦了擦嘴，她站起身来，想收拾碗筷，狄君璞说："让它去吧！"他们把茶几搬回原位，心虹把躺椅上的棉被折叠好了，把碗筷放到一边去，又去盥洗室洗了洗手脸，折回到书房里来，她坐在书桌后面的椅子上，翻了翻狄君璞桌上的手稿，她没有说话，沉默忽然间降临在她和狄君璞之间了。

在这一刻，他们谁都没有再想到云飞和那个遗忘的世界。他们想着的是那一吻，是未定的前途，是以后的故事，和他们彼此。室内很静，窗外的穹苍里，又有月光，又有星河。

室内，台灯的光芒并不很亮，绿色的灯罩下，放射着一屋子静静的幽光。她坐在灯下，长发梳理过了，整齐地披在背上。那沉静的、梦似的脸庞，笼罩在台灯的一片幽光之下。那眼神那样朦胧，那样模糊，那样带着淡淡的羞涩和薄薄的醉意。温柔如梦，而光明如星！他看着她，不转睛地看着她，心里隐约地想着梁逸舟对他说过的那些警告的话，但那些话轻飘飘的，像烟，像云，像雾，那样飘过去，在他心中竟留不下一点重量和痕迹。他眼前只有她，他心里，也只有她！

那沉默是使人窒息的，是比言语更让人心跳、更让人呼吸急促、更让人头脑昏沉的。他慢慢地移近了她，站在她对面，隔着一个书桌，对她凝视。她迎视着他，他可以在她的瞳仁中看到自己。她的手指，无意识地卷弄着一张空白的稿纸，把它卷起来，又把它放开，放开了，又卷起来，是一只神经质的、忙碌的小手！终于，他的手盖了下来，压在那只忙碌的小手上。而她呢？发出了那样一声热烈的、惊喜的、压抑的轻喊，就迅速地低下头来，把自己的面颊紧贴在他的手背上，再转过头去，把自己的唇压在那手背上。

他的心猛跳着，跳得狂烈，跳得凶野。这可能吗？那磨碎的细沙又聚拢了，重新有一个完整的生命和一份完整的感情，这可能吗？他望着那黑发的头颅，这不是也是一颗磨碎了的细沙吗？两粒磨碎了的细沙如果相遇，岂不是可以重新组合，彼此包容，结为一体？不是吗？不是吗？不是吗？他的呼吸急促了，他兴奋着，也惊喜着。翻转了自己的手，他托住了她的下巴，把她的脸托起来。天哪！她有怎样一对热烈而闪烁的眼睛呀！他觉得自己被融解了，被吞噬了。他喘息地低唤："心虹！"她一瞬不瞬地望着他。

"嗯。"她轻哼着。"这是真的吗？"他问。

"我不知道，"她说，眼光如梦，"请你告诉我。"

"这是真的！"他说，突然振奋了，"我见你第一眼的时候就该知道了。"他喉咙喑哑，"过来！"他说，几乎是命令的。

她站起身来，绕过桌子，一直走到他身边。仰着头，垂手而立。她脸上焕发着光彩，眼睛清亮如曙色未临的晨星。面如霞，眉如画。那小小的嘴唇嫣红而湿润，轻嘬着一个少女的梦和火似的热情。他的心脏在胸腔中擂鼓似的猛击着，他的头昏昏然，目涔涔然，眼前只看到那焕发的、燃着光彩的脸。他无法控制自己，哑着声音，他还想抗拒自己的意识："你可想离开这儿？"

"不，我不想。"她说。

他叹息，揽住她，他的唇压了下来，压在她那温软的、如花瓣似的唇上。她紧偎着他，她的手环抱着他的腰，她热烈地响应着他。她所献上的，不只是她的唇，还有她那颗受过创的、炙热的、破碎过而又聚拢来的心。他的唇如火，他的心如火，他的头脑里也像在烧着火。意识、思想，都远离了他，他只一心一意地吻着，辗转地、激烈地吻着。

这就是人类最美丽的一刻，不是占有，不是需索，而是彼此的奉献。在这一吻中，宇宙已不再是洪荒，世界也不再是荒漠。整个地球、宇宙和天地，都从亘古的洪荒中进入了有生命的世纪。花会开，鸟会鸣，月会亮，星星会闪烁，草木向荣，大地回春，人——会呼吸，会说话，会哭，会笑，会——爱。狄君璞抬起头来，用手捧着她的脸，他望着她。她星眸半掩，睫毛半垂。醉意盎然的脸庞上半含微笑半含愁。这牵动他的神经，搅动他的五脏。

他拉着她在躺椅上坐下来，把她的手合在他的双手中。他轻唤："心虹。""嗯？"她扬起睫毛，眼珠像是两粒浸在葡萄酒中的黑葡萄，带着那样多的酒意望着他。

"你知道这意味着什么？"

"不需要知道。"她摇摇头，眼珠却忽然潮湿了，"你为什么不在四年前出现呢？"她哀愁地问，"那么，我可以少受多少苦呵！而且，我献给你的，将是一个多么干净而纯洁的灵魂！”四年前？四年前美茹还没有离开他，即使相遇，又当如何？人生，有的是奇妙的遇合与安排。他深吸了口气，凝视着她，恳切地说：“你的灵魂永远干净而纯洁，心虹。在人生的路上，在感情上，我们都经过颠踬和打击，我们都曾摔过跤，都曾碰得头破血流。但是，现在我们相遇，让我们彼此慰藉，让我们重新开始。再去找寻那个我和你都深信的、存在着的美丽的世界。好吗，心虹？”

心虹的眼里仍然漾着泪光，仍然那样痴痴地看着他。

“你会不会认为我不够完美？”她说，“我总觉得遗憾，你应该是我的第一个爱人！”

“你也不是我的第一个爱人，”他说，“你在乎吗？”

她摇摇头。“只愿是最后一个！”她说。

“而且，是唯一的一个！”他补充道，把她揽在胸前，让她的头紧倚在他宽阔的胸膛上。

她闭上眼睛。“天哪！”她叹息地低语，“我现在才知道，这一年多以来，我是多么地疲倦。像在浓雾里茫无目的地追寻！我奔跑！我寻觅！我经常落入那黑暗的深井里，又冷、又潮湿、又孤独、又无助。我挣扎又挣扎，奔跑又奔跑！这是多么漫长的一段旅程！现在，我终于找到了港口。呵，你可让我这条疲倦的船驶入港口吗？”“是的，心虹。你休息吧！让我来帮你遮着风雨，挡着波涛。你没有什么需要害怕的事了，因为……”他吻吻她的头发，他的嘴凑在她的耳边，“有我在这儿。”

“我们的前面没有风浪吗？”她低问。

他震动了一下。“即使有，让我去克服。我不要你担任何的心。”

她沉思片刻，“我可以问你一个问题吗？”

“是的。”“如果你有了我，你能把你以前的太太完全忘怀吗？”

他沉默了一下。“你现在有了我，你能忘怀云飞吗？”“我已经不记得他了，事实上，我早就不记得他了。我患了失忆症，不是吗？是你把他找回来的。”

“我是傻瓜！”他低语，诅咒地，“现在，你能再患失忆症吗？”“如果你希望我患。”“我希望。”“已经患了！”她笑着说，抬起头来，天真而坦白地望着狄君璞，“现在，我的生命像一张白纸一样地干净，这张白纸上，只写着一个名字：狄君璞！啊！”她凝视他，猛地又扑进他的怀里，抱住了他的颈项，“啊！救我，狄君璞，我早就知道你是我唯一的救星。救我！保护我，狄君璞，让我不要再遭受任何的风雨摧折了！”

他揽住了她，紧紧地，他的眼里有泪。是的，这是一场漫长的跋涉，不只她，还有他。

在感情的途径上，他们都曾遭受过怎样致命的风暴！而现在，他们静静相依。在他们的前途上，还会有风暴和雷雨吗？她，这个小小的、依附着他的人儿呵！他是不是有足够的力量，来保护她，给她一段全新的、美好的未来？他的背脊挺直了，他的胳膊更加强而有力地揽紧了她。窗外，那天上的星河里，无数的星星在静悄悄地闪烁着，像许多美丽的、天使们的、窥探着的眼睛。

第十九章

一夜无眠，幸福来得那样快、那样突兀，狄君璞简直不敢相信，这一切是不是真的。当早晨的阳光，灿烂地射入了窗内，一直照到他的床上，他仍不想起床。整夜，他脑子里都回旋着她的影子，她的笑，她的泪，她的凝视，她的沉思。还有她那份炙烈而奔放的热情。

呵，这是上天的安排吗？当他以为自己早已心如死灰，早已不能爱也不能恨的时候，他却会搬到这农庄里来，神奇地碰到了心虹！偏偏她也是愁肠万斛，迷离失所。他还记得第一次听到她在雾谷中婉转低吟：

“河可挽，石可转，那一个愁字，却难驱遣……”

现在，再也没有愁字了！生命是崭新的，感情是崭新的，那份喜悦，也是崭新的！“河可挽，石可转，那一个愁字，也可驱遣”哪！他翻身下床，披衣盥洗，眼前心底，都是一片灿烂的阳光。昨晚，他并没有送心虹回家。他们相对而坐，在那份迷迷糊糊、朦朦胧胧、恍恍惚惚的心情里，根本不知道时间的飞逝，然后，老高来了，他奉主人之命，前来接迎小姐，狄君璞只得让心虹跟着老高离去，他站在门口，看着他们隐入那月光下的枫林小径，看着她的长发飘飞，衣袂翩然，再也没有一个字可以形容他当时的心境，是惊？是喜？是温柔？是迷糊？是充实？是空虚？是甜蜜？是惆怅？人类的一个“情”字，是几千百种句子，也无法形容其万一的。

她昨晚睡得好吗？可曾也像他一样失眠？她现在起床了吗？她是不是在记挂着他呢？她现在在做什么呢？唱歌？念诗？在花园中散步？几千几万个问题，几千几万种关怀。最后，这些问题和关怀都会合成了一个强而有力的渴望：他要马上见她！他想立即去霜园。也由于这一念头，他才认真地想起梁逸舟曾给过他的警告。他是不会喜欢这件事情的！当梁逸舟知道之后，会怎么说呢？他会认为他在勾引心虹？在欺骗一个少女的心？他会反对？会坚持？会认定心虹跟着他将会不幸？他想起梁逸舟对他说过的话：“……那样一个生活在梦幻里的孩子，她是不务实际的，她常会冲动地走入感情的歧途。她根本不会想到你比她大那么多，又是她的长辈，又有孩子，又有过妻子……”

“见鬼！”他不自禁地诅咒，谁规定过有孩子和“有过”妻子的男人就不能恋爱？为什么爱上他就是“走入感情的歧途”？梁逸舟！你未免太不公平！他愤怒地咬了咬嘴唇。不行！他非去看梁逸舟不可，他一定要铲除这条爱情之路上的荆棘！什么荆棘？天知道！这很可能是一块阻路的岩石呢！

他走到客厅，老姑妈用一种含笑的而又神秘的眼光迎接着他，说："早餐想吃什么？""不，我不吃了，我马上要出去办点事！"

"爸！"小蕾在一边叫着，"我跟你一起去！"

"糊涂孩子！"老姑妈慌忙把小蕾拉进自己的怀中，笑吟吟地说，"你爸爸要出去办正经事，怎么能带你去呢？你还是在家里陪着婆婆吧！"她抬头看着狄君璞，"去吧！办事去！回不回来吃午饭？"

"大概回来吧！"狄君璞没把握地说。

"一个人还是两个人？"姑妈问。

"什么？"狄君璞没听懂，诧异地望着姑妈。

"你不带梁小姐回来吃午饭吗？"姑妈对他笑眯眯地挤了挤眼睛，"我自己下厨房，给你们炒一个辣子鸡丁。"

狄君璞不禁失笑了，拍了拍老姑妈的肩膀，他笑着点了点头说："不管怎样，我想吃你的辣子鸡丁。"

走出了农庄，他丝毫也没有犹豫，就沿着那条小径，往霜园的方向走去了。小径两边的枫树，这几天落叶落得十分地快，在树枝尖端，嫩绿中带着微红的新叶，正一片片地冒了出来。这提醒了狄君璞，严冬将逝，春意先来。他踏着那簌簌的落叶，心头不知怎么，竟有点暖烘烘的了。

"嗨！狄先生，我正要找你！"

一个清脆的声音吓了他一跳，抬起头来，心霞正亭亭然地站在他面前，依然是一身火似的红，一对锐利而有神的眸子正直视着他。"哦，是你！"他回过神来，如果是心虹多好！

"你怎么没去学校？今天没课吗？""你一定日子过糊涂了，

快过阴历年了，学校在放假，我们有两星期寒假。”“哦，怪不得姑妈和阿莲整天忙着晒香肠！”狄君璞说。过年！随着年龄的增长，他对过年的兴趣一年比一年淡，到了现在，过年反而徒增惆怅了。“你说你在找我？”他问。

“是的。”“一面走一面说好吗？我正想去看你父亲。”

“为什么？为了姐姐吗？”心霞迅速地问。

狄君璞一惊，不自禁地看了心霞一眼，这个女孩子又知道些什么呢？她绝非“无所为”而来呵！

“你想说些什么？”他问。

“我想劝你放手！”她大声而有力地说。

“放手？你是什么意思？”

“云扬告诉我，你去看过他了，你也去找过萧雅棠，你到底想要知道些什么？”她紧盯着他，眼光和语气都是咄咄逼人的。“我现在什么都不想知道了。”他轻声地说。

她站住了，深深地望着他。在一瞬之间，她眼底的那抹敌意就消失了。取而代之的，是一种恳挚的、祈求的、忧愁而深沉的眼光。“狄先生，你听我说。”她说了，语气是平和而恳切的，“我希望你不要再深入地去打听姐姐的故事，这对姐姐并没有好处。你现在已经知道得不少，我想，我不如坦白告诉你，假若你听了之后能够放手的话。姐姐是个个性很强的人，她敢爱，她也敢恨，你不要看她外表文文弱弱，实在，她有一颗像火一般的心。我想，我对不起姐姐，云飞……他……他曾追求我，我只是好玩，我太年轻，根本不懂事，所以，也……也没有完全拒绝他，我好奇，我从没跟男孩玩过。云飞，他教我接吻，他劝我嫁给他，他说我比姐姐可爱……”她苦恼地摇摇头，“我实在是幼稚！他满足了我的虚荣感！结果，姐姐知道了一切的事……”“你不用告诉我，这一段我全知道了。”狄君璞打断了她。

“是吗？”她惊奇地战栗了一下，“那么，你要把这件事告诉爸爸吗？”“原来你爸爸竟不知道！”

“求你别告诉他！”她焦灼地说，“在爸爸心目中，我一直是个天真的小孩子，你别告诉他好吗？”

“你放心，心霞，我要和你爸爸谈的事与这件事情一点关系也没有。我不会吐露任何一个字。”

她松了一口气。他们继续往前走去。

“但是，我还是要告诉你。”她说，“我欺骗了姐姐，你猜姐姐发现之后怎么样？她抱着我哭，没有讲一句带责备的话，我后悔得要死，她反而安慰我，她说，如果有人错，不是她，不是我，应该是云飞！你懂了吗？所以，她后来在悬崖上杀了他！”“哦，原来你也给你姐姐定了罪了。”狄君璞闷闷地、冷冷地说了一句。“你还是没有了解，”心霞有些烦躁不安，她焦灼而急切地说，“算了，我把一切都说出来吧。当我们在悬崖顶上的栏杆边找到姐姐的时候，姐姐并非完全人事不知的，爸爸抱住她的时候，她还曾睁开眼睛来，对爸爸说了一句话，我那时正在旁边，那句话我们两个都听得很清楚，她说：‘爸，我终于杀了他了！’说完，她就昏倒了，以后就一直没清醒过，等她真的清醒时，她就患上失忆症了。我和爸爸，为了保护姐姐，都决定不提这句话，但我们心中都知道是怎么回事，反而庆幸姐姐是患了失忆症了。你懂了吗？这就是为什么，我们都不愿意你去追究真相的原因，你现在明白了吗？你不会说出去吧？”他看着心霞，那张年轻的脸庞上一片坦白的真挚，他知道她说的都是真话。掉头看着太阳，那明朗的天空，看不到任何的阴云，但他的心情却沉重了起来。

“事实上，云飞也不是很坏，他只是用情不专。”她又说了下去，“在这件事件里，我也不能逃掉责任，有时，我觉得我才是凶手！姐姐是无辜的！我真不知道，怎样才能向姐姐赎罪。”他深思了一会儿，觉得心中澎湃着一股难以遏止的激情，他忽然站定了，注视着心霞，他的呼吸急促，他的眼睛闪亮，他的面颊发红。他很快地、一连串地说：“听着，心霞！让我告诉你我心里所想的！不管有多少事实向我证明心虹推落了云飞，甚至心虹亲口承认过，但是，我决不相信这件事！心虹会暴怒如狂，会痛不欲生，但是她不会杀人！她连一条小虫子都不会伤害！这件坠崖的事件必然是个意外！我坚信不疑！因为我知道心虹，她在绝望之时只会自苦，不会杀人！我知道她知道得太清楚太清楚了！她的每根纤维、每个细胞、每丝细微的感情，我都知道！”

她惊愕地站在那儿，瞪大了眼睛望着他，那样惊愕，她有好半天都说不出话来。然后，她深吸了口气，喃喃地说：“嗨，你爱上她了！”“是的！”狄君璞毫不掩饰地承认，仍然在激动的状况中，“我爱上她了，不只我爱上了她，她也爱上了我，你知道这意味着什么吗？是一棵枯死了的树又发出了新芽，有了新的生命和生机，你懂吗？心霞，你一心想要帮助你姐姐，那么尽你的力量吧，促成这件事！我现在要去见你父亲，他必然会反对，如果你真爱你姐姐，想办法帮帮她，也帮帮我吧！”

她的眼睛里闪耀着一片惊异的光芒，一瞬不瞬地瞪视着他，是震惊的，也是兴奋的。

然后，忽然间，她扬了一下头，把短发甩向脑后，对狄君璞很快地伸出一只手来，喜悦而激动地嚷："嗨，狄君璞！你有一个同志了！握手吧，让我们联盟促成这件事！你真是个奇异的人，我不能不承认，你让我感动呢！但愿你也能同样感动我父亲！"

狄君璞握住了她的手，激动渐消之后，他惊奇于自己的表现竟像个初坠爱河的小伙子。

但是，他在心霞的眼睛里看到了眼泪，这个少女是真的感动了。她的眉毛高扬，她的眼睛发亮，她的唇边带着那样欣慰的、激赏的笑。在兴奋与激动中，她竟说了句："好好保护她呵，姐夫。她在爱情上是受过伤的呢！"

"你放心吧，心霞。"他松开了握着她的手，他们又继续往前走，穿过雾谷之后，霜园在望了。狄君璞忽然想起了什么，转过头，他对心霞说："有几句话我也想告诉你。"

"是什么？"她惊奇地问。

"我昨天见到了云扬，"他诚挚地说，深深地注视她，"如果你错过了这个男孩子，那么你就是天字第一号的大傻瓜！"

她的脸红了，眼睛闪亮。

"你是说真话吗？"她问。

"当然！""那么，说不定有一天，我们还需要你的说明呢！"

他们相对而视，都不由自主地微笑了。一层了解的情绪贯通了他们，在这一瞬间，他们已成为最坚固的同盟了。

心霞看了看手表，叫了一声："哎呀，你必须快一点，要不然爸爸会到公司去了。我到楼上去陪着姐姐，你和爸爸的谈话，最好不要让姐姐听到，等会儿爸爸一反对起来，姐姐又会大受刺激。"

看不出来，她的顾虑倒很周全，他们快步向霜园走去，到了大门口，心霞又站住了，叮咛地说："如果爸爸反对，或说些你们不该恋爱的大道理，那么，你就问他，他年轻时是怎样恋爱的？"

"什么意思？"狄君璞不解地问。

"我告诉过你，我妈不是我爸的第一任太太，但是，在我另外那个母亲未死以前，我爸就和我妈恋爱了。所以，很多人说心虹的母亲是给我爸和妈气死的。她死后才三个月，我爸就娶了我妈。所以，我爸应该可以了解爱情的那份强烈。"

狄君璞不禁想起心虹在那本小册子中写的，关于她母亲的事。他点点头，说："谢谢你给我的资料，但我希望我用不着这件武器才好。"

"那么，你还没有完全了解我的父亲！"心霞说，"你只看到他温和的一面，还没看到他的坏脾气和固执起来的蛮不讲理。总之，别让他打败你！"

"我不认为自己会被打败！"

他们又彼此交换了一瞥，才迈进霜园的大门。梁逸舟已走出客厅，正站在花园里，等着老高开车子过来。心霞急急地迎上前去说："爸爸，狄先生来看你，他说有话要和你谈。"

梁逸舟诧异地看了狄君璞一眼，后者脸上那份宁静、沉着和坚定的神情使他吃惊了。

他想起昨日心虹曾整日待在他那里，心里已隐隐猜到狄君璞的来意。一种强烈、不安的情绪升进他的心中，他对狄君璞点了点头，就默默地走进客厅，领先向书房走去。心霞对狄君璞做了个鼓励的眼色，又比了个胜利的手势，就三步并作两步地往楼上冲去了，在楼上，正传来心虹低而柔的歌声，在唱着“教我如何不想他”。

第二十章

这是第二次，狄君璞在这间书房里和梁逸舟谈话，那一次是深夜，这一次是清晨，这两次的谈话，无论在气氛上、内容上，都有多么大的不同！梁逸舟在一开始，就有一种备战的姿态，燃起一支烟，他沉坐在那张安乐椅中，除了深深地、不断地喷吐着烟雾以外，他什么话都不说，只是等着狄君璞开口。这种气氛是逼人的，但是狄君璞并没有被梁逸舟吓着，他也燃起一支烟，深吸了一口，平平静静地说："梁先生，我今天来，是希望你答应我一件事，把心虹嫁给我。"梁逸舟瞪视着狄君璞，他虽然已揣测到了狄君璞此来必定与心虹有关，但是仍然没有料到他一开口，就是这样突兀的一句话。他的确吃惊不小，但，他并没有把惊异的神色流露出来。喷出一口浓浓的烟雾，他透过那层烟雾，直视着狄君璞的脸，不慌不忙地说："君璞，你可能是工作过度了！"

换言之，这句话也就是说："你昏了头了！"狄君璞轻蹙了一下眉头，迎视着梁逸舟的眼光，他的眼神是坚定而沉着的。“梁先生，我没有工作过度，我的理智和感情都非常清楚，我知道我在做什么。我也知道你反对这件事，你上次对我说的话，言犹在耳，我并没有忘怀。但是，我仍然请求你，把心虹嫁给我！”“你认为你配心虹是很合适的吗？”梁逸舟问，对方那种冷静、那种安详、那种坚决和胸有成竹的态度使他激怒了。当初他把农庄租给他的时候，再也不会想到会发展成今天这个局面！他简直有种“引狼入室”的感觉，他不只生狄君璞的气，也在生自己的气。那农庄，早就该放把火把它烧成平地，又不在乎几个钱，干吗要把它租出去？出租也罢了，又偏偏租给什么劳什子的作家！这种人天天编故事，编糊涂了，就要把自己编成故事的主角。所以很少的作家会有幸福安定的婚姻，就在于他们时时刻刻要当主角。不行！这件事是怎样也谈不通的，他必须断绝他的念头！

“我认为我会给心虹幸福和快乐。”狄君璞答复了他的问题，“我会尽我的全力来爱护她。”

“你的回答避重就轻了！君璞。”梁逸舟的眼光是锐利的，“你觉得你的‘条件’能和心虹结婚吗？”

“你在暗示我不合条件了。”狄君璞说，“我不相信你对爱情的看法是像一般世俗那样的。你指的‘条件’又是什么呢？梁先生，坦白说，我并没料到会爱上心虹，在你上次和我谈过话后，我也抗拒过，回避过，可是……”他叹口气，声音压低了，“或者人世的一切发展，都有命定的安排。谁知道呢？”

“命定？”梁逸舟抬了抬眉毛，“君璞，你用了两个很滑稽的字，你们这段爱情是‘命定’的吗？别忘了，你比她大了十几岁，一个作家，一个在社会上混了这么多年的人，又是个在爱情上极有经验的人！而心虹呢？她的社会和世界就是霜园、农庄和山谷。何况她又有病。君璞，我认为你这样做有失君子风度。”狄君璞领教了梁逸舟说话的厉害了，他开始了解心霞在霜园外警告他的话。一层薄薄的怒意掩上了他的心头，可是，他压制了自己，他决不能发怒，那是成事不足败事有余的。

“是的，我比心虹大了十几岁，是的，我是个作家，也是的，我结过婚，有过爱情的经验……”他说，“可是，这些并不足以阻止我爱心虹，也不足以阻止心虹爱我。爱情，往往没有道理好讲，当它发生的时候，一切其他的因素，都会变得太渺小了。”“你不必给我开爱情课，君璞。”梁逸舟打断了他，“那么，你来这儿，是来征求我的同意，问我愿不愿意把心虹嫁给你，对不对？”“是的。”“我可以简单答复你，也不必深谈了。我不愿意，君璞，你做我的女婿，未免太大了。”

狄君璞涨红了脸，他的冷静已经维持不住了。

“心虹已经二十四岁了，梁先生。”他冷冷地说，“她早就超过了法定年龄。”“是的。”梁逸舟沉着地说，“但是，你忘了，她是个精神病患者，我有医生的证明，她的心智并不健全，所以，她根本不能自作决定。”

狄君璞凝视着梁逸舟，这是怎样一个冷心肠的男人！

“想当初，云飞遭遇过和我同样的困难吧！”他冲口而出地说。他犯了一个大错误，梁逸舟暴怒地站起了身子，指着他的鼻子，怒吼着说：“你少提卢云飞，那根本是一个流氓！你如果愿意，将来把小蕾嫁给流氓吧，心虹是我的女儿，我有权关心她的幸福！”

“就是这句话，梁先生。”狄君璞很快地说，“你如果真关心心虹的幸福，你如果真爱她，就请不要干涉我和她的恋爱。你可知道她一直很忧郁吗？你可知道她经常生活在一个黑暗的深井里？你可知道她彻夜失眠，常哭泣到天亮？你可知道她脑子里有个黑房间，她常常害怕得要死？不！梁先生，你并不知道，你没有真正关心过她，你没有真正去研究过她，帮助过她。而现在，你盲目地反对我和她恋爱，你主观地认为这对她一定有害。但是，你错了，梁先生，你竟不知道我使她复活了！我让她从那个大打击里复苏过来，使她又能生活，又能笑，又能唱歌，又能爱了！而你这位父亲，伟大的父亲，你站起来指责我勾引你的女儿，你以一个保护者的姿态出现，好像我是个魔鬼或罪魁。事实上，你根本一丝一毫也不了解心虹。你可以破坏我们，你可以驱逐我，你可以不把她嫁给我，但是，谁给你权利，因为你是一个父亲，就可以置心虹于死地？”他一连串地说着，这些话像流水一般从他的嘴中冲出来，他简直连思考的余地都没有。他喊得又急又响，在那种愤怒而激动的情况下，他根本无法控制自己的语言和思想。当这一连串的话说完，室内那份骤然降临的寂静，才使他惊愕地发现，自己竟说得那样严厉。

梁逸舟有好几分钟都没有说话，只是瞪大了眼睛，看着狄君璞，浓浓的烟雾不住地从他的鼻孔和口腔中冒出来。他的脸色有些苍白，太阳穴在跳动，这一切都显示出他在极度的恼怒中。但他也在思考，在压制自己。好半天，他才冷冰冰地说了一句：“什么叫置心虹于死地？你倒说说明白！”

狄君璞深吸了一口烟，他拿着烟斗的手在颤抖，这使他十分气恼，将近四十岁的人了，怎么仍然如此地冲动和不平静？这和他预先准备“冷静谈判”“以情动之”的场面是多么不同！看样子，他把一切都弄糟了！

“梁先生，”他竭力使自己的声调恢复平稳，“我只是想提醒你，心虹是个脆弱而多情的孩子，头一次的恋爱几乎要了她的命，这一次，你就放她一条生路吧！”

“你认为，她上一次的恋爱悲剧是我导演的吗？”梁逸舟大声地问。“不，我不是这意思，”狄君璞急急地说，“我知道云飞是个流氓，我知道他的劣迹恐怕比你知道的还多。那个悲剧或者是不可避免的，但是，即将来临的悲剧却是可以避免的！”

“是的，是可以避免的！”梁逸舟愤愤地说，“假如当初我不那样好心，把农庄让给你住，那么，一切都不会发生了！狄君璞，我以为你是个君子，却怎么都没料到你竟是条色狼！你认为你的桃色新闻闹得还不够多？躲到这深山里来，仍然要扮演范伦铁诺！”

狄君璞跳了起来，再一次控制不住自己：“梁先生，你犯不着侮辱我的人格，只因为我爱上你的女儿！假如你能够冷静一点，能够仔细分析一下目前的局面，你会发现，侮辱我并没有用处，并不能解决问题！”

“我有解决问题的办法，”梁逸舟坚定地说，“请你马上搬出农庄，我要把那幢房子整个拆掉！请你远离霜园，远离我们的家庭！”“梁先生，你考虑过这样做的后果吗？你知道你这样会杀掉心虹吗？”“你不要动不动就拿心虹的生命来威胁我！”梁逸舟恼怒地大声吼，“心虹是我的女儿！我知道怎样做对她有利！她根本不能明辨是非，她根本还没有成熟，第一次，她去爱一个小流氓；第二次，又去爱个老骗子……”

“梁先生！”狄君璞站起身来，打断了对方的怒吼，奇怪，到这一刻，他反而平静下来了。他的声音是低沉而稳重的，稳重得让他自己都觉得惊奇。可是，这低沉的语调却把梁逸舟的吼声给遮盖淹没了。“我知道和你没有什么可谈了。我常常觉得奇怪，许多人活到了五六十岁的年纪，经验过了半个世纪的人生，却往往对于这世界和人类仍然一无所知。许多我们自己经历过的痛苦和感情，如果若干年后，再来临到我们的子女或朋友身上，我们反而会嗤笑他，仿佛自己一直是圣人似的！这岂不是可笑吗？梁先生，我没什么话好说了，刚刚认识你的时候，你让我折服，我认为你是个懂得人生、懂得感情，有深度、有思想、有灵性的人。现在，我发现，你仅仅是个刚愎自用、目空一切的暴君！我不愿再和你谈下去，在短时间之内，我不准备离开农庄，你可以想尽办法来拆散我和心虹，随你的便吧，梁先生！但是，你会后悔！”他抓起椅子上自己的大衣，又说了一句，“你有一对好女儿，有个好妻子，可是，要失去她们，也是非常容易的事！”

他把大衣搭在手臂上，开始向门口去，但是，梁逸舟恼怒地喊了一声：“站住！狄君璞！”狄君璞站住了，回过头来。

“你不要对我逞口舌之利，狄君璞。”梁逸舟本来苍白的脸色现在又涨红了，“我不听你那一篇篇似是而非的大道理！你明天就给我从那农庄里搬出去！”

“你无权让我搬出去，梁先生。”狄君璞静静地说，“我搬进来之前，曾和你订过一张两年为期的租赁合约，现在只过了半年，我并没有亏欠房租，所以，在期满之前，你无权要我搬走！”

梁逸舟暴怒了。“狄君璞，你是个混蛋！”他咒骂着，“你给我注意，从今以后，再也不许走进霜园的大门。”

狄君璞注视着梁逸舟，好一会儿，他说：“我很想问你一句话，梁先生，你恋爱过吗？”

梁逸舟一愣，愤愤地说：“这个用不着你管！你别用‘恋爱’两个字，去掩饰你那种丑恶而不正当的追求！恋爱应该要衡量彼此的身份，发乎情，止乎礼，才是美丽的！像你！你有什么资格谈‘恋爱’两个字，你对你第一个妻子的感情呢？记得你那个婚姻也曾闹得轰轰烈烈呵！不正当的恋爱算什么恋爱呢？那只是罪恶罢了！”

狄君璞咬了咬牙，“谢谢你给我的教训，我承认不负责任的滥爱是罪恶，可是，真挚的感情和心灵的需求也是罪恶吗？梁先生，你这样义正词严，想必当初，你有个极正当的恋爱和婚姻吧！”

说完这几句话，他不再看梁逸舟一眼，他心中充满了一腔厌恶的、郁闷的情绪，急于要离开这幢房子，到屋外的山野里去呼吸几口新鲜空气。拉开了房门，他冲出去，却差点一头撞在吟芳的身上。她正呆呆地站在那房门口，似乎已经站了很久很久。显然地，她在倾听着他们的谈话。狄君璞把对梁逸舟的愤怒，本能地迁移了一部分到吟芳的身上，瞪视了她一眼，他一语不发地就掠过了她，大踏步地走向客厅，又冲出大门外了。吟芳看着他的背影，她不自禁地向他伸出了手，焦灼地低唤了一声：“君璞！”可是，狄君璞并没有听到，他已经消失在大门外了。吟芳颓然地放下了手，叹口气，走进书房。梁逸舟正涨红了脸，瞪着一对怒目，在室内像个困兽般走来走去。看到了吟芳，他立即恨恨地叫着说："你知道发生了什么大新闻吗？"

"是的，"吟芳点了点头，轻轻地说，"我全知道，我一直站在书房外面，你们所有的谈话，我都听到了。"

"那么，你瞧！完全被你说中了！这事到底发生了。心虹真是个只会做梦的傻蛋！这个狄君璞，他简直是个卑鄙无耻的伪君子！"

吟芳望着他，默然不语，眼神是忧郁而若有所思的。半天之后，她走近他，用手握住了他的胳膊，她轻声地、温柔地说："坐下来，逸舟。"梁逸舟愤愤地坐下了。掏出一支烟，取出打火机，他连按了三次，打火机都燃不起来，他开始咒骂。吟芳接过了打火机，打燃了火，递到他的唇边。他吸了一口烟，把打火机扔在桌上，说："瞧吧！我一定要给他点颜色看看！"

"因为他揭了你的疮疤吗？"吟芳不慌不忙地问。

"你是什么意思？"梁逸舟瞪视着吟芳。

"逸舟，"吟芳站在梁逸舟的身后，用手揽住了他的头，温柔而小心地说，"事实上，狄君璞说的话，并不是完全没有道理的。""什么？"梁逸舟掉过头来，"你还认为他有道理吗？难道你……""别急，逸舟。"吟芳把他的头扳正，轻轻地摩挲着他，"你知道我并不赞成这段恋爱，当初还要你及早阻止。可是，许多时候，人算不如天算，这事还是发生了。以前，我们曾用全力阻挠过心虹的恋爱，结果竟发生那么大的悲剧。事后，我常想，我们或者采取的手段过分激烈了一些，我们根本没有给心虹缓冲的余地，像拉得太紧的弦，一碰就断了。但是，云飞确实是个坏坯子，我们的反对，还可以无愧于心。而狄君璞……”

“怎么？你还认为他是个正人君子不成？”梁逸舟暴躁地打断了她。

“你不要烦躁，听我讲完好吗？”吟芳按了按他的肩，把他那蠢动着的身子按回到椅子里，“我知道他配心虹并不完全合适。可是，从另一个观点看，他有学识，有深度，有仪表，还有很好的社会地位和名望。除了他年纪大了些和离过婚这两个缺点以外，他并不算是最坏的人选。而且，我以一个母性的直觉，觉得他对心虹是一片真心。”

“看样子，你是想当他的丈母娘了！”梁逸舟皱着眉说，把安乐椅转过来，面对着吟芳。

“逸舟！”吟芳温柔地喊，在梁逸舟面前的地毯上坐下来，把手臂伸在他的膝上，恳切地说，“别忽略了心虹！狄君璞说的确是实情，如果硬行拆散他们的话，心虹会活不下去！”

梁逸舟瞪视着吟芳。“你不知道，”吟芳又说了下去，“今天整个早上，心虹一直在唱歌，这是一年多来从没有的现象！而且，她在衣橱前面换了一上午的衣服，你知道这是什么意思吗？士为知己者死，女为悦己者容！”梁逸舟继续看着吟芳，他的眉头蹙得更紧了。

“还有，你没有看到她，逸舟。她脸上焕发着那样动人的光彩，眼睛里闪耀着那样可爱的光芒！真的，像狄君璞说的，她是整个复活了！”吟芳的语气兴奋了，她恳求似的望着梁逸舟，眼里竟漾满了泪。梁逸舟沉思了一段时间，然后，他烦恼地甩了一下头，重重地说：“不行，我无论如何也不能同意这件事！这等于在鼓励这个不正常的恋爱！”“什么叫不正常的恋爱？他们比起我们当初来呢？”

梁逸舟惊跳起来。“你不能这样比较，那时候和现在时代不同……”

“时代不同，爱情则一。”

梁逸舟盯着吟芳。“你是昏了头了，吟芳！你一直都有种病态的犯罪感，这使你脑筋不清楚！你不想想看，这样的婚姻合适吗？一个作家，你相信他的感情能维持几分钟？他以往的历史就是最好的证明了。假若以后狄君璞再遗弃了心虹，那时心虹才真会活不下去呢！而且，你看到刚才狄君璞的态度了吗？这件婚事，随你怎么说，我决不赞成！”

“不再考虑考虑吗，逸舟？”

“不。根本没什么可考虑的。”

“那么，答应我一件事吧！”吟芳担忧地说，“不要做得太激烈，也不能软禁心虹，目前，你在心虹面前别提这件事，让他们继续来往，另一方面，我们必须给心虹物色一个男友，要知道，她毕竟已经二十四岁了。”

“这倒是好意见，”梁逸舟沉吟地说，“早就该这么做了！或者，心虹对狄君璞的感情只是一时的迷惑，如果给她安排一个年轻人很多的环境，她可能还是会爱上和她同年龄的男孩子！”他高兴地站起身来，拍拍吟芳的手，“就这样做！吟芳，起来！你要好好地忙一忙了。”

“怎么？”“我要在家里开一个盛大的舞会！我要把年轻人的

社会和欢乐气息带到心虹面前来！”

“你认为这样做有用吗？”吟芳瞅着他。

“一定的！”

吟芳不再说话了，顺从地站起身子。但是，在她的眼底，却一点也找不出梁逸舟的那种自信与乐观来。

第二十一章

午后，狄君璞闷坐在书房中，苦恼地、烦躁地自己跟自己生着气。上午和梁逸舟的一篇谈话，始终回荡在他的脑海里。他懊恼，他气愤，他坐立不安，他又后悔自己过于激动，把整个事情都弄得一败涂地。但是，每每想起梁逸舟所说的话，所指责诅咒的，他就又再度怒火中烧，咬牙切齿起来。老姑妈很识相，当她白炒了一盘辣子鸡丁后，她就敏感地知道事情并不像她想象的那样如意。于是，她把小蕾远远地带开，让狄君璞有个安静的、无人打扰的午后。

这午后是漫长的，狄君璞不能不期待着心虹的出现，每一分钟的消逝，对他都是件痛苦的刑罚。他一方面怕时间过得太快，另一方面又觉得时间过得太缓慢、太滞重了。他总是下意识地看手表，不到十分钟，他已经看了二十次手表了。最后，他熄灭了第十五支烟，站起身来，开始在房子里来来回回地踱着步子，表上已经四点了，心虹今天不会来了。或者，是梁逸舟软禁了她，反正，她不会来了。

他停在窗前，太阳快落山了，山坳里显得阴暗而苍茫。他伫立片刻，掉转身子走回桌前，燃上了第十六支烟。

忽然有敲门声，他的心脏“咚”地一跳，似乎已从胸腔里跳到了喉咙口。抛下了烟，他三步并作两步地冲进客厅，冲到大门口。大门本来就是敞开的，但是，站在那儿的，并不是他期待中的心虹，而是那胖胖的、满脸带笑的高妈。狄君璞愕然地站住了，是惊奇，也是失望地说了句：“哦，是你。”高妈笑吟吟地递上了两张折叠的纸，傻呵呵地说：“这是我们小姐要我送来的，一张是大小姐写的，一张是二小姐写的，都叫我不要给别人看到呢！”

狄君璞慌忙接过了纸条，第一张是心霞的，写着：

狄君璞：

妈妈爸爸已取得协议，暂时不干涉姐姐和你来往，怕刺激姐姐。但是，他们显然另有计划，等我打听出来后再告诉你。姐姐对于你早上来过的事一无所知，你还是不要让她知道好些。珍惜你的时间吧！别气馁呵！

高妈已尽知一切，她是我们这边的人，完全可以信任！

心霞

再打开另一张纸条，却只有简简单单的一句话：

请我吃晚饭好吗？

虹

狄君璞收起了纸条，抬起眼睛来，他的心里在欢乐地唱着歌，他的脸上不自禁地堆满了笑，对高妈一迭连声地说：“谢谢你！谢谢你！谢谢你呵！”

高妈笑了，说：“大小姐马上就会来了，晚上老高会来接她。”

“不用了，我送她到霜园门口。”

“我们老爷一定会叫老高来接的，我看情形吧！”

高妈转过身子走了。狄君璞伫立半晌，就陡地转了身子，不住口地叫着姑妈。姑妈从后面急匆匆地跑了出来，紧张地问：“怎么了？怎么了？哪儿失火了吗？”

“我心里，已经烧成一片了！”狄君璞欢叫着说，对那莫名其妙的老姑妈咧开了嘴嬉笑，一面嚷着，“辣子鸡丁！赶快去准备你的辣子鸡丁！”折回到书房，他却一分钟也安静不下来了，他烧旺了炉火，整理了房间，在火盆旁，他安置好两张椅子，又预先沏上一杯好茶，调好了台灯的光线，拭去了桌上的灰尘。又不知从哪儿翻出一对蜡烛和两个雕花的小烛台，他一向喜欢蜡烛的那份情调，竟坚持餐桌上要用烛光来代替电灯，因而和老姑妈争执了老半天，最后，姑妈只好屈服了。当一切就绪，心虹也姗姗而来了。看到心虹，狄君璞只觉得眼前一亮，他从来没有看到心虹这样打扮过，一件黑丝绒的洋装，脖子上系了一条水钻的项链，外面披着件也是黑丝绒的大衣，白狐皮的领子。长发松松地挽在头顶，用一个水钻的发饰扣住。脸上一反从前，已淡淡地施过脂粉，更显得唇红齿白，双眉如画。她站在那儿，浅笑嫣然，一任他上上下下地打量着自己，只是含笑不语。那模样，那神态，有说不出来的华丽、说不出来的高贵、说不出来的清雅，与说不出来的飘逸。

好半天，狄君璞才深吸了一口气说：“心虹，你美得让我心痛。”

把她拉进了书房，他关上房门，代她脱下大衣，立即，他把她拥入了怀中。深深地凝视着她，深深地对她微笑，再深深地吻住了她。她那娇小的身子，在他的怀抱中是那样轻盈，她那小小的唇，是那样温软。她那长而黑的睫毛，是那样慵慵懒懒地垂着，她那黑黑的眼珠，是那样醉意盎然地从睫毛下悄悄地望着他。他的心跳得猛烈。他的血液运行得急速。一早上所受的闷气，至此一扫而空。他吻她，不住地吻她，不停地吻她，吻了又吻，吻了再吻。然后，他轻声地问：“你爸爸妈妈知道你来我这儿吗？”

“爸爸去公司了。我告诉妈妈我不回去吃晚饭，她也没问我，我想，她当然知道我是到这儿来了。除了这儿，我并没有第二个地方可去呀！”狄君璞沉默了一会儿，他不知道梁氏夫妇到底准备怎样对付他，但他知道一点：投鼠忌器，他们也怕伤害心虹。这成了他手中唯一的一张王牌。他现在没有别的好办法，除了等待与忍耐以外。命运既已安排他们相遇，应该还有更好的安排。等待吧！看时间会带来些什么！

“你有心事，”心虹注视着他，长睫毛一开一合的，“告诉我，你在想些什么？”“没有什么。”狄君璞牵着她的手，把她引到火边的椅子上坐下。他坐在她旁边，把她的手合在他的手中。“我等了你整个下午，怎么这样晚才来？”

“你为什么不去霜园？”她问，心无城府地微笑着，“难道一定要我来看你？唔，”她斜睨着他，“我看你被我宠坏了，什么都要我迁就你。但是，”她热烘烘地扑向他，“我会迁就你，无论你要我做什么，我都会迁就你，我知道你不喜欢到霜园来，那儿的气氛不适合你，你宁愿要这朴朴实实、笨笨拙拙的农庄，也不愿要那豪华的霜园，对吧？好，你既然不喜欢去霜园，那么，我来农庄！如果你不讨厌我，我就每天来吃晚饭！”狄君璞心中通过了一阵又酸楚又激动的暖流，这孩子，这痴痴的傻孩子呵！她已经在为他的不去造访而代他找借口了。一时间，他竟冲动地想把早上的事告诉她，但他终于忍住了，只是勉强地笑笑说：“你知道，心虹，你家里的人太多，而我，是多么希望和你单独相处呵！”“嘘！”心虹把一个手指头压在嘴唇上，脸上有一股可爱的天真，“你不用解释，真的，不用解释！我每天都来就是了！记住，君璞，你高兴怎么做就怎么做，我不要改变你。假如你愿意，给我命令吧，你是我的主人，而我，一切听你吩咐，先生。”狄君璞拿起她的手来，轻轻地吻着她的手指，他用这个动作来掩饰他眼底的一抹痛楚。呵，心虹！她怎样引起他心灵深处的悸动呵！“告诉我，”他含糊地说，“我有什么地方值得你这样爱我？”“呵，我也不很知道，”她深思地说，忽然有点羞涩了，“在我生病的时候，我常常看你的小说，它们吸引我，经常，我可以在里面找到一些句子，正是我心中想说的。我想，那时我已经很崇拜你了。后来，爸爸告诉我，有一个作家租了农庄，我却做梦也想不到是你，等到见到你，又知道你就是乔风，再和你接近之后，我忽然发现，你就像我一生所等待着的，所渴求着的。

“呵，我不会说，我不会描写。以前我并非没有恋爱过，云飞给我的感觉是一种窒息的、压迫的、又发冷又发热的感觉，像是一场热病，烧得我头脑昏然。而你，你带给我的是心灵深处的宁静与和平，一种温暖的、安全的感觉。好像我是个在沙漠中迷途已久的人，忽然间找到了光，找到了水，找到了家。”她抬眼看他，眼光是幽柔而清亮的，“你懂吗？”他紧握了一下她的手，算是答复。注视着她，他没有说话。迎视着他那深深沉沉、痴痴迷迷的注视，她也不再说话了。好长一段时间，他们只是默默相对。室内好静好静，只偶尔有炉火的轻爆声，打破了那一片的沉寂。窗外，太阳早就落了山，暮色慢慢地、慢慢地，从窗外飘进室内，朦胧地罩住了室内的一切。光线是越来越黝黯了，他们忘了开灯，也舍不得移动。房间中所有的家具物品，都成了模糊的影子。他们彼此的轮廓也逐渐模糊，只有炉火的光芒，在两人的眼底闪烁。“心虹。”好久好久之后，他才轻唤了一声。

“嗯？”她模糊地答应着，心不在焉的。仍然注视着他，面颊被炉火烤成了胭脂色。

“我有件东西要拿给你看。”他说。

“是什么？”

他满足地低叹了一声，很不情愿地放开了她的手，站起身来，走到书桌边去。拿起一张稿纸，他扭亮了台灯，折回到心虹身边来，把那张稿纸递给了她。她诧异地看过去，上面写着一首小诗，题目叫《星河》，这是他昨夜失眠时所写的。她开始细声地念着上面的句子：

星　河

在世界的一个角落，我们曾并肩看过星河，山风在我们身边穿过，草丛里流萤来往如梭，我们静静伫立，高兴着有你有我。

穹苍里有星云数朵，夜露在暗夜里闪闪烁烁，星河中波深浪阔，何处有鹊桥一座？

我们静静伫立，庆幸着未隔星河！

晓雾在天边慢慢飘浮，晨钟将夜色轻轻敲破，远处的山月模糊，近处的树影婆娑，我们静静伫立，看星河在黎明中隐没。

心虹念完了，抬起头来，她的眸子清亮如水。把那张稿纸压在胸前，她低声地说："给我！""给你。"他说，俯下头去吻她的额。

她摊开那张纸，又念了一遍，然后，她再念了一遍，她眼中逐渐涌上了泪水，唇边却带着那样陶醉而满足的笑。跳起来，她攀着狄君璞的衣襟，不胜喜悦地说："我们之间永远不会隔着星河，是不是？"

"是的。"他说。揽住她的肩，把她带到窗前。他们同时都抬起头来，在那穹苍中找寻星河。夜色才刚刚降临，星河未现，在那黑暗的天边，只疏疏落落地挂着几颗星星。他们两相依偎，看着那星光一个个地冒出来，越冒越多，两人都有一份庄严的、感动的情绪。忽然间，心虹低喊了一声，用手紧紧地环抱住狄君璞的腰，把头深深地埋在他胸前，模糊而热烈地喊：“呵，君璞，我爱你！我爱你！我爱你！”

他揽紧了她，把下颌紧贴在她黑发的头上，默然不语。而门外，老姑妈已经在一迭连声地叫吃晚饭了。

于是，他们来到了餐桌上。这是怎样的一餐饭呀！在烛火那朦胧如梦的光芒下，在狄君璞和心虹两人那种恍恍惚惚的情绪中，一切都像披上了一层梦幻的轻纱。似乎连空气里都涨满了某种温馨、某种甜蜜。狄君璞和心虹都很沉默，整餐饭的时间中，他们两人都几乎没说过什么，只是常常忘了吃饭，彼此对视着，会莫名其妙地微笑起来。在这种情形下，坐在一边的老姑妈和小蕾，也都跟着沉默了。老姑妈只是不时地以窥探的眼光，悄悄地看他们一眼，再悄悄地微笑，而小蕾呢？她是被这种气氛所震慑了。她好奇，她也惊讶。瞪着一对圆圆的眼睛，她始终注视着心虹。最后，她实在按捺不住了，张开嘴，她突然对心虹说：“梁阿姨，你为什么要有很多名字？”

“什么？”心虹不解地问，她的思绪还飘浮在别的地方。她和狄君璞都没有注意到，她已经把“梁姐姐”的称呼改成了“梁阿姨”。“你看，你以前的名字叫梁姐姐，婆婆说，现在要叫梁阿姨了，再过一段时间，还要叫妈妈呢！”小蕾天真地、一本正经地说着。老姑妈蓦地从喉咙里干咳了几声，慌忙把头低了下去，再也没想到孩子会把这话当面给说了出来，老姑妈尴尬得无以自处。心虹却飞红了脸，把眼睛转向了一边，简直不知该怎么办好。狄君璞望着小蕾，这突兀的话使他颇为震动。美茹在小蕾还没懂事前就走了，事实上，美茹一直不喜欢孩子，她嫌小蕾妨碍了她许多的自由。因此，这孩子几乎从没有得到过母爱。他注视着小蕾，伸手轻轻地握住了小蕾的手，说："小蕾，你愿意梁阿姨做你的妈妈吗？"

小蕾好奇地看看心虹，天真地问："梁阿姨做了我妈妈，是不是就可以跟我们住在一起？"

"是的。"狄君璞回答。

孩子兴奋了，她喜悦地扬起头来，很快地说："那么，她从现在起，就做我的妈妈好吗？"

心虹咳了一声，脸更红了。老姑妈已乐得合不拢嘴。狄君璞含笑地看着孩子，忍不住在她额上重重地吻了一下，多可人意的小东西呵！这篇谈话对心虹显然有了很大的影响，因此，在饭后，心虹竟一直陪伴着小蕾，她教她做功课，教她唱歌，给她讲故事。孩子睡得早，八点钟就上了床，心虹一直等她睡好了，才离开她的床前。挽着狄君璞，她提议地说："到外面走走，如何？"

狄君璞取来她的大衣，帮她穿上，揽着她，他们走到了山野里的月光之下。避免去农庄后的枫林，狄君璞带着她走上了那条去雾谷的小径。枫林夹道，繁星满天。那夜雾迷离的山谷中，树影绰约，山色苍茫。他们相并而行，晚风轻拂，落叶缤纷，岩石上，苍苔点点，树叶上，露珠晶莹。这样的夜色里，人类的心灵中，除了纯净的美的感觉以外，还能有什么呢？爱，是一种至高无上的美。他拥住她，吻了她。抬起头来，他们可以看到月亮，看到月华，看到星云，看到星河。她把头靠在他的肩上，低声说：

“我很想许愿。”“许吧！”“知道冯延巳的那阕《长命女》吗？”

他知道。但他希望听她念出来。于是，心虹用她那低低的、柔柔的声音，清脆地念着：“春日宴，绿酒一杯歌一遍，再拜陈三愿：一愿郎君千岁，二愿妾身常健，三愿如同梁上燕，岁岁长相见！”她的声音那样甜蜜，那样富于磁性，那样带着心灵深处的挚情。他感动了，深深地感动了。揽紧了她，他们并肩站在月光之下。他相信，如果冥冥中真有着神灵，这神灵必然能听到心虹这阕“再拜陈三愿”，因为，她那真挚的心灵之声，是应该直达天庭的呵！

“看！一颗流星！”她忽然叫着说。

是的，有一颗流星，忽然从那星河中坠落了出来，穿过那黑暗的广漠的穹苍，不知落向何方去了。狄君璞伸出手来，做了一个承接的手势，心虹笑着说：“你干吗？”“它从星河里掉下来，我要接住它，把它送给你，记得你告诉过我的话吗？你曾幻想在星河中划船，捞着那些星星，每颗星星中都有一个梦。我要接住这颗星，给你，连带着那个梦。”他做出一个接住了星星的手势，把它递在她手里。她立即慎重地接了过来，放进口袋中。两人相对而视，不禁都笑了。他们再望向天空，那星河正璀璨着。她又低声地念了起来：“在世界的一个角落，我们曾并肩看过星河，山风在我们身边穿过，草丛里流萤来往如梭，我们静静伫立，高兴着有你有我。”

他们伫立着，静静地，久久地。

第二十二章

心虹的生命是完全变了。

忽然间，心虹像从一个长长的沉睡中醒来，仿佛什么冬眠的动物，经过一段漫长的冬蛰，一旦苏醒，睁开眼睛，第一眼看到的就是春天那耀眼而温暖的阳光。于是，新的生命来临了。随着新生命同时来临的，是无尽的喜悦、焕发的精神和那用不完的精力。不知从何时开始，心虹不再做噩梦了，每晚，她在沉思和幻梦中迷糊睡去，早晨，再在兴奋和喜悦中醒来。那经常环绕着她的暗影也已隐匿无踪，花园里，山谷中，枫树前，岩石后，再也没有那困扰着她的鬼影或呼唤她的声音。那种神秘的、无形的、经常紧罩着她的忧郁也已消失，她不再无端地流泪、无端地叹息、无端地啜泣。揽镜自照，她看到的是焕发的容颜、光亮的眼睛、明艳的双颊和沉醉的笑影。她惊奇，她诧异，她愕然……狄君璞，这是个怎样的男人，他把她从黑雾弥漫的深谷中救出来了。

她的变化是全家都看到的，都感觉到的。当她轻盈的笑声在室内流动，当她衣袂翩然地从房里跑出来，如翩翩的小蛱蝶般飞出霜园，飞向山谷，飞向农庄。当她在夜深时分踏着夜雾归来，看到仍等候在客厅里的吟芳，她会忽然扑过去，在吟芳面颊上印下一吻，喘息地说："呵！好妈妈！我是多么地高兴哪！"

这一切，使全家有着多么不同的反应。单纯而忠心的高妈是乐极了，她不住地对吟芳说："这下好了，太太，我们大小姐的病是真好了！"

她开始盲目地崇拜狄君璞，能使小姐病好的人必然是英雄和神仙的混合品！她更忠心地执行着代小姐传信的任务，成了心虹和狄君璞的心腹。

吟芳是困扰极了，她实在不能确知心虹的改变是好还是坏。也不敢去探测心虹那道记忆之门是开了还是依然关着，云飞的名字在霜园中，仍然无人敢于提起。对于狄君璞，她很难对此人下任何断语，所有的作家在她心目中都是种特殊的人物，她不敢坚持狄君璞和心虹的恋爱是对的，也不敢反对梁逸舟。看到心虹快乐而焕发的脸庞，她会同情这段恋爱，而衷心感到阻挠他们是件最残忍的事情。但，想到狄君璞的历史和家庭情形，她又觉得梁逸舟的顾虑都是对的。她深知一个"后母"的个中滋味。就在这种矛盾的情绪中，她困扰，她焦虑，她也时时刻刻感到风暴将临，而担惊不已。

梁逸舟呢？在这段时期中，他是又暴躁，又易怒，又心情不定。既不能阻止心虹去看狄君璞，又不能把狄君璞逐出农庄，眼看这段爱情会越陷越深，他是烦躁极了。好几次，他想阻止心虹去农庄，都被吟芳拉住了。于是，他开始邀约一些公司里的年轻男职员回家吃饭，开始请老朋友的子女来家游玩，但，心虹对他们几乎看都不看，她一点也不在意他们，就像他们根本不存在一样。于是，他开始积极地筹备一个家庭舞会。并计划把这个家庭舞会变成一个定期的聚会，每星期一次或每个月两次，他不只为了心虹，也要为心霞物色一个男友。

天下最难控制的是儿女之情，最可怜的却是父母之心！梁逸舟怎能料到非但心虹不会感谢他的安排，连心霞也情有所钟。在大家都为心虹操心的这段时间里，梁逸舟夫妇都没注意到心霞的天天外出有些特别。吟芳只认为心霞是去台北同学家，心霞一向活泼爱交朋友，所以，她连想都没想到有什么不妥之处。梁逸舟是总把心霞看成“天真的孩子”的，还庆幸她有自己的世界，不像心虹那样让他烦心。他们怎会想到在这些时间中，心霞都逗留在不远处的一个小农舍里，常和一个半疯狂的老妇作伴，或和一个浓眉大眼的年轻人驾着摩托车，在乡间的公路上疾驰兜风。

心虹的心房是被喜悦和爱情所涨满了，她是多么想找一个人来分享她的喜悦！多么想和人谈谈狄君璞！高妈虽然忠心，却笨拙而不解风情。吟芳是长辈，又不是她的生母。梁逸舟更别谈了，整天板着脸，仿佛和她隔了好几个世纪。于是，只剩下一个心霞了！偏偏心霞也是那样急于要和姐姐倾谈一次！所以，在一个晚上，心霞溜进了心虹的房间，钻进了她的被褥，姐妹两个并肩躺着，有了一番好知心的倾谈。

“姐姐，我知道你的秘密，”心霞说，“你去告诉狄君璞，叫他请我吃糖。”心虹脸红了，怎样喜悦而高兴的脸红呵！

“爸爸妈妈是不是都知道了？”她悄悄问，“他们会反对吗？你想。”心霞沉吟了片刻，“我猜他们知道，但是他们装作不知道。”

“为什么呢？他们一定不赞成，就像当初不赞成云飞一样。但是，我现在的心情很奇怪，我反而感谢他们曾经反对过云飞，否则，我怎么可能和狄君璞相遇呢？”

心霞呆呆地看着心虹，她已听狄君璞说过心虹恢复了一部分的记忆，但是，到底恢复了多少呢？

“姐姐，你对云飞还记得多少？”

“怎么！”心虹蹙起眉毛，很快地甩了甩头，“我们别谈云飞，还是谈狄君璞吧！你觉得他怎样？”

“一个有深度、有学问、有思想，又感情丰富的人！”心霞说，真挚地，“姐姐，我告诉你，好好爱他吧，因为他是真心爱着你的！我们的一生，不会碰到几个真正有情而又投缘的人，如果幸福来临了，必须及时把握，别让它溜走了。”

“嗨，心霞！”心虹惊奇地瞪着她，“你长大了，这是我第一次听到你这种谈话，你不再是个黄毛丫头了！告诉我，你碰到些什么事？也恋爱了吗？只有恋爱，可以让人成熟。”

“姐姐！”心霞叫，挤在心虹身边。

“是吗？是吗？”心虹支起上身，用带笑的眸子盯着她，“你还是从实招来吧！小妮子，你的眼睛已经泄露了。快，告诉我那是谁！你的同学吗？我认不认得的人？快！告诉我！”

心霞凝视着心虹，微微地含着笑，她低低地说：“姐姐，是你认识的人。”

“是吗？”心虹更感兴趣了，她抓住了心霞的手腕，摇撼着，

“快，告诉我，是谁？我真的等不及地要听了，说呀！再不说我就要呵你痒了。”

心霞把头转向了一边，她的表情是奇异的。“你真要知道吗，姐姐？”

她的神色使心虹吃惊了。心虹脸上的笑容消失了，她的心往下沉。“总不会也是狄君璞吧，”她说，“你总不该永远喜欢我所喜欢的人！”心霞大吃一惊，立即叫着说：“哎呀，姐姐，你想到哪儿去了？不是，当然不是！”她掉回头来看着心虹，原来……原来……原来她也记起了她和云飞的事！她不禁讷讷起来：“姐姐，你知道以前……以前我根本不懂事，我并不是真的要抢你的男朋友，云飞……云飞他……”“哦，别说了，”心虹放下心来，马上打断了心霞，“过去的事还提它做什么，忘了它吧！我们谈目前的，你告诉我，那是谁呢？”心霞咬咬嘴唇，“你不告诉爸爸妈妈好吗？他们会气死！”

“是吗？”心虹更吃惊了，“你放心，我一个字也不说，是谁呢？”“卢云扬！”她轻轻地说了。

这三个字虽轻，却有着无比的力量，室内突然安静了。心虹愕然地愣住了，好半天，她都没有说话，只觉得脑子里像一堆乱麻一样混乱。自从在农庄的阁楼上，她恢复了一部分的记忆之后，因为紧接着，就是和狄君璞那种刻心蚀骨的恋爱。在这两种情绪中，她没有一点缓冲的时间，也没有一点运用思想的余地，只为了狄君璞在她心目中占据的分量太重太重，使她有种感觉，好像想起云飞，都是对狄君璞的不忠实，所以，她根本逃避去想到有关云飞的一切。也因此，自从记起有云飞这样一个人以后，她就没有好好地回忆过，也没有好好地研究过，到底云飞现在怎样了？他到何处去了？对她而言，都是一个谜。她本不想追究这个谜底，而且巴不得再重新忘记这个人。而现在，心霞所透露的这个名字，却把无数的疑问和过去都带到她眼前来了。

“怎么，姐姐？”她的沉默使心霞慌张，或者她做错了，或者她不该对她提这个名字，“你怎么不说话了？”

“啊，”心虹仍然怔怔的，“你让我想想。”

“你在想什么？”心霞担心地问。

“云飞。”她低声说。忽然间，她抓住了心霞的手臂，迫切地俯向心霞，她的眼睛奇异地闪烁着，声调里带着痛苦的坚决，“你告诉我吧，心霞，那个……那个云飞现在在哪里？”

“姐姐！”心霞低呼着。

“说吧！好妹妹，我不怕知道了，我也不会再昏倒了，你放心吧！告诉我！他走了吗？到什么地方去了？为什么你会碰到云扬？他们还住在镇外的农舍里吗？说吧，心霞，都告诉我，我要把这个阴影连根拔去。快说吧，云飞到什么地方去了？”“他……他……”心霞结舌地，终于，她决心说出来了，她忽然觉得，早就应该这样做了。或者，狄君璞是对的，不该遮着伤口就算它不存在呵！至于心虹是否推落了云飞这一点，她可以不提。于是，她轻声地说了：“他死了。姐姐。”

“啊！”心虹惊呼了一声，片刻沉寂之后，她慢吞吞地问，“生病吗？”“不。是意外，他从农庄后面的悬崖上摔了下去。”

她又沉默了许久，她的眼睛怔怔地望着心霞，里面闪烁着又像痛苦、又像迷茫的光芒。

“什么时候的事？前年秋天？”这时已是一月底了，“当时有别人在场吗？”

“是前年秋天，当时只有你在场，我们找到你的时候，你正昏倒在栏杆旁边，我想，你是目睹他摔下去的。”

“啊！”她轻喘了口气，脸色有些苍白，“这就是我生病的原因，是吗？”“是的。”

她又沉默了。紧紧地蹙着眉头，她在搜索着她的记忆，苦苦地思索。但是，她失败了。

“怎会发生这样的事？”她困惑地问。

“栏杆朽了。他可能是靠在栏杆上和你说话，栏杆断了，他就摔了下去。也可能是在栏杆那儿滑了一下，那晚下着毛毛雨，地上滑得不得了，如果他跌倒在栏杆上，栏杆一折断，他就必定会摔下去。反正，是个意外。这种意外，谁也没办法防备的，是不？”

心虹忽然间跳了起来，坐在床上，说：“是了，我想起来了！”

“你想起来了？”心霞惊异地问。

“不不，不是那件事。我想起几个月之前，狄君璞刚搬来的时候，我曾经在山谷中被一个疯老太太扯住，她说我是凶手，要我还她儿子来！原来……原来那是云飞的母亲，后来那个年轻人就是云扬，他们恨我，以为……”

“是的，那就是云扬和他母亲，那老太太失掉了儿子，就有点精神不正常，因为那天晚上云飞是去见你，她就认为这悲剧是因你而发生的。你不要把她说的话放在心上，事实上，卢老太太现在已经很好了，只是糊涂起来，还总认为云飞没有死，还向我问起你来呢！问你怎么不去她家玩，是不是和云飞闹翻了。”

“啊，可怜的老太太！”心虹喃喃地说，眼中竟映出了泪光。她显然丝毫也没有想到她有杀害云飞的可能。“我想去看她，”她由衷地说，看着心霞，“我可以去看她吗，你想？”

“我想可以的。”“啊，”心虹转动着眼珠，深深思索，“我懂了，怪不得你们都并不积极治疗我的失忆症，你们怕我痛苦。怪不得我每次看到悬崖顶上的栏杆都要发抖……那栏杆是出事之后才换的，是不是？”“是的，出事之后，附近镇上都说这农庄危险，因为有时也会有些牧童到那儿去玩的，所以，爸爸就重新筑了一排密密的栏杆，再漆上醒目的红油漆！”

“哦！”心虹长吁了一口气，脸色依然苍白。这答案使她难过而昏乱，但是，在她的精神上，却也解除了一层无形的桎梏。“哦！”她低语，“这是可怕的！”

“但是，姐姐，一切都早已过去了！”心霞急忙说，让心虹躺了下来，她用手搂着她。

“你不要再去想这件事了，现在，你已有一段新的生命了，不是吗？新的爱情，新的人生，把云飞抛开吧。姐姐，老实说……”她沉吟了一下，“我最近才知道一些事……呵，算了，别提了，让过去的都过去吧！我为你和狄君璞祝福！”心虹的思想仍然萦绕在那个悲剧上，她看着心霞，担忧地说：“心霞，云扬和你……你们很相爱吗？云扬会不会也像他母亲一样恨我？”“哦，姐姐！”心霞很快地说，“云扬不恨你，姐姐。最初，他很难过，可能也迁怒到你身上，可是，后来他想通了。自从和我恋爱以后，他更不恨你了，非但不恨你，他还和我一样，希望你快乐幸福。他说，在他的幸福中，他愿全天下的人都幸福，他说，你是我的姐姐，就凭这一点，他也无法恨你，何况，那件意外又不是你的责任！所以，姐姐，你看，我们一定可以处得很好！我现在最担心的是爸爸和妈妈，他们以前反对云飞，认为他是流氓，对于云扬，他们一定也有相同的看法。悲剧发生后，爸爸就说，希望和卢家再也不要搭上关系！而且，云扬曾拒绝爸爸给他介绍的工作，又拒绝爸爸金钱的帮助，那时悲剧刚发生，他的心情很坏，数度和爸爸正面冲突。所以，姐姐，我真烦恼极了。如果爸妈反对，我会活不下去！姐姐，你知道爱情是怎样的，是吗？”

“我怎么可能不知道呢！”心虹幽幽地说，揽紧了她的妹妹，“都是我不好，如果没有云飞的事，你和云扬大概也就没有问题了。”“那也说不定，你别怪到你身上，你根本没有什么错。姐姐，你知道爸爸的，他温和的时候真好，但是固执起来却比谁都固执，我真不知道应该在怎样的时机里，才能把我和云扬的事情告诉他！”“我也面临同样的问题呢，心霞。”

“姐姐。”心霞叫了一声，却又不知要说什么，一时间，姐妹二人深深地相对注视，一种同病相怜的情绪使她们依偎得更紧了。那种知己之感和彼此间深切的了解与关怀，比姐妹之情更深更重地把她们环绕在一起了。好半天，心霞才又开了口：“姐姐，你注意到爸爸近来尽带些男孩子到家里来吗？”

“是的。”“那是为了你，我想。”

“他们为什么不能接受狄君璞呢？爸爸不是一开始也说狄君璞是个很好的人吗？”“他们认为狄君璞结过婚，又有孩子……”

“妈嫁给爸爸的时候，爸爸不是也结过婚，有了孩子吗？”心虹很快地解释。

“如果他们能这样想就好了。”心霞叹了口气，“大人们的问题，就在于他们常常忘记自己也恋爱过，常常忘记自己是怎样度过这个年代的。我真不懂，为什么他们不会为我们设身处地地想一想呢！并不是因为他们是父母，爱我们，带大了我们，他们就成为我们思想与感情的主宰呀！”

“你要知道，心霞，在父母的心目里，我们永远不会长大，他们常常无法接受一个事实，就是我们有了独立的思想与看法，不再和他们处处走同一路线了。我想，这对他们来说，也是很难的一件事。许多时候，他们会把我们的独立看成一种背叛、一种反抗！两代之间永远有着距离，就在于父母永远忘不了，儿女是他们生下来的、是他们创造的这件事实！

“噢，心霞，有一天我们也会有儿女，也会变老，等那一天来临的时候，我们会不会也和我们的父母犯同样的毛病呢？”

“我想可能的。你说呢？”

“我也这样想。现在我们是儿女，到了那时候，我们可能又有一篇属于父母的、主观的见解了。”

“姐姐，我们现在先说定好不好，假若二三十年后，我们对我们的子女，有太主观的见解，或固执的主张时，我们彼此都有责任提醒对方，回忆一下今天晚上！”

“好！”“勾勾小指头！一言为定！”

心霞伸出小手指，姐妹两个的指头勾在一起了。她们相视而笑，紧紧依偎。心霞喃喃地说：“姐姐，你真不该和我是异母的姐妹，我多爱你呀！”

“别给妈听到了，她待我真比亲生母亲还好！”

“姐，我今晚不回房间了，就跟你一床睡好吗？”

“当然。”姐妹俩并肩而卧。经过了这一番彼此心灵的剖白，她们忽然觉得这样亲密、这样融洽。从没有一个时候，她们之间的感情，比这时更深挚、更浓厚了。

第二十三章

第二天午后，在狄君璞的书房里，心虹把昨夜和心霞的谈话内容都告诉了狄君璞。用一种略带责备和埋怨的眼光，她瞅着他，有些忧愁地说：“你为什么不把云飞坠崖的事告诉我呢，君璞？”

他望着她。“你太善良，心虹。所以你会患上失忆症，我何苦告诉你，再引起你的伤心呢？如果有一天，你自己记起了一切，不是比较自然吗？”“其实，告诉我也好，”她深思地说，“我初听到的时候震惊而难过，但是，现在，我却觉得像心灵上解除了一层负荷似的。奇怪，我真不了解我自己。那还是个我爱过的人，为什么我知道他死了，并不像你们想象的那样大受刺激，我竟能平静地接受这件事。为什么呢？是因为我有了你吗？”她看着他，“君璞，你不认为我这人很可怕吗？有了新的爱人就丢了旧的！”“呵！你的毛病就是思想太多了，又太善于责备自己了！”狄君璞说着，揽住她，吻着她，“忘了这一切吧，你答应过我不再提了，是吗？”“我只是觉得对那个老太太很有歉意，我想为她做点什么事，君璞，我能为她做点什么事吗？”

狄君璞深思地望着她，点了点头。

“我想我们可以的，心虹。”

“是什么呢？”“让我慢慢再告诉你吧！现在，如果你有心情的话，”狄君璞笑望着她，“我有一样礼物要送给你。”

“真的？”心虹高兴了起来，“是什么？”

“伸出手来，闭上眼睛！”狄君璞命令着。

“君璞，你可不许使坏呵！”心虹怀疑地说。

“人格担保！”

心虹闭上眼睛，伸出了手。狄君璞看着她，那垂着的长睫毛在那儿不安静地颤动着，唇边微微地带着个轻颦浅笑。伸出的手掌白皙修长，仿佛托着一个美丽的梦。

他不自禁地用唇压在那手掌上，心虹低低地惊呼，仍然闭着眼睛，她问：“这就是你的礼物吗？”

“不。还有别的！”一样凉沁沁的东西轻轻地落进了她的掌心中，接着，是一条链条细碎地滑入了她的手掌，她忍不住了，睁开眼睛，她看到自己所托着的，竟是一颗光彩夺目的星星，她不禁惊叫了。拿起来，她细细地看着，那是一个K白金的胸饰，上面垂着K白金的链条，胸饰是个星形，上面缀着水钻，因此，整个星星闪烁而夺目，璀璨而晶莹。她抬起眼睛来，怔怔地看着狄君璞。“这……这是什么？”她结舌地问。“那颗从星河里坠落下来的星星，我不是答应过要把它送给你的吗？每颗星星里包着一个梦，你要知道这颗星星里包着什么梦吗？打开它！心虹！”

原来那颗星星和普通的鸡心胸饰一样能够打开来，里面可以放张照片或是什么的。她打开了它，立即，她看到那里面镌刻着细小的字迹，她低低念着，却是那首《星河》的第一段：

在世界的一个角落，我们曾并肩看过星河，山风在我们身边穿过，草丛里流萤来往如梭，我们静静伫立，高兴着有你有我！

心虹惊喜地扬起头来，那样兴奋，那样喜悦，那样难以相信！她嚷着说："你从哪儿弄来的？""天上！"他笑着。这是他在珠宝店中定制的。合起了那颗星星，他把它挂在她的颈项上，那颗星星垂在她胸前，刚好她穿了件黑色的洋装，衬托得那颗星星分外闪亮，像暗夜中第一颗升起的星光。"呵！君璞！"她叫着，"这多美呵！只有你才想得出这种花样！谁知道我真的把星河里的星星摘下来了！还连带着那个梦呢！"她用手圈住了狄君璞的脖子，热情地吻他，说："我们是不是会永远并肩看星河呢？"

"永远！"他反复地吻她，每吻一下，就说一句，"永远！"然后，他审视着她，问："高兴吗？""高兴！""快乐吗？""快乐！""心情愉快吗？""愉快！""不难过了吗？""不难过了！""那么，我要带你出去一趟。""去哪儿？""去看一个朋友。"

心虹不再说话，只是用一种惊奇的眼光看着狄君璞。

狄君璞从架子上拿了两罐包装好的奶粉和一大盒的香肠及食品，说："好了，我们走吧。""要去台北吗？你要把我介绍给你的朋友吗？我需不需要换一件衣服？""停止你那许许多多的问题吧！跟我来，但是，答应我永远保持你的好心情。来吧！”

他带着心虹走出了书房，告诉姑妈不一定赶得及回来吃晚饭，就走出农庄，沿着那条通往镇上的路走去。心虹不再问问题了，她对狄君璞是那样信任，即使他将带她走入地狱，她也会含着笑去的。

很快地，他们来到了镇上，走完了一条街，转进一条狭窄的巷子，他们来到一家裁缝店的门口，心虹愕然地说：“你要给我做衣服吗？”

“问题又来了！”狄君璞微笑地说，“跟我来吧，你马上就可以知道答案了。”带着她走到那狭隘的楼梯口，他却又站住了，深深地望着心虹，他说：“你答应过我要永远保持好心情的，是不？”“是的。”她说，有点不安，“你在弄什么花样？别吓唬我，君璞。”

“不会吓你，心虹。”他说，“我早就想带你来了，这儿住着一个孤独的女孩子，她需要友谊，需要安慰。自从我发现她之后，就常到这儿来，她知道我和你的事。你愿意给她一份友谊吗？”“当然！君璞！”她说着，惊异而狐疑地看着他。

“那么，来吧！”他领先走上了楼梯，一面上楼，一面扬着声音喊，“有人在家吗？客人来了！”

萧雅棠立即冲到楼梯口来，手里抱着孩子，高兴地说：“是狄先生吗？怎么……”她一眼看到心虹，就张口结舌地愣在那儿了。狄君璞上了楼，笑着说：“我说过要带心虹来。你们见见吧，我想，总不必我再介绍了！”心虹站在楼梯口，也呆住了。两个女人面面相觑，都怔在那儿说不出话来。最后，还是萧雅棠先恢复神志，振作了一下，她陡地叫了起来：“啊，梁心虹，你让我太意外了！”

“我和你一样意外，”心虹这才讷讷地说出话来，“君璞只说带我来看一个朋友，并没有说是你。你怎么……怎么搬到这儿来住了？”“这里房租便宜。”萧雅棠毫不掩饰自己的窘况，“生了宝宝之后，就搬到这儿来了，云扬给我租的房子。”

“宝宝？”心虹困惑地看着她怀里的孩子。

“是的，就是……我告诉过你我有孕了，不是吗？那晚在山谷里的时候。这就是那孩子，云飞的儿子——我叫他宝宝。”

心虹是更困惑了，不只困惑，而且惊慌，在她的记忆中，这一环始终没有和前面的连锁到一起。她瞪视着那孩子，茫然不知所措。萧雅棠也愕然了，半晌，她才怔怔地说：“怎么……你……原来你仍然没有记起来！”她求助似的看了看狄君璞，后者给了她一个宽慰的眼色。她恢复了自然，对心虹静静地微笑着。“这是云飞的儿子！”她如同是第一次告诉她一样地说着，“我的日子曾经很艰苦，但是，现在已经好多了，狄先生和云扬都很照顾我。你看！这就是那个混蛋给我留下的！”她把孩子递到心虹面前，“愿意帮我抱抱他吗？我去倒茶！”

心虹下意识地接过了孩子，依然茫然而困惑，她呆呆地瞪着孩子那张粉妆玉琢的小脸。

孩子很乖巧可爱，一到了心虹手中，就咧着小嘴对她嬉笑，又伸出胖胖的小手来，碰触着心虹的面颊，嘴里咿咿唔唔地诉说着没有人懂的语言。萧雅棠到后面去倒茶了，心虹掉过头来，看着狄君璞，低低地说：“你一点都没告诉我，有这样一个孩子！”

“假若昨晚心霞没把云飞坠崖的事告诉你，我仍然不会带你来的。你要知道，我无法预测这事在你心中会引起怎样的反应。”“你怕我怎样呢？生气？嫉妒？你以为我对云飞还有爱情吗？还会吃醋吗？”心虹责难地低语，“你早就该带我来了！可怜的雅棠！想想看，我也很可能变成今日的她！如果我早知道，我可以尽量帮她的忙呵！”

“现在也为时未晚，”狄君璞轻声说，“我不是带你来了吗？告诉你，她最需要的是友情！她已经在孤独和轻视中挣扎了很久了！她真是个勇敢的女孩子！”

他们在藤椅中坐了下来，心虹不能自已地打量着那个孩子，掩饰不住她对这孩子所生出的一种复杂的情绪。萧雅棠端着两杯茶出来了，对狄君璞说：“你怎么每次来都要带东西呢？”

“别提了。”狄君璞说，“最近还好吗？”

“总是这样子。啊，”她忽然想了起来，“上星期云扬带心霞来过。”“心霞？”心虹惊异地叫了一声。她也知道这回事呵，怪不得昨晚她吞吞吐吐，欲说又止，大概就是这件事了！她看着萧雅棠，后者对她微笑了一下。

“你很惊奇呵！”她说，“我倒觉得云扬和心霞是很好的一对，你现在总不会还把我当云扬的女朋友吧？”

“当然。”心虹急忙说，有点赧然了。

“你可以对云扬放心，”萧雅棠的脸色忽然变得庄重而严肃，她的眼光是诚恳的，“云扬和云飞完全是不一样的人，虽然他们是兄弟，但是，在做人和品格方面，云扬是高出云飞太多了！”心虹点了点头，她的眼底有着感动的光芒。萧雅棠伸手去抱过孩子，心虹望着那婴儿，低声地说："孩子很漂亮，长得像云飞。"

"我本来想拿掉他的，"萧雅棠说，用手托着孩子的头，让他躺在她的手腕上，用一种又怜爱又忧愁的眼光，她注视着孩子，"云飞死了，这孩子出世就会是个私生子，我恨透云飞，连带使我也恨这孩子。我想拿掉他，却不知该怎么去拿，也没有勇气，我去找云扬，求他帮忙。但是，云扬却对我说，拿掉他是件残忍的事，孩子何辜，该失去一条生命？他说他负责生产费，要我生下他来，如果我仍然不要他，就送给云扬，他愿意收养这孩子。就这样，我就把这孩子生下来了。谁知道，一生下来，我就再也离不开他了。"她举起孩子，深深地吻着孩子的面颊和颈项。孩子怕痒，开始舞动着双手，咯咯咯咯地笑了起来。"现在，"萧雅棠继续说了下去，"这孩子却成为我的生命和我的世界，也是我活在这世界上唯一的意义。"心虹静静地听着，她的眼睛一瞬不瞬地望着她，眼里充盈着泪。萧雅棠说完了，室内有片刻的沉静，她的眼光仍然痴痴地停驻在孩子的面庞上。然后，心虹开了口："我很抱歉。雅棠。"萧雅棠很快地抬起头来，望着心虹。

"为什么？"她问，"因为云飞的死吗？""总之，如果不是因为我，他是不会死的。"心虹说。

"那么，他会在什么地方呢？我打赌不会在你身边，也不会在我身边，不知道他会在哪一个女人的身边，也不知道他会再造多少的孽。说不定还有更多的私生子要来到这个世界上呢！抱歉？你不必对我抱歉，心虹，我从没有为这件事恨过你或怪过你，从没有。如果我要恨，我恨的是云飞，不是你。"心虹凝视着萧雅棠，这番话完全出乎她的意料，萧雅棠说得那样坦白、那样诚恳。她没有责怪她，没有像那个老太太那样指责她是凶手。心虹觉得心中有份说不出的安慰和温暖。她凝视着萧雅棠的眼光里立即说出了她心中的思想，同时，萧雅棠也立即从心虹的眼光中读出了这份思想。两个女人禁不住地都相视微笑了起来。就在这相视微笑中，一层了解的、崭新的友谊就滋生了。

“孩子多大了？有一周岁了吗？”心虹问，含笑地望着那肥肥胖胖的小婴儿。“没有，才八个月，块头很大，是吗？才能吃呢！将来一定很结实。”萧雅棠回答。不由自主地流露了一份母性的骄傲，她那看着孩子的眼光是宠爱而得意的。

“再给我抱抱好吗？”心虹无法遏止自己对这孩子的好奇，云飞的孩子！那个差点做了她丈夫的男人！

萧雅棠把孩子交给了心虹，站起身来说：“正好我该给他冲奶了，你抱着，我去冲去。”

狄君璞以一种感动而欣慰的眼光望着这一切，他坐在一边，几乎一句话也不说。望着这两个女人化解了她们之间那种微妙的尴尬，建立起友情与亲密，这是动人的，他不愿说任何的话，以免破坏了她们之间的气氛。但是，楼梯上一阵急促的脚步声，打破了室内的宁静，接着一个女性的声音喊了起来：“萧雅棠在吗？我们来了！”

萧雅棠惊奇地站住了，狄君璞和心虹也惊奇地站了起来，同时，那刚跑上来的一男一女也惊奇地站住了。来的不是别人，却是心霞和云扬。“嗨，怎么会是你们？你们怎会在这里？”心霞愕然地叫着。“你能来，我怎么不能来呢？”心虹笑着说，不由自主地兴奋了。

“狄先生！”云扬向狄君璞打着招呼，他手里也拎着许多奶粉和什么的。狄君璞和云扬笑着点了点头，这真是一个奇怪的聚会，他一生没碰到过比这更特殊的场面了。这群人彼此间的关系实在微妙，但场面却是兴奋而热闹的。萧雅棠显然是惊喜交集，她嚷着说：“到底今天是个什么特殊的日子，你们会一起跑来了？你们是约好的吗？”“不是，不约而同而已。”云扬说，把东西放了下来，不住地以惊奇的眼光看着心虹和她手中的孩子。

心虹的眼光和云扬的接触了，两人似乎都有点不安。可是，兴奋和欢愉的气息是富传染性的，旧恨早已过去，新的关系里却有着温情，云扬很快就抛开了那困扰着他的一丝恼意，他对她大踏步地走了过来，由衷地说：“很高兴见到你，心虹。”

他的唇边带着微笑，他的眼底有着友情，他直呼她的名字，像以前他经常出入霜园时一样，这表示所有的仇恨都已过去了。这一群年轻人，把新的友谊建筑起来了，这是一些多么热情而善良的人哪！

“嗨，大家坐吧！不要都站着！”萧雅棠忽然想起她是主人来了，她把椅子上的东西拿开，高声地招呼着，又要向楼下跑，“这样难得的聚会，必须好好热闹一下，你们都不许走，我出去买点东西，今晚大家都在我这儿吃晚饭！”

“等一下！”云扬说，“你怎么做得了我们这么多人吃的？”

“我可以帮忙！”心虹说。

“我提议，”狄君璞阻止了大家的吵声，“假若你们大家不反对，我想请你们去台北吃沙茶火锅！”

“沙茶火锅！”心霞首先赞同，“好极了！就是沙茶火锅！”

“孩子呢？带去吗？”心虹问，她对那孩子显然已生出一份微妙的感情。“我可以把他托给楼下的房东太太！”萧雅棠说，“你们等一等，我先给他喝瓶奶！”她往后面冲去，又兴奋又激动。生活对于她，在好长的一段时间里，都成了一件无可奈何的事。而现在，那属于年轻人的、活泼的、喜悦的日子，似乎又回来了！这些访客，这些朋友，她知道，他们都渴望着给她快乐的！她是多么感激他们呵，他们何止带来快乐呢？他们还带来一份崭新的生命呵！片刻之后，这一群人已浩浩荡荡地向台北的方向出发了，带着欢愉，带着喜悦，带着无穷无尽的对未来的希望，他们向前迈着步子，把曾有过的那些乌云和阴影都抛向脑后了。

未来，对他们是一条神奇的路，他们都已振作着，准备去探索、去追寻了！

第二十四章

但是，这条神奇的路会是一条坦途吗？是没有荆棘没有巨石的吗？是没有风浪没有困厄的吗？迎接着他们的到底是些什么？谁能预测呢？在这些日子里，梁逸舟是更加热衷于带朋友回家吃饭了，各种年轻人，男的、女的，开始川流不息地出入于霜园。心虹和心霞冷眼地看着这一切的安排，她们有些不耐，有些烦躁，巴不得想远远地躲开。可是，父母毕竟是父母，她们总不能永远违背父母的意思，因此也必须要在家里应酬应酬这些朋友。而梁逸舟的选择和安排并不是盲目的，他有眼光，也有欣赏的能力，这些年轻人净都是些俊秀聪颖的人物。再加上年轻人与年轻人是很容易接近的。因此，当春天来临的时候，这些年轻人中已经有好几个是霜园的常客了。在这之中，有个名叫尧康的男孩子，却最得心虹和心霞两姐妹的欣赏，也和她们很快地接近了起来。

尧康并不漂亮，瘦高挑的身材，总给人一种感觉，就是太瘦太高了，所以，心霞常常当面取笑他，说他颇有“竹感”。他今年二十八岁，父母双亡，是个苦学出来的年轻人，毕业于师大艺术系，现在在梁逸舟的食品公司中负责食品包装的设计，才气纵横，常有些出乎人意料的杰作，在公司里很被梁逸舟所器重。他的外形是属于文质彬彬的一类，戴副近视眼镜，沉默时很沉默，开起口来，却常有惊人之句出现，不是深刻而中肯的句子，就是幽默而令人捧腹的。但是，真使心虹姐妹对他有好感的，并不在于他这些地方，而是他还能拉一手非常漂亮的小提琴。

美术、文学和音乐三种东西常有类似之处，都是艺术，都给人一种至高无上的美感，都能唤起人类心灵深处的感情。通常，喜爱这三者之一的人也会欣赏其他的两样，心虹姐妹都是音乐的爱好者。因此，尧康和他的小提琴就在霜园奠定了一个良好的基础。尧康是个相当聪明的人，走进霜园不久，他就发现梁逸舟的目的是在给两个女儿物色丈夫。他欣赏心虹的雅致，他也喜欢心霞的活泼。可是，真正让他逗留在梁家的原因，却不见得是为了心虹姐妹，而是霜园里那种“家”的气氛，对于一个孤儿来说，霜园实在是个天堂。所以，对心虹姐妹，他并没有任何示爱或追求的意味，这也是他能够被心虹姐妹接受的最大的原因。就这样，连狄君璞也可以经常听到尧康的名字了，他没有说什么，只是常常默默地望着心虹，带着点窥探与研究的意味。当有一天，心虹又在赞美尧康的小提琴的时候，狄君璞沉默了很久，忽然跳了起来，用唇猛地堵住了她的嘴，在一吻以后，他的嘴唇滑到她的耳边，他轻轻地在她耳边说：“你觉得，我需要去学小提琴吗？”

“呵！”心虹惊呼了一声，推开他，凝视着他的脸，然后，她发出一声轻喊，迅速地抱住他的脖子，热烈地吻住他，再叫着说，“哦！你这个傻瓜呵！一百个尧康换不走一个你呀！你这个傻透傻透的傻人！”从此，狄君璞不再芥蒂尧康，反而对他也生出浓厚的兴趣，倒很希望有个机会能认识他。

就在这时候，霜园里举行了第一次的家庭舞会。

当舞会还没有举行的时候，心虹和心霞都有些闷闷不乐，参加舞会的人绝大部分是梁逸舟邀请的，另外还有些是心霞的男女同学。心虹的同学，很多都失去联系了，她也无心去邀请他们。对这个舞会，她是一点兴趣也没有，她宁愿在农庄的小书房里，和狄君璞度过一个安安静静的晚上。她也明白，如果自己不参加这舞会，父亲一定会大大震怒的，所以，她曾表示想请狄君璞来参加，梁逸舟深思了一下，却说：“他不会来的，这是年轻人的玩意儿，他不会有兴趣！”

“他并不老呵！”心虹愤愤地说。

“也不年轻了！”梁逸舟说了一句，就走开了。

“如果他愿意来呢？”心虹嚷着说。

梁逸舟站住了，他的眼睛闪着光。

“如果他愿意来，”他重重地说，“就让他来吧！”

可是，狄君璞不愿意去。揽着心虹，他婉言说：“你父亲之所以安排这样一个舞会，就是希望在一群年轻人中，给你找一个男友。我去了，场面会很尴尬，对你对我，都不是一件愉快的事。我不去，心虹，别勉强我。但是，当你在一群男孩子的包围中时，也别忘了我。”

狄君璞并不笨，自从上次和梁逸舟冲突之后，他就没有再踏入过霜园。他明白梁逸舟对他所抱的态度，这次竟不反对他参加，他有什么用意呢？他料想那是个疯狂的、年轻人的聚会，或者，梁逸舟有意要让他在这些人面前自惭形秽。他是不会自惭形秽的，可是，他也不认为自己能和他们打成一片，再加上梁逸舟可能给他的冷言冷语，如果他参加，他岂不是自取其侮？心虹知道他说的也是实情，她不再勉强了，但在整个舞会筹备期中，她都是无精打采的。

心霞呢，她也对父亲提出了一个使他大大意外的要求："我要邀请两个人来参加！"她一上来就开门见山，斩钉截铁地说。"谁？"梁逸舟惊奇地问。

"卢云扬和萧雅棠！""云扬？"梁逸舟竖起了眉毛，萧雅棠是谁，他根本记不得了，云扬他当然太知道了！看心霞把他们两个的名字连起来讲，他想，那个萧雅棠当然就是云扬的女朋友了，却做梦也想不到心霞和云扬的恋爱。"云扬！"他叫着，"为什么要请他们？姓卢的给我们的烦恼还不够吗？我希望卢家的人再也不要走进霜园里来！""爸爸，"心霞喊着，"冤家宜解不宜结呵！你正好借此机会，和他们恢复友谊呀！"

"我为什么要和他们恢复友谊呢？"梁逸舟瞪着眼睛说，"那个卢云扬！那个蛮不讲理的浑小子！比他哥哥好不了多少！我以前想要帮助他，他还和我搭架子、讲派头、发脾气、耍个性，这种不识抬举、不知天高地厚的小流氓，请他来干什么！""爸爸！"心霞的脸色发青了，"人家现在是 ×× 公司的工程师，整个公司里谁不器重他？你去打听打听看！人家是靠自己奋斗出来的，没有倚赖你，这就损伤了你的自尊吗？"

“心霞！”梁逸舟喊，“你怎么这样和爸爸说话！一点礼貌都没有！为什么你一定要让他们参加？当初他连我的帮助都不接受，现在又怎会参加我们家的舞会？”

“如果他愿意来呢？”心霞和心虹一样地问。

“如果他愿意来，就让他来吧！”梁逸舟烦恼地说，孩子们！她们怎么都有这么多的意见呢！但是，他对卢云扬，并没有太多的顾虑，他认为他不会来，即使来了，只表示他的怨恨已解，那也没有什么不好之处，就随他们去吧！

心霞邀请云扬，同样碰钉子，云扬很快地说：“我不去！”“为什么？”“我发过誓，不再走进霜园！”

“你脑筋不清楚了吗？”心霞恼怒地嚷，“怪不得爸爸骂你是个浑小子呢！难道你预备一辈子跟我就不死不活地拖下去？你不借此机会，和爸爸修好，跟我们家庭恢复来往，还要等到什么时候？”云扬瞪着心霞。“懂了吗？”心霞喊，“我要爸爸看看你，我要让他知道，你不亚于任何一个他所找来的男孩子！你懂了吗？你这个傻瓜蛋！”

云扬拥住了她，吻住她的嘴。

“去吗？”心霞问。“去！”他简短地说。“带雅棠来。”“你要她做我的烟幕弹？”

“我要她找回年轻人的欢乐，你哥哥不需要她殉葬，她才只有二十二岁呢！”他深深地吻她。“你是个好女孩，心霞。”他说，“一个太好太好的女孩。”

于是，那舞会终于举行了。整个的霜园，被布置得像个人间仙境。花园里，每一棵树上，都缀上了红红绿绿的小灯，闪闪烁烁，明明灭灭，仿佛有一树的星星。树与树之间，都有彩条连接着，彩条上，也缀着小灯。另外，在花园的假山下、岩石中，他们置放了一个个的小灯笼，灯笼是暗红色的，映得整个花园中一片幽柔的红光，像天际的彩霞。

室内，是烛光的天下。这是尧康的意见，他用烛光取代了电灯。在室内的墙上，他钉了烛台，点上了几十支蜡烛，烛光一向比电灯的光更诗意，那摇曳的光芒，那柔和的光线，使大厅中如梦如幻，如诗如画。

尧康是艺术家，又擅长美术设计，这次舞会的布置，他出了许多力。心虹本来对这舞会毫无兴趣，但后来，她也帮着尧康布置起客厅来，在这几日中，她和尧康十分接近，他们常在一边窃窃私语，也常谈得兴高采烈。这使梁逸舟沾沾自喜，吟芳也暗中欣慰。

舞会开始了，宾客如云。无论从哪一个角度看，这都是个太成功太成功的舞会。云扬带着萧雅棠来了，萧雅棠穿着件翠绿色的衣服，袖口和领口都缀着同色的荷叶边，头发盘在头顶，耳朵上戴了两个金色的大圈圈耳环，她的出现，竟引起全场的注意，像一道闪亮的光，把大厅每个角落都照亮了。云扬穿着一身黑色的西装，系了一条红色的领带，高高的身材，宽宽的肩膀，浓黑的头发与眉毛，漂亮而神采奕奕的眼睛。他扶着萧雅棠的手腕，把她带到梁逸舟和吟芳的面前，极有礼貌也极有风度地微微鞠躬，含笑说："梁伯伯，梁伯母，让我介绍萧小姐给你们！"

梁逸舟不能不暗中喝了一声彩。这实在是太漂亮、太引人注意的一对！他接受了云扬的招呼，把平日对他的不满都减少了不少，这样的晚上，他不会对谁生气的。何况，云扬接受了邀请，这表示他已经不再敌视他们了。

唱机是尧康在管理着，心虹在一边协助他。心虹今晚穿了一件纯黑色滚银边的晚礼服，长发垂肩，除了胸前垂着的一颗星星之外，她没有戴任何饰物，在人群中，她也像一颗闪亮的星星。尧康放了一张施特劳斯的《皇帝圆舞曲》，开始了第一支舞，一面对心虹深深一鞠躬："愿意我陪你跳第一支舞吗？"

心虹嫣然一笑，接受了尧康的邀请，他们翩跹于舞池中了。心霞早已带着萧雅棠，介绍给所有的人，面对这样一位少女，男士们都趋之若鹜了，因此，立即有人邀她起舞，而心霞呢，她的第一支舞当然是属于云扬的，就这样，舞池里旋转出无数的回旋。乐声悠扬，烛光摇曳，人影婆娑，无数的旋转，转出了无数个春天。那坐在一边观看的梁逸舟夫妇，不禁相视而笑了。萧雅棠的舞跳得十分好，她的身子轻盈，腰肢细软，每一次旋转，她那短短的绿裙子就飞舞了起来，成为一个圆形，像一片绿色的荷叶，她的人，唇红齿白，双颊明艳，恰像被荷叶托着的一朵红莲。一舞即终，许多人都对着她鼓起掌来，立即，她成为许多男士包围的中心，一连几支曲子，她都舞个不停。尧康看着心虹，说："那个绿衣服的女孩子今天大出风头了！"

"美吗？"心虹问。"是的。"他用一种艺术家审美的眼光看着萧雅棠，"艳而不俗，是很难得的！她有艺术设计的才干，那件绿衣服还硬是要配上那副大金耳环，才彼此都显出来了！配色是一项学问，你知道。"心虹微笑了，再对萧雅棠看过去，萧雅棠现在的舞伴是云扬。尧康带着心虹旋转了一个圈圈，又说："她那个男朋友对她并不专心，这是今天晚上他们合跳的第一支舞。看样子，那男孩子对你妹妹的兴趣还浓厚一些。”

“那男孩子叫卢云扬，女的叫萧雅棠，他们并不是你想象中的一对，云扬另有心上人。雅棠呢？”心虹沉思了一下，“她有个很凄凉的故事，有机会的时候，我会说给你听。”

“是吗？”尧康的眼光闪了闪，又好奇地对云扬和雅棠投去了好几瞥的注视。“我们舞过去，”心虹说，“让我给你们介绍。”

他们舞近了云扬和雅棠，心虹招呼着说：“云扬，给你们介绍，这是尧康，学艺术的，精通美术设计。这是云扬，××公司工程师。萧小姐，萧雅棠。”心虹介绍着，然后又对云扬说，“云扬，我有事要找你谈，我们换一换怎样？”云扬松开了雅棠，心虹对尧康歉意似的笑笑，就把他留给雅棠，跟云扬滑开了。舞向了一边，他们轻松地谈着，时时夹着轻笑，然后他们又慎重地讨论起什么事情来。在一边默默观看的梁逸舟，不禁对吟芳说：“看到吗？你猜怎么？这舞会早就该举行了！我想，我们担心的许多问题，都已经结束了！”

“但愿如此！”吟芳说，深思地看着心虹和云扬。

随着时间的消逝，舞会的情绪是越来越激烈、越来越高昂了，他们取消了慢的舞步，换上了清一色的灵魂舞的唱片，乐声激烈，那擂动的鼓声震动了空气，也震动了人心，大家是更高兴了。心虹一向喜静而不喜动，今晚竟反常地分享了大家的喜悦。她又笑又舞，胸前的星星随着舞动而闪烁。她轻盈地周旋于人群中，像一片飘动的云彩，又像一颗在暗夜里闪烁的星辰。心霞呢，穿着件粉红色镶白边的洋装，一片青春的气息，活泼，快乐，神采飞扬。

笑得喜悦，舞得疯狂。这姐妹二人似乎已取得某种默契，既然父母都煞费苦心地安排这次舞会，她们也就疯狂地享受而且表现给父母看。整个晚上，这姐妹二人和萧雅棠成了舞会的重心人物。三种不同的典型：心虹飘逸而高贵，心霞活跃而爽朗，雅棠灿烂而夺目。却正好如同鼎上的三足，支持了整个的舞会。男士们呢，云扬的表现好极了，他请每一位女士跳舞，尤其是比较不受欢迎的那些小姐，他照顾得特别周到，他的人又漂亮潇洒，谈笑风生。再加上有礼谦和，舞步又跳得娴熟优雅。相形之下，别的男客未免黯然失色了。

尧康并不是一个很好的社交场合中的人物，他过分地恂恂儒雅，文质彬彬，又有点艺术家的满不在乎的劲儿。他的舞步并不熟，但他对音乐太熟悉了，节拍踩得很稳，所以每种舞的味道都跳得很足。不过，他始终不太受大家的注意，直到休息的时间中，他应部分熟悉的客人的坚决邀请，演奏了一阕小提琴。他拉了一支贝多芬的《罗曼史》，又奏了一曲《春之颂》。由于掌声雷动，盛情难却，他再奏了《孤梃花》和《深深河流》。大家更热烈了，更不放过他了，年轻人是喜欢起哄的，包围着他坚邀不止。于是，他拍了拍手，高声地说："你们谁知道我们的主人之一——梁心虹是个很好的声乐家？欢迎她唱一支歌如何？"

大家又叫又闹，推着心虹向前。心虹确实学过两年声乐，有着一副极富磁性的歌喉。她并没有忸怩，就走上前去。拉住尧康，她不放他走，盈盈而立，她含笑说："我唱一支歌，歌名叫作《星河》，就是这位尧康先生作的曲，一位名作家写的歌词。

现在，我必须请尧康用小提琴给我伴奏。”大家疯狂鼓掌。尧康有些意外，他看了心虹一眼，心虹的眼睛闪亮着，和她胸前的星光相映。他不再说什么了，拿起小提琴，他奏了一段前奏。然后，心虹用她那软软的、缠绵的、磁性的声音，清晰地唱了起来：

在世界的一个角落，我们曾并肩看过星河，山风在我们身边穿过，草丛里流萤来往如梭，我们静静伫立，高兴着有你有我。

穹苍里有星云数朵，夜露在暗夜里闪闪烁烁，星河中波深浪阔，何处有鹊桥一座?

我们静静伫立，庆幸着未隔星河。

晓雾在天边慢慢飘浮，晨钟将夜色轻轻敲破，远处的山月模糊，近处的树影婆娑，我们静静伫立，看星河在黎明中隐没!

歌曲作得十分优雅清新，心虹又贯注了无数的真挚的感情，唱起来竟荡气回肠。好一会儿，室内的人好静，接着，才爆发地叫起好来，大家簇拥着心虹，要求她再唱。心虹在人群里钻着，急于想逃出去，因为她忽然热泪盈眶了。心霞对云扬使了个眼色，于是，一张《阿哥哥》的唱片突然响了起来，心霞和云扬首先滑入舞池，热烈地对舞。大家的注意力被转移了，又都纷纷跳起舞来，一面跳，一面轻喊，鼓声、琴声、喇叭声、人声、笑声和那舞动时的快节拍的动作，把整个的空气都弄热了。夜渐渐地深了，蜡烛越烧越短，许多人倦了，许多人走了，还有许多人隐没在花园的树丛中了。

宾客渐渐地告辞，梁逸舟夫妇接受着客人们的道谢，这一晚，他们是相当累了。他们虽也跳过几支舞，但是，夹在一群年轻人中，总有些格格不入。所以大部分的时间，他们只是忙着调制饮料，准备点心，或和一些没跳舞的客人聊天。现在，当客人逐渐散去，他们忽然发现心虹和尧康一起失踪了。“他们两个呢？哪儿去了？这么晚！”梁逸舟问。

“可能去捉萤火虫去了！”心霞笑嘻嘻地说。

“捉萤火虫？”梁逸舟愕然地说，瞪着心霞，再看了吟芳一眼，他忽然若有所悟地高兴了起来，“啊啊，捉萤火虫！这附近的萤火虫多得很，让他们慢慢地捉吧！”他笑得爽朗，笑得得意。心霞也暗暗地笑了。只有吟芳没有笑，用担忧的眼光注视着窗外迷茫的夜色。心虹和尧康在哪里呢？真在捉萤火虫吗？让我们走出霜园，到农庄里去看看吧！这晚，对狄君璞而言，真是一个漫长而难挨的晚上。吃过晚饭没有多久，他就在室内有些待不下去，走出农庄，他在广场上看不着霜园，走到农庄后面，他不知不觉地来到那枫林里。凭栏而立，他极目望去，霜园中那些红红绿绿的小灯闪烁着，透过树丛，在夜色里依然清晰，依然引人注意，像一把撒在夜空里的星光。距离太远，他听不到音乐，但是，他可以想象那音乐声，旖旎的、缠绵的、疯狂的、振奋的。那些男女孩子耳鬓厮磨，相拥而舞，其中，也包括他的心虹。在这一刻，心虹正在谁的怀抱中呢？那个小提琴手吗？或是其他的男人？

整晚，他心情不定，在农庄内外出出入入。当夜深的时候，他就干脆停在栏杆前面，不再移动了。燃上了一支烟，他固执地望着那些小灯，决心等着它熄灭以后再回房间，他必须知道心虹不在别人怀抱里，他才能够安睡。傻气吗？幼稚吗？他这时才了解，爱情里多少是带着点傻气与幼稚的，它就会促使你做出许多莫名其妙而不理性的行为。

一支烟吸完了，他再燃上了一支，第三支，第四支……那些小灯闪烁如故。抬头向天，月明星稀，今晚看不到星河。是因为身边没有她吗，还是他们把星河里的星星偷去挂在树上了？他越来越烦躁不安，抛去手里的烟蒂，他再燃上了一支，那烟蒂带着那一点火光，越过黑暗的空中，坠落到悬崖下面去了，像那晚从星河中坠落的流星。他深吸了口气，心虹心虹，你可玩得高兴吗？心虹心虹，你可知道在这漫长的深夜里，有人“为谁风露立中宵”？

像是回答他心中的问题，他身后忽然响起了一个幽幽柔柔的声音，轻轻地说：“你可需要一个人陪伴你看星河吗？”

怎样可爱的幻觉？他摇了摇头。人类的精神作用多么奇妙呀！他几乎要相信那是心虹来了呢！

“在世界的一个角落，我们曾并肩看过星河，”那声音又响了，这次却仿佛就在他的耳边，“那星河何尝美丽？除非有你有我！”这不正是他的心声吗？不正是他想说的话吗？心虹！他骤然回头，首先接触的，就是心虹那对闪烁如星的眸子，然后，是那盈盈含笑的脸庞，那袭黑色的晚礼服，那颗胸前的明星！心虹！这是真的心虹！他一把握住了她的手腕，惊喜交集，恍惚如梦，不禁讷讷地，语无伦次了：“怎么，心虹，是你吗？真是你吗？你来了吗？你在这儿吗？”“是的，是我。”她微笑着，那笑容里有整个的世界，“我费了很大的劲，使爸妈不怀疑我，我才能溜出来。如果今晚不见你一面，我会失眠到天亮。现在，离开这栏杆吧，这栏杆让我发抖。来，我介绍一个朋友给你，尧康。”

他这才看见，在枫林内，一个瘦高挑的男孩子，正笑吟吟地靠在一棵枫树上，望着他们。他立即大踏步地走过去，对这男孩子伸出手来，尧康重重地握住了他的手，眼睛发着光，一腔热情地说：“乔风，我知道你！我喜欢你的东西，有风格，有分量！另外，我已知道你和心虹的故事，这几天，她跟我从头到尾地谈你，我几乎连你一分钟呼吸多少下都知道了！所以，请接受我的祝福。并且，我必须告诉你，我站在你们这一边，有差遣时，别忘了我！”

这个年轻人！这番友情如此热烘烘地对他扑来，他简直不知道该说些什么好了。只能紧握着那只手，重重地摇撼着。然后，他把手按在尧康的肩上，他说：“我们去书房里，可以煮一壶好咖啡，作一番竟夜之谈。”

“我一夜不回去，爸会杀了我，”心虹说，笑望着尧康，“那你也该糟了，爸一定强迫把我嫁给你！”

“那我也该糟了！”狄君璞说。

大家都笑了。狄君璞又说：“无论如何，总要进来坐坐。”

他们向屋里走去，心虹说：“我们刚刚来，想给你一个意外，到了这儿，大门开着，书房和客厅里都没人，我知道你不会这么早睡，绕到外面，果然看到你在枫林里，我们偷偷溜过去，有没有吓你一跳？”

“我以为是什么妖魔幻化成你的模样来蛊惑我。”

“你焉知道我现在就不是妖魔呢？”

狄君璞审视着她。“真的，有点妖气呢！”他说。

大家又笑了。走进了书房，烧了一壶咖啡。咖啡香萦绕在室内，灯光柔和地照射着。窗外是迷迷蒙蒙的夜雾，窗内是热热烘烘的友情。好一个美丽的夜！

第二十五章

这天，狄君璞第一次带心虹去看卢老太太，同行的还有尧康。尧康对于这整个的故事，始终带着股强烈的好奇。他获得这个故事，一半是从狄君璞那儿，一半是从心虹那儿。这故事使他发生了那么大的兴趣，他竟渴望于参与这故事后半段的发展了。这是星期天，他们料想云扬也会在家，说不定心霞也在，因为心虹说，心霞一大早就出去了。走近了那简陋的农舍，心虹忽然有些瑟缩，那晚在雾谷中捉住她又撕又咬的疯妇，又出现在她眼前，她的脚步不由自主地滞重了，而且微微地打了个寒战，这一切没有逃过狄君璞的注意，他站住了，说："怎么了？""你真认为我可以去见卢老太太吗？"心虹不安而忧愁地问，"会不会反而刺激她，等会儿她又捉住我，说我是凶手？会吗？""以我的观察，是不会的。"狄君璞说，"她自从上次在雾谷发过一次疯之后，一直都没有再发作过，云扬告诉我，医生说她在逐渐平静下去。我几次来，和她谈话，她给我的印象，都是个又慈祥又可怜的老太太。在她的潜意识中，始终拒绝承认云飞已经死了。所以，我们见到她，千万顺着她去讲，就不会有问题了。但是，”他怜惜而深情地看着心虹，“假若你真怕去见她，我们就不要去吧！怎样？”

“哦，不不！我要去！”心虹振作了一下，对狄君璞勇敢地笑了笑，“我应该去，不是吗？如果不是为了我，她不会失去她的儿子，也不会发疯。虽然那是个意外，我却也有相当的责任。我应该去看她，只要不刺激她，我愿意天天来陪伴她，照顾她。”“真希望，你这一片好心，会获得一个好的结果。”狄君璞自言自语似的喃喃说。尧康看了看心虹，深思地迈着步子，他知道狄君璞这句话，并不是指卢老太太的友谊而言，而是指云飞的死亡之谜而言。他再看看心虹，他在那张温柔而细致的脸庞上，找不着丝毫“凶手”的痕迹，她自己似乎一分一毫也没有想到她有谋害云飞的嫌疑。他们来到了那农舍前的晒谷场上。心虹望着四周，身子微微发颤，她的脸色苍白而紧张。

“我还记得这儿，”她低声说，“以前的一切，像一个梦一样。”“你要进去吗？”狄君璞再一次问，“如果不要，我们还来得及离开。”“我要进去！”她说，有一股勇敢的、坚定的倔强，这使狄君璞为之心折。在他想象中，遭遇过雾谷事件之后，她一定没有勇气再见卢老太太的。

伸手打了门。心虹紧偎着狄君璞，他可以感到她身子的微颤。门开了，出乎意料地，开门的既不是云扬，也不是心霞，而是抱着孩子的萧雅棠。

“怎么，你在这儿？”狄君璞愕然地问。

萧雅棠望着他们，同样地惊奇。看到尧康，她怔了怔，这个和她共舞多次的瘦长青年，怎会料到她是个年轻的母亲，有一段不堪回首的过去呢？她的脸红了红，顿时有点尴尬和不安。她不知道，尧康早就对她的故事了若指掌，对她和她的孩子，他十分好奇，却绝无轻视之心。她回过神来，把门开大了，她匆促地说："云扬和心霞约好去台北，早上云扬来找我，因为卢伯母又有点不安静，他怕万一有什么事，阿英对付不了，要我来帮一下忙。"

"怎么！"狄君璞有点吃惊，"卢老太太发病了吗？"他们怎么选的日子如此不巧！

"不不，不是的。"萧雅棠急忙说，"只是有点不安静，到东到西地要找云飞，一直闹着要出去。你们进来吧，或者，给你们一打岔，她就忘了也说不定。"

"你认为，心虹进去没关系吗？"狄君璞问，他是怎样也不愿冒心虹受刺激或伤害的危险。

"我认为一点关系也没有。"

狄君璞看看她怀里的孩子，低低地问："你告诉那老太太，这是她的孙儿了？"

"不，我没有。"萧雅棠的脸又红了一阵，"她以为我跟别人结婚了，这是别人的孩子，她说这样也好，说云飞见一个爱一个，嫁给他也不会幸福。"

"那么，她的神志还很清楚嘛！"狄君璞说。

萧雅棠摇摇头，"我也不知道她是怎么回事，有时她说的话好像很有理性，有时又糊涂得厉害。她一直望着这孩子发呆，那眼光好奇怪。她又常常会忘记，总是问我这孩子是从哪儿来的。你们来得正好，跟她谈谈，看看她会不会好一点。”

他们走了进去，心虹仍然紧偎着狄君璞，又瑟缩，又紧张。萧雅棠转过身子，想到里面去找卢老太太，可是，就在这时，卢老太太走出来了。她穿着一身蓝布的衫裤，外面套着件黑毛衣，花白的头发在脑后挽着髻。她的面色十分枯黄，眼睛也显得呆滞，但是，幸好却很整洁，也无敌意。一下子看到这么多人，她似乎非常吃惊，她回过头去望着雅棠，讷讷地、畏怯地说：“雅棠，他们……他们要做什么？”

“伯母，那是心虹呀！”雅棠说，“你忘了吗？”

心虹立即走上前去，一眼看到卢老太太，她就忘了自己对她的恐惧，只觉得满怀歉意与内疚。这老太太那样枯瘦，那样柔弱，又那样孤独无依，带着那样怯生生的表情望着他们，谁能畏惧这样一个可怜的老妇人呢？她跨上前去，一把握住卢老太太的手，热烈地望着她，竟不能遏止自己的眼泪，她的眼眶潮湿了。“伯母，”她哽塞地喊，“我是心虹呀。”

卢老太太瞪视着她，一时间，似乎非常昏乱。可是，立即，她就高兴了起来，咧开嘴，她露出一排已不整齐的牙齿，像个孩子般地笑了。“心虹，好孩子，”她说，摇撼着她的手，“你和云飞一起回来的吗？云飞呢？”她满屋子找寻，笑容消失了，她惶惶然如丧家之犬，在屋子里兜着圈子。“云飞呢？云飞呢？”她再望着心虹，疑惑地，“你没有和云飞一起回来吗？云飞呢？”

心虹痛苦地望着她，十分瑟缩，也十分惶恐，她不知该怎么办了。雅棠跨上了一步，很快地说：“伯母，你怎么了？心虹早就没有和云飞在一起了，她也不知道云飞在什么地方。”

雅棠这一步棋是非常有效的。在老太太的心目中，云飞没有死是真的，云飞不正经也是真的。她马上放弃了找寻，呆呆地看着心虹。“呵呵，你也没见着云飞吗？”她口齿不清地说，“他又不知道跑到什么鬼地方去了！呵呵，这个傻孩子，这个让人操心的孩子呵！”她忽然振作了一下，竟对心虹微笑起来，用一种歉意的、讨好似的声调说：“别生气呵，心虹。你知道男人都是不正经的，等他回来，我一定好好地骂他呵！”

心虹那纤弱的神经，再也受不了卢老太太这份歉意与温存，眼泪夺眶而出，她转开了头，悄悄地拭泪。

“噢噢，心虹，别哭呵！”老太太曲解了这眼泪的意义，她是更加温柔、更加抱歉了。

“别哭呵！乖儿！”她拥着心虹，用手拍抚着她的背脊，不住口地安慰着，“你不跟他计较呵！我会好好骂他呵！乖儿，别伤心呵！别哭呵！我一定骂他呵！”

狄君璞望着这一切，这是奇异的，令人感伤而痛苦的。他真不敢相信，这个老妇就是那晚在雾谷如凶神恶煞般的疯子，现在，她是多么慈祥与亲切！人的精神领域，是多么复杂而难解呵！尧康走到狄君璞身边，低声地说：“你认为带心虹来是对的吗？”

“是的。怎样？”“你不觉得这会使心虹太难受了？”

“或者。但是，如果心虹能为她做点什么，会使心虹卸下很多心理上的负荷。而且，我希望她们之间能重建友谊，那么，对心虹来说，会减少一个危险，否则，那老太太一发病，随时会威胁到心虹。”“我看，”尧康深思地看着那老太太，“我们能为那老太太做的事都太少了，除非让云飞复活，而这是不可能的事。现在，从她的眼神看，她根本就是疯狂的，我只怕，她的友谊并不可靠。”狄君璞愣住了，尧康的分析的确也有道理。他望着那拥抱着的一对，本能地向前迈了一步，似乎想把心虹从卢老太太的掌握中夺下来。就在这时，雅棠怀抱中的孩子忽然哭了起来，这立即就吸引了卢老太太的注意，她放开了心虹，迅速地回头，望着雅棠说：“谁在哭？谁在哭？”“是宝宝，”雅棠说，“他尿湿了。”抽掉了湿的尿布，她说：“我去拿条干净的来。”望着里面的屋子，她一时决定不下来把孩子交给谁。

尧康伸出手去说：“我抱抱，怎样？”雅棠的脸又一红，不知怎么，她今天特别喜欢红脸，默默地看了尧康一眼，她就把孩子交给了他。尧康抱着孩子，望着雅棠的背影，心里却陡然地浮起了一种又苍凉又酸楚的情绪。这些人，老的、小的、年轻的，他们在制造些什么故事呵！雅棠拿着尿布回来了，她身后跟着一个壮健的女仆，捧着茶盘和茶，想必这就是阿英。狄君璞料想，这阿英与其说是女仆，不如说是老太太的监视者更恰当。放下了茶，阿英进去了。雅棠接过孩子，把他平放在桌上，系好尿布。孩子大睁着一对骨碌碌的大圆眼睛，舞着拳头，嘴里咿咿唔唔地说个不停，老太太走了过来，用一种奇异的眼光望着那孩子，愣愣地说：“这……这……这是谁家的孩子？”

“我的，伯母，我已经告诉过你了。”

“你的？”她的眼神更奇怪了，好像根本不了解似的。然后，她怯怯地对那婴儿伸出手去，祈求地、恳切地说：“我能抱他吗？”是祖孙间那种本能的感情吗？是属于血缘的相互吸引吗？孩子也对老太太伸出手去，嬉笑着、兴奋着。雅棠是感动了，她小心地把孩子放进老太太的手中，一边谨慎地注意着她，生怕她一时糊涂起来，把孩子给摔坏了。

老太太一旦抱住了那孩子，她好像就把周遭所有的东西都忘记了，她脸上流露出那样强烈的喜悦来，痴呆的眼睛竟放出了异彩。退到墙边的一张椅子边，她坐了下来，紧紧地搂着那孩子。大家都不由自主地跟了过去，防备地看着她，尤其雅棠，她是非常地紧张和不安了。

孩子躺在老太太怀中，不住地用他那肥胖的小手，扑打着老太太的面颊。老太太低俯着头，定定地凝视着他，像凝视一件稀世的瑰宝。然后，她忽然抱紧了那孩子，摇撼着，拍抚着，嘴里喃喃地叫唤着：“云飞，我的乖儿！云飞，我的乖宝！云飞，我的小命根儿呵！”大家面面相觑，这一个变化是谁也没有意料到的。心虹那刚刚收敛住的眼泪又滚落了出来，狄君璞紧紧地揽住了她的肩，安慰地在她肩上紧握了一下。她在狄君璞的耳边轻声说：“难怪她会有这种幻觉，孩子长得实在像云飞。”

老太太摇着、晃着，嘴里不停地呢喃着：“乖宝，长大了要做个大人物呵！云飞，要爱你的妈呵！我的宝贝儿！我知道你是好孩子，世界上最好的孩子！又漂亮，又聪明，又能干！我的宝贝儿！谁说你不学好呢？谁说的？你是世界上最好的孩子！你孝顺你妈，你最孝顺你妈，苦了一辈子把你带大，你不会抛下你妈走掉的，是不？乖儿，你不会的！你不会就这样走掉的！妈最疼你，最爱你，最宠你，你不会抛下你妈的！你不会呵！”她把孩子搂得更紧了，“我的乖儿呵！不要走，不要离开妈，我们过穷日子，但是在一块儿！不要走！不要抛下你妈呵！乖儿！云飞呵！”

她的思想显然在二十几年前和二十几年后中跳跃，声声呼唤，声声哀求，一个慈母最惨切的呼号呵！大家都被这场面震慑住了，心虹把面颊埋在狄君璞肩上，不忍再看，雅棠的眼眶也湿润了。雅棠的心绪也是相当复杂而酸楚的，这老妇所呼唤的，不单是她的儿子，也是雅棠孩子的父亲呵！她吸了吸鼻子，一时心中分不出是苦是辣，是悲是愁，是恨是怨？那男人，那坠落于深谷的男人，是“一失足成千古恨”，而遗留下的这个摊子，如何收拾？她再吸了吸鼻子，没有带手帕，她用手背拭拭眼睛。身边有人碰碰她，递来一条干净的大手帕，她回过头，是尧康！他正用一种深思的、研究的，而又同情的眼光望着她。“人总有一死的，只是早晚而已。”他安慰地说。

“不！”她很快地回答，挺直了背脊，“我不为那男人流泪，他罪有应得！我哭的是，那失子的寡母和那无父的孤儿！”她忽然觉得自己说得冒失，就又颓丧地垂下头去。

“啊，”她低语，“你并不知道是怎么回事。”

“我知道，”他说，“我已经都知道了。”

她望着他，默然片刻。

“是吗？”她轻问，就又掉转头去看着孩子了。

老太太已经停止了她的呢喃低诉，只是做梦般地摇晃着孩子，眼珠定定的，一转也不转。眼光超越了面前的人群，不知落在一个什么地方，她的意识显然是迷糊而朦胧的。并且，逐渐地，她忘记了怀里的孩子，在片刻呆滞之后，她陡地一惊，像从一个梦中醒来，她惊讶地望着怀里的孩子，愕然地说：“这……这是谁的小孩儿？”

“我的。”雅棠说，乘此机会，走上前去，把孩子给抱了过来，她已经提心吊胆了好半天了。

“啊啊，你的！”老太太说，又突然发现眼前的人群了，“怎么，雅棠，你带了好多客人来了，阿英哪，倒茶呀！”“已经倒过了，伯母。”雅棠说。“啊啊，已经倒过了！”老太太说，颤巍巍地从椅子里站起来，又猛地看到了心虹，她怔了怔，立即脸上堆满了笑，对心虹说：“心虹，你来了！”她把刚刚和心虹见面的那一幕早就忘得干干净净了。走上前去，她亲亲热热地拉住心虹的手，亲昵而又讨好似的说：“云飞不在家，他出去了，去……”她晦涩地笑着，仿佛想掩饰什么，“他去上班了，上班……啊啊，可能是加班。要不然，就是有特别的应酬，男人家在外面工作，我们不好太管束他们，是不是？来来，你坐坐，等他一会儿。”这对心虹真是件痛苦的事情。狄君璞真有些懊悔把她带到这儿来了，像尧康说的，他们能为这老太太做的事情已经太少了。她已经疯成这样子，除非有奇迹出现，她是不大可能恢复正常了，他又何必把心虹带来呢？或者，在他的潜意识中，还希望由于她们的会面，而能唤回心虹那最后的记忆？

一小时后，他们离开了卢家。他们离去的时候，老太太已经很安静了，又几乎像个正常人一般了，只是殷殷注视着云飞的去向，因为她的样子不至于再发病，雅棠交代阿英好好伺候，就也跟着他们一起出来了。走出卢家那窄小的农舍，大家都不由自主地长长地吐出一口气来。

“如果我是云扬，”尧康说，“我干脆让她在精神病院中好好治疗。”“她已经失去一个儿子，她无法再离开云扬了。”雅棠说，“而且，精神病院对云扬是个大的负担，云扬的负担已经太重了。”“据我所知，梁家愿意拿出一笔钱来，给老太太治病。”狄君璞说。

“你认为在精神病院中就治得好她吗？”雅棠凄凉地笑了笑，问。狄君璞默然了。这又是尧康说的那句话：人力对她已无帮助了！他望着脚下的土地，沉思不语，一时间，他想得很深很远，想人生，想人类，想亘古以来，演变不完的人类的故事，他叹息了。“我想，”沉默已久的心虹忽然开口了，“我真是罪孽深重！”狄君璞一惊，急忙抬头看着心虹，他把她拉到身边来，用手揽住了她的肩，他深沉而严肃地说：“记住！心虹，再也不要为那件事责怪你自己，你听到刚刚那老太太的自言自语吗？她一再叫云飞不要抛下她，这证明云飞在活着的时候，就想抛下她了。如果云飞不死，我想，他可能也抛下了他母亲，那么，那老太太未尝会不疯！”他忽然停住了，吃惊地喊：“心虹！你怎么了？不舒服吗？”

心虹站住了，眼神奇异，神思恍惚，呼吸急促而不稳定。狄君璞已经很久没有看到她这种样子了，她似乎又掉入那记忆的深井中了。“心虹！心虹！心虹！”他连声喊着。

“哦！”心虹透出一口气来，又恢复了自然，对狄君璞勉强地笑了笑，她说，“我没有什么，真的，只是，刚刚忽然有一阵，我以为……”“以为什么？”“以为我想起了一些东西，关于那天晚上的。但是，就像电光一闪般，我又失去了线索。”

狄君璞怜惜地望着她："别勉强你去回忆，心虹。放开这件事情吧！让我们轻松一下。大家都到农庄去好吗？雅棠，我女儿看到宝宝，一定要乐坏了。"雅棠微笑着，没有反对。于是，他们都向农庄走去了。

第二十六章

自从上次开过一次成功的舞会以后，霜园是经常举行舞会了，梁逸舟沾沾自喜于计策的收效，浑然不知孩子们已另有一番天地，这舞会反而成为他们敷衍父母的烟幕弹了。在舞会中，他们都表现得又幸福又开心，而另一方面呢，一个真正充满了幸福和喜悦的聚会也经常举行着。

春天是来了，枫树的红叶已被绿色所取代，但是，满山的野杜鹃都盛开了，却比枫树红得还灿烂。农庄上那些栅栏边的紫藤，正以惊人的速度向上延伸，虽然现在还没有成为一堵堵的花墙，却已成为一堵堵的绿墙。尧康总说，这种把栅栏变为花墙的匠心，是属于艺术家的。因为只有艺术家，才能化腐朽为神奇！尧康已成为农庄的常客，每个周末和星期天，他几乎都在农庄中度过。他和狄君璞谈小说，谈人生，谈艺术，几乎无话不谈。在没有谈料的时候，他们就默对着抽烟凝思，或者，带着小蕾在山野中散步。尧康不只成为狄君璞的好友，也成为小蕾的好友，他宠爱她，由衷地喜欢她，给她取了一个外号，叫她小公主。这天早上，尧康就坐在农庄的广场上，太阳很好，暖洋洋的。狄君璞搬了几张椅子放在广场上，和尧康坐在那儿晒太阳，小蕾在一边嬉戏着。

“昨晚我去看了雅棠，”尧康说，“我建议她搬一个像样一点的家，但她坚持不肯。”

“坦白说，你是不是很喜欢她？”狄君璞问。

“很喜欢，”尧康笑笑，“但是不是你们希望的那种感情。”

“我们希望？我们希望的是什么？”

“别装傻，乔风。”尧康微笑着，“谁不知道，你一个，心虹一个，还有心霞和云扬，都在竭力撮合我和雅棠。我又不是傻瓜，怎会看不出来？”

狄君璞失笑了。“那么，阻碍着你的是什么？”他问，“那个孩子，还是那段过去？”

尧康皱皱眉，一脸的困惑。

“老实说，我也不知道是什么。我并不在乎那孩子，而且我还很喜欢那孩子，我也不在乎那段过去，谁没有‘过去’呢？谁没有错失呢？都不是。只是，我觉得，如果我追求她，好像是捡便宜似的。”“怎么讲？”“她孤独，她无助，她需要同情，我就乘虚而入。”

“那么，你是怕她不够爱你？”

“也怕我不够爱她。我对她绝没有像你对心虹的那种感情。”“我懂了。”狄君璞点了点头，“你曾经对别的女孩子有过这种感情吗？”“糟的是，从没有。读书的时候，我也追求过几个出风头的女孩子，但都只是起哄而已，不是爱情。我常想我这人很糟糕，我好像根本就不会恋爱。”

“时机未到而已。”狄君璞笑笑说。

“那么你说我总有一天还是会恋爱？”

“是的，可能不是和雅棠，可能不是最近，但是总有一天，你会碰到某一个人，你会恋爱，你会发生一种心灵震动的感情。人，一生总要真正地爱一次，否则就白活了。”

“你是个作家，乔风，”尧康盯着他，“以你的眼光看，人一生只会真正地恋爱一次吗？”

“在我十八岁的时候，我认为人只能爱一次，但是，现在，我不这样说了。”“为什么？”“人是种奇异的动物。”狄君璞深思着，“人生又多的是奇异的遇合，在这世界上，我们所不懂的东西还太多了，包括人类的感情和精神在内，对我们的未来，谁都无法下断语。但是，我认为，在你爱的时候，你应该真正地去爱，负责任地去爱。”“我懂了，”他说，“最起码，在爱的当时，你会认为这是唯一的一份。”“是的。”“而说不定，这个爱情也只是昙花一现？像你对美茹，像心虹和雅棠对云飞！”“别这样说，这样就太残忍了！只是，人是悲哀的，因为他无法预测未来！而又无法深入认识对方。”“那么，你认为你深入地认识了心虹吗？”

“是的。”

“那么，你认为云飞是被她推下悬崖的吗？”

“不是。”

“你怎能那样确定？谁能知道人在盛怒中会做些什么？你怎敢说百分之百不是她？”

“我怀疑过，但我现在敢说百分之百不是她！”

“为什么？凭你对她的‘认识’吗？”

“是的，还有我的直觉！”

“假若有一天，你发现是她做的，你会失望吗？”

“不是她做的！”

“假若是呢？”

“不可能有这种‘假若’！”

“你是多么无理地坚持呵！”尧康叫着，“你只是不愿往这条路上去想而已，所以，你也放弃了对心虹记忆的探求，因为你怕了！对吗？”狄君璞愕然了。“我说中要害了，是不是？”尧康的眼镜片在太阳光下闪烁，“你怕她确实杀害了云飞！是不？你不愿想，是不？你也和一切常人一样，宁愿欺骗自己，也不愿相信真实！”

“那不是她干的。”狄君璞静静地说了，“我仍然深信这一点！”

“假若是呢？”

“除非是出于自卫！否则没有这种‘假若’的可能！”

“乔风，”尧康叹了口气，“我想，你真是如疯如狂地爱着她的！连她的父母，恐怕也没有你这么强的信心！那么，你为什么放弃了探索真相呢？”

“我没有放弃，我从没有放弃！但这事强求不来，我只能等待一个自然的时机，我相信揭露真相的一天已经不远了！”

“你怕那一天吗？”“为什么要怕呢？我期待那一天。”

“你真自信呵！”尧康凝视着他。

“那么，你呢？你相信是她推落了云飞？”

尧康默然片刻，然后，他轻轻地说："事实上，你也知道的，每个人都相信是她在盛怒下做的。不只我，连她父母、老高夫妇、心霞、云扬和雅棠。只是，大家都原谅她，同情她而已。"

狄君璞望着前面的山谷，喃喃地说："可怜的心虹，她生活在怎样的沉冤中呵！我真希望有个大力量，把这个谜一下子给解开！"

尧康站了起来，在广场上踱着步子，不安地耸了耸肩，说："都是我不好，引起这样一个讨厌的题目！抛开这问题吧，我们别谈了！"他忽然站住了，大发现似的叫着说："嗨，乔风，你看谁来了！"狄君璞看过去，立即振奋了。在那小径上，心虹姐妹二人正联袂而来。心霞走在前面，蹦蹦跳跳的，手里握着一大把野杜鹃。心虹走在后面，步履轻盈，衣袂飘然。他和尧康都不自禁地迎了过去，心霞看到他们就笑了，高兴地嚷着说："今天是星期天，我们就猜到尧康在这儿，赶快，大家准备一下，我们一起找雅棠去！"

尧康回过头，对狄君璞抬抬眉毛，低声地说："瞧！热心撮合的人又来了！"

狄君璞有些失笑。心虹和心霞来到广场上，心霞把一大把花交给小蕾，拍拍她的肩膀说："快！拿去给婆婆，弄个花瓶装起来。"

小蕾热心地接过来，跑进屋去了。心霞说："我们有个计划，太阳很好，我们想买点野餐，约了云扬和雅棠，一起去镇外那个法明寺玩玩，再去溪边钓鱼，你们的意见如何？"法明寺在附近的一个山中，风景很好，山里有一条小溪，出产一种不知名的小银鱼，镇里的人常常钓了来出售，用油煎了吃，味道极美。“好呀！”尧康首先赞同，“晚上姑妈有东西加菜了！钓鱼我是第一能手！”“先别吹牛！我们比赛！”心霞说，“分三组，怎样？心虹和狄君璞一组，我和云扬一组……”

“我和雅棠一组，对吗？”尧康笑嘻嘻地说，“好吧！比赛就比赛，输了的下次请吃涮羊肉！”

“一言为定吗？”心霞叫着。

“当然一言为定！”

小蕾又跑出来了，雀跃着跳前又跳后。“你们要去玩吗？你们不带我吗？”她焦灼地嚷着。

“当然要带你！”尧康把她一把举了起来，别看他瘦，他的力气倒不小，“如果我们的小公主不去，我也不去！”

小蕾是兴奋得不知道该怎么好了，又跳又叫地闹着要马上走。心虹到屋里取来了小蕾的大衣，怕晚上回来的时候天凉。狄君璞跟姑妈交代了，于是，这一群人来到了雅棠家里。

雅棠十分意外，也被这群热烘烘的人所振奋了。抱着孩子，她又有些犹豫，她是怎样也舍不得把孩子交给房东太太一整天的。尧康看出了她的心事，走上前去，他把孩子抱过来说：“教你一个办法，去准备一个篮子，放好一打尿片和三个干净奶瓶，再用个保温瓶，冲好满保温瓶的奶，不就好了吗？我们把孩子带去，有这么多人，你还怕没人帮你照顾他？快！你去准备去！我给你抱着孩子！”

雅棠喜悦地笑了，看看心虹他们说：“这样行吗？不会给你们增加麻烦？”

“怎么会?”狄君璞说，“快吧，趁你准备的时间，我去买野餐去!”他走下了楼。片刻之后，这群人就浩浩荡荡地到了云扬家中，云扬当然是开心万分地同意了。卢老太太站在门口，目送他们离去，一再傻愣愣地问他们，云飞怎么没有一起去?是不是又游荡在外面了?离开了卢家，这一行人开始向目的地走去，这真是奇妙的一群，有男有女，有孩子有婴儿!一路上大家嘻嘻哈哈地谈笑不停。小蕾和尧康在大唱着《踏雪寻梅》，尧康沉默起来像一块铁，开心起来就像个孩子。云扬扛着三副钓鱼竿，和心霞亲亲热热地走在一块儿，一面走着，钓鱼竿上的小铃就叮叮当当地响，和小蕾歌声中那句“铃儿响叮当”互相呼应，别有情趣。狄君璞和心虹走在最后面，是最安静的一对，两人依偎着，只是不住地相视而笑。

他们到了庙里，和尚们看到来了这样一大群人，以为来了什么善男信女，侍候周到。大家也玩笑般地求了签，又在菩萨面前许愿。庙里供的是释迦牟尼，狄君璞看着那佛像，忽然说:“你们知道释迦牟尼为什么额头正中都有个圆包，右手都举起来做出弹东西的样子来?”

“这还有典故吗?”尧康问。

“当然，有典故。”狄君璞一本正经地说，“当年，有一天，释迦牟尼碰到了孔子，一个是佛家之祖，一个是儒家之主。两个人忽然辩论起来，孔子说佛家不通，释迦牟尼说儒家不通。两人都带了不少弟子。于是，他们就打起赌来，说只要对方能说出自己不通之处，就算赌赢了，赢家可以在输家额上弹一下。由孔子首先发问，于是，孔子说，佛家连字都不会念，为什么‘南无阿弥陀佛’要念成‘哪吗阿弥陀佛’？释迦牟尼答不出来，孔子胜了第一回合，孔子身边的子路，就得意扬扬地举起他的巨灵之掌，在释迦牟尼的额上弹了一下。子路身强力壮，力大无穷，这一弹之下，释迦牟尼的额上立刻肿起一个包包。然后，该释迦牟尼发问了，释迦牟尼就说，儒家也不会念字，为什么在感叹时，要把‘于戏’二字念成‘呜呼’？这一次孔子也被问倒了，讷讷地答不出来。释迦牟尼就得意地举起手来作弹状，要弹孔子，谁知子路一看，情况不妙，背起孔子就逃走了。所以，至今，释迦牟尼还带着他额上的肿包，举着手作弹状，等着弹孔子呢！”

这原是个北方说相声的人常说的笑话，但生长在南方的心虹心霞等人都从来没有听说过。一听之下，不禁都大笑了起来。心虹拉着他说：“快走吧！你在这儿胡说八道，当心把那些和尚给气死！”

于是，他们来到了溪边。

这条溪水相当宽阔，并不太深，可能是淡水河的一条小支流。浅的地方清澈见底，可以涉水而过，深的地方也有激流和洄漩。河水中和两岸旁，遍布着巨型的岩石，石缝中，一蓬一蓬地长着茅花。那银白色的花穗迎风摇曳，在阳光下闪烁得像一条条银羽。溪边，也有好几棵合抱的大榕树，垂着长长的气根，在微风中摇荡。

他们很快地分成三组，每组找到了自己的落脚之处，开始垂钓了。心虹和狄君璞带着小蕾，坐在一块大岩石上。小蕾并不安静，脱掉了鞋袜，她不管春江水寒，不住地踩到水中去，而且跑来跑去地看三组的鱼篓。只一会儿，她就有些厌倦了，因为她发现大人们对于谈话的兴趣，都比钓鱼更浓厚，于是，她离开了水边，跑到草丛中去捉蚱蜢去了。心虹根本不敢弄肉虫子，连看也不敢看，都是狄君璞在上饵，在抛竿，然后交给心虹拿着。心虹今天穿着一身米色的春装，用条咖啡色的纱巾系着长发，别有种飘逸而潇洒的味道，狄君璞注视着她，不禁悠然而神往了。

“天哪！”他喃喃地说，“你真美！”

心虹垂着睫毛，看着手里的钓竿，唇边有个好温柔好温柔的浅笑。“你不注意浮标，尽看着我干吗？”“你比浮标好看。”狄君璞说，忽然握住了她的手。“心虹！”他低低地叫。“嗯？”她轻轻地答。“你想，如果我最近去和你父亲谈，会碰钉子吗？”

“会。”

“那么，我们要等到什么时候？”他握紧她，“我一日比一日更强烈地想要你，你不知道这对我是怎样的煎熬！心虹，我们可以不通过你父亲那一关吗？”

“啊，不。”她瑟缩了一下，“我们不能。”她吸了口气，眉端轻蹙。是那旧日的创痕在烧灼她吗？她似乎怕透了提到“私奔”。“你放心，君璞，爸爸会屈服的。”

“我再找他谈去！”狄君璞说。

她很快地抬头看他。“你用了一个‘再’字，”她说，“这证明，你以前已经找他谈过了！”狄君璞默然。“其实，你根本不用瞒我，”她瞅着他，眼光里柔情脉脉，“这么久以来，你不进霜园的大门，你以为我不会怀疑吗？上次要你去舞会，你说什么也不去，我就知道另有原因，后来我盘问高妈，她已经都告诉我了。你早就来求过婚了，爸爸拒绝了你，而且说了很难听的话，是吗？是吗？是吗？”

狄君璞咬咬牙。“他有他的看法，他认为我不会给你幸福。”

“他以为他是上帝，知道幸福在何处。”心虹抑郁而愤怒地说，她的情绪消沉了下去。

“我一定要再和你父亲谈谈，不能这样拖下去。”

她忽然扬起睫毛来，眼光闪亮。

“你不要去！”她说，“再等一段时间，他现在以为尧康是我的男朋友，让他先去误解，然后，我和心霞会和他谈，这将是个大炸弹，你看着吧，不只我的问题，还有心霞和云扬的事。这枚炸弹可能把霜园炸得粉碎！……”她又微笑了起来，显然不愿让坏心情来破坏这美好的气氛，“你在农庄注意一点，如果看到霜园失火的话，赶快赶来救火呵！”

“那才名副其实的火上浇油呢！”狄君璞说。

他们笑了起来，同时，远在另一块岩石上的云扬和心霞突然间大声欢呼，大家都对他们看去，云扬高举着的钓竿上，一条小银鱼正活蹦乱跳地挣扎着。云扬在骄傲地大声喊：“首开纪录！有谁也钓着了吗？”

小蕾跑过来，拍着手欢呼。狄君璞对心虹说：“我打赌我们竿子上的鱼饵早被吃光了！拉起竿子来，重上一下饵吧！”心虹拉竿，拉不动，她说：“你来，钩子钩着水草了！”

狄君璞接过竿子，一下子举了起来，顿时，两人都呆住了！钓竿上本有三个鱼钩，现在，竟有两个鱼钩上都有鱼！一竿子两条鱼，又是这样子得来毫不费功夫！他们先吃惊，接着就又喊又叫又跳又笑起来。心霞和云扬也愣了，然后，心霞就大声嚷：

“好了！都有鱼了！尧康呢！那个钓鱼王呢！”

是的，尧康呢？他正远在一棵大榕树下，鱼竿的尖端静静地垂在水里，另一端被一块大石头压着，他和雅棠却都在榕树下，照顾着孩子吃奶呢！他们把一块大毛毯铺在草地上，让孩子躺在上面，雅棠扶着奶瓶，看着孩子吃奶，尧康则静静地望着她和孩子。她今天打扮得很素净，浅蓝色的毛衣、白色的短裙和白色的发带。那样年轻，那样充满了青春的气息，那样稚嫩，还像一朵含苞未放的花，却已是个年轻的母亲了！看着她低俯着头，照顾着婴儿，衬着那白云蓝天和那溪水岩石，是一幅极美的画面。但是，这幅画面里，却不知怎么，有那样浓重的一股凄凉意味。他看着看着，心里猛地怦然一动，想起心虹心霞对他的期盼与安排，想起早上和狄君璞的谈话，想起自己的孤独，想起雅棠的无依……在这一瞬间，有几千几百种思想从他心头掠过。他竟突然间，毫不考虑地、冲口而出地说：“雅棠，我们结婚好吗？”

雅棠一愣，迅速地抬头看他，她的眼睛是深湛而明亮的。好一会儿，她低低地说：“你是开玩笑还是认真的？”

“认真的。”他说，自己也不了解自己，在这时，他竟生怕会遭遇到拒绝。她又垂下了眼睛，看着孩子。把奶瓶从孩子嘴中轻轻取出，那孩子吃饱了，嘴仍然在嚅动着，却已经蒙眬欲睡了。她拿了一条毯子，轻轻地盖在孩子身上。再慢慢地抬起头来看他，她眼里竟蓄满了泪。“非常谢谢你向我求婚。”她说，声音低而哽塞，“但是，我不能答应你。”“为什么？”他问，竟迫切而热烈地说，“我会把你的孩子当我自己的孩子，不会要你和他分开的。”

“不，不，”她轻声说，“不为了这个。”

“那么，为什么？难道你还爱那个——卢云飞？”他苦恼从喉咙里逼出了那个名字，感到自己声调里充满了醋意。

“不，不，你明知道不是。”她说，头又垂下去了。

“那么，为什么呢？”“因为……因为……”她的声音好轻好轻，俯着头，她避免和他的眼光接触，她的手无意识地抚弄着毛毯的角，“因为你并不爱我，你只是可怜我，同情我。你在一时冲动下向我求婚，如果我答应了你，将来你会后悔，你会怪我，你会恨我！原谅我，我不能答应你。但是，我深深地感激你这一片好心。”尧康凝视着那个低俯的、黑发的头。有好长一段时间，他说不出话来，只是默默地望着她，他对她几个月来的认识，没有在这一刹那间来得更清楚、更深刻。就在这段凝视中，一种奇异的、酸楚的、温柔的，而又是甜蜜的情绪注入了他的血管里，使他浑身都激动而发热了。这就是早上他向狄君璞说他所缺少的东西，他再也料不到，它竟来临得这样快、这样突然。“但是，”他喉咙喑哑地说，“回答我一个问题，你有没有一些爱我呢？”她抬起睫毛，很快地看了他一眼，她的眼睛里有一抹哀求而恳切的光芒。“你知道的。”她低低地说。“我不知道。”他屏着气息。

“呵，尧康！”她把头转向一边，双颊绯红了，“我还有资格爱吗？”“雅棠！”他低呼，抓住了她的双手，“在我心目中，你比任何女孩都更纯洁，你的心地比谁都善良，你敢爱也敢恨。为什么你要如此自卑呢？”她默然不语。“我再问一次，”他说，握紧她，“相信我不是同情，也不是怜悯，在今天以前，可能我对你的感情里混合着同情与怜悯，但现在，我是真挚的，我爱你，雅棠。”

她震动了一下。他接下去说：“你愿意嫁我吗？”

“或者，你并不真正了解你自己的感情。”她低语。

“我了解！”“我不知道，”她有些昏乱地说，“我不知道该怎样回答你。尧康，我现在心乱得很，我想……我想……”

他紧握了她一下。“不必马上回答，我给你两星期思考的时间。两星期之后，你答复我，好吗？”“假若……假若……”她嗫嚅地说，眼里泪光盈然，“假若……你真是这样迫切，这样真心，我又何必要等到两星期以后呢？”他震动了！心内立即涌上了一股那样激烈的狂欢，他抓紧了她的手，想吻她，想拥抱她。但他什么都没做，只是痴痴地、深深地、切切地望着她。她也迎视着他，眼底一片光明。然后，小蕾发出了一声大大的惊呼：“哎呀！尧叔叔，你们的鱼竿被水冲走了！”

他们慌忙看过去，那鱼竿早已被激流冲得老远老远了。心霞在拊掌大笑，高叫着钓鱼王呀钓鱼王！狄君璞望望心虹，笑着说：“我刚刚看到一个光着身子的小孩儿，把他们的竿子推到水里去了。”“光着身子的小孩儿？”心虹愕然地问。

“是的，光着身子，长着一对翅膀，手里拿着小弓小箭的小孩儿。”

心虹哑然失笑了。

阳光一片灿烂，溪流里反射着万道光华。春风，正喜悦地在大地上回旋穿梭着。

第二十七章

但是，春日的蓝天里也会有阴云飘过，也会响起春雷，也会落下骤雨，表面的宁静，到底能够维持多久？何况，他们的安静，一向就没有稳定的基础，像孩子们在海滩上用沙堆积的堡垒，禁不起风雨，禁不起浪潮。该来的风暴是逃不掉的，那狂风骤雨终于是来临了！

问题发生在尧康身上，这一向，尧康出入于梁家，经常把心虹姐妹带出去，已给梁氏夫妇一个印象，以为他不是在追求心虹，就是在追求心霞。但是，自从尧康和雅棠恋爱以后，他到梁家的次数越来越少，而心虹外出如故，梁逸舟开始觉得情况不妙了。他盘问老高和高妈心虹每日的去向，老高夫妇二人守口如瓶，一问三不知，梁逸舟更加怀疑了。想到数月以来，开舞会，邀请年轻人，操心、劳碌、奔走、安排……可能完全白费，难道心虹竟利用尧康来做烟幕？那岂不太可恶了？心虹天真幼稚，这主意准是狄君璞想出来的！梁逸舟恨之入骨，却又拿狄君璞无可奈何。而另一方面，心霞的改变也是显著的，她常和姐姐一起出去，整天家中见不着两个女儿的影子，难道心霞也在受狄君璞的影响，还是在和尧康约会？

人，一旦对某件事物偏见起来，就是可怕而任性的，尤其梁逸舟，他的个性就属于容易感情用事的一类。现在，狄君璞在他心目中，已比当日卢云飞更坏、更可恶。卢云飞毕竟还年轻，狄君璞却是个老奸巨猾！他当日既能全力对付卢云飞，他现在也准备要用全力来对付狄君璞了！

于是，那风暴终于来临了！

这天黄昏，尧康到了霜园。他是因为雅棠高兴，在家包了饺子，要尧康来约心虹姐妹和狄君璞、云扬一起去吃饺子。尧康已先请到了狄君璞和云扬，再到霜园来找心虹姐妹。谁知在客厅内，他劈头就碰到了梁逸舟。他刚说要请心虹姐妹出去，梁逸舟就说："正好，尧康，你坐下来，我正有话要找你谈！"

尧康已猜到事情不妙，他对那倒茶出来的高妈暗暗地使了一个眼色，示意她去通知心虹和心霞下楼来。就无可奈何地坐进沙发里，望着梁逸舟。

"什么事，董事长？"他问，他仍然用公司中的称呼喊梁逸舟。"尧康，你最近不常来了。"梁逸舟燃起了一支烟，深吸了一口。"我忙。"尧康不安地说。

梁逸舟注视着他，眼光是锐利的。到底这年轻人在搞什么鬼呢？他爱的是心虹还是心霞？

"你常来找我女儿，"他冷静地说，"并不是我老古董，要过问你们年轻人的事，但是，我毕竟也是个做父亲的，不能完全不闻不问。你是不是应该向我交代一下？”

“交代？”尧康结舌地说，“董事长，您的意思是……”

“我的意思是，你在和我的女儿恋爱吗？”梁逸舟单刀直入地问，语气是强而有力的。

“哦！董事长！”尧康吃了一惊。

“你也不必紧张，”梁逸舟从容不迫地说，审视着尧康，他还抱着一线希望，就是尧康是在和心虹恋爱，心霞还太小，物色对象有的是时间呢！

“我并不是反对你，你很有才气，在公司中表现也好，假若你和心虹恋爱，我没什么话说，只是心虹年纪也不小了，既然你们相爱，我就希望择个日子，让你们订了婚，也解决了我一件心事。”

“噢！董事长！你完全误会了！”尧康烦躁地叫，他沉不住气了，“心虹的爱人可不是我！”

“那么，是谁？”梁逸舟锐利地问。

“狄君璞！”一个声音从楼梯上响起，清晰而有力地回答了。他们抬起头来，心虹和心霞都站在楼梯上，她们是得到高妈的讯息，走下楼来，刚好听到梁逸舟和尧康这段对话，心虹再也忍不住，心想，早晚要有这一天的，要来的就让它来吧，立即用力地回答了，一面走下楼来。

梁逸舟瞪视着心虹，几百种怒火在他心头燃烧着，你这个专门制造问题、不识好歹的东西！你给我找的麻烦还不够吗？为什么连帮你的忙都帮不上？站在这儿，你恬不知耻地报上你爱人的名字，你以为爱上一个离过婚、闹过桃色纠纷的中年人是你的光荣吗？他沉重地呼吸着，气得想抽她两个耳光，如果不是忌讳着她有病的话！有病！她又是什么病呢？还不是自己找来的病！他越想越有气，就想越不能平静，狠狠地盯着心虹，他恼怒地说："胡闹！"心虹的背脊挺直了，她抗议地喊："爸爸！""多少合适的人你不爱，你偏偏要去爱一个狄君璞！"梁逸舟吼叫了起来，"为你开舞会，为你找朋友，我请来成群的人，那么多年轻人，个个比狄君璞强……"

"爸爸！"心虹的脸色苍白了，眼睛睁得好大好大，"我没有要你为我找丈夫呵，我已经二十四岁，我自己有能力选择……"

"你有能力！你有能力！"梁逸舟怒不可遏，简直不能控制自己，他再也顾虑不了心虹的神经，冲口而出地喊："云飞也是你自己选择的！多好的对象！一万个人里也挑不出一个！"

吟芳从楼上冲了下来，听到吼叫，她已大吃一惊，下楼一看这局面，她就更慌了，抓着梁逸舟的手臂，她焦灼地摇撼着，一迭连声地喊："逸舟！逸舟！有话好好说呀，别发脾气呀！"

"别发脾气！我怎能不发脾气！"梁逸舟叫得更响了，"从她出世，就给我找麻烦！"

"爸爸，"心虹的脸更白了，"你不想我出世，当初就不该生我呵！"

"逸舟！你昏了！"吟芳叫着说，脸色也变了。

"爸爸，"站在一边的心霞，忍不住插口说，"你们就让姐姐自己做主吧！那个狄君璞又不是坏人！"

"云飞也不是坏人吗？"梁逸舟直问到心霞的脸上去，"你少管闲事！你懂什么？那个狄君璞，是个闹过婚变的老色狼！他的爱情能维持几天？他的第一个太太呢？他根本就不是个正派人……”“爸爸，”心虹的嘴唇抖动着，眼里蓄满了泪，侮辱狄君璞是比骂她更使她受刺激的，她的情绪激动了，她的血液翻腾着，她大声地叫，“不要这样侮辱人，好像你自己是个从不出错的圣人君子！你又何尝是个感情专一的人？你们逼死了我的母亲，以为我不知道吗？”

“心虹！”吟芳大叫，眼泪夺眶而出，她扑向梁逸舟，尖声喊，“停止了吧！停止了吧！你们不要吵了吧！”

梁逸舟的眼睛红了，眉毛可怕地竖着，他的脸向心虹逼近，他的声音从齿缝里压抑地迸了出来：“你这个没良心的混蛋！白养了你这一辈子，你早就该给我死掉算了！”举起手来，他想给心虹一耳光，但是，吟芳尖叫着扑过去，哭着抱住了梁逸舟的手，一面哭一面直着喉咙喊：“要打她就打我吧！要打她就打我吧！”

梁逸舟颓然地垂下手来。心虹已哭泣着，瑟缩地缩到墙边，紧靠着墙壁无声地啜泣。心霞跑过去抱住了她，也哭了。心虹只是不出声地流泪，这比号啕痛哭更让人难受。心霞抱着她不住口地喊：“姐姐！姐姐！姐姐！”

尧康再也看不过去了，这一幕使他又吃惊又震动，他跳了起来，用力地说：“你们怎么了？狄君璞又不是妖怪，董事长，你又何必反对成这个样子，这真是何苦呢！”“住口！尧康！”梁逸舟的火气移到了尧康的身上，他用手指着他的鼻子，咆哮着，“这儿没有你说话的余地！你如果再多嘴的话，我就连你也一起反对！”

"哼！"尧康怫然地说，"幸好我没有娶你女儿的念头，否则也倒了霉了！""你没有娶我女儿的念头！"梁逸舟的注意力转了一个方向，更加有气了，没想到他看中的尧康，竟也是个大混蛋！他怒吼着说："你没有娶我女儿的念头，那你和心霞鬼混些什么？""我和心霞鬼混？"尧康扬起了眉毛，"我什么时候和心霞鬼混来着？董事长，你别弄错了！我和你女儿只是普通朋友，心霞的爱人是卢云扬！""是什么？卢云扬？"梁逸舟直跳了起来，再盯向心霞，大声问，"是吗，心霞？"心霞惊悸地看着父亲，眼睛恐慌得瞪大了，一语不发。

这等于是默认了。梁逸舟跌坐在沙发中，用手捧着头，不再说话，室内忽然安静了，只有大家那沉重的呼吸声。梁逸舟像一个泄了气的皮球，瘫痪在椅子中动也不动，呼吸急促地鼓动着他的胸腔，他的神情却像个斗败了的公鸡，再也没有余力来作最后一击了。他不说话，有很长久的一段时间，他一直都不说话，他的面容骤然地憔悴而苍老了起来。一层疲倦的、萧索的、落寞的而又绝望的表情浮上了他的脸庞。这震动了心虹姐妹，比他刚刚的吼叫更让姐妹二人惊惧，心霞怯怯地叫了一声："爸爸！"

梁逸舟不应，好像根本没有听见。吟芳蹲在他面前，握住他的双手，含泪喊："逸舟！"梁逸舟抽出手来，摸索着吟芳的头发，这时，才喃喃地、低声地说："儿孙自有儿孙福，莫为儿孙做马牛。咳，吟芳，我们是为谁辛苦为谁忙呢？"吟芳仰头哀恳地看着梁逸舟，在后者这种震怒和萧索之中，她知道自己是什么话都说不进去的。她默然不语，梁逸舟也不再说话，室内好静，这种沉静是带着压迫性的，是令人窒息的，像暴风雨前那一刹那的宁静。心虹姐妹二人仍然瑟缩在墙边，像一对小可怜虫。尧康坐在椅子里，看看这个又看看那个，不知该走好还是留好，该说话好还是该沉默好，在那儿不安地蠕动着身子，如坐针毡。就这样，时间沉重而缓慢地滑过去，每一分钟都像是好几千几百个世纪。最后，梁逸舟终于抬起头来说话了，他的声音里的火药味已经消除，却另有一种苍凉、疲倦和无奈的意味。这种语气是心虹姐妹所陌生的，她们是更加惊惧了。

“心虹、心霞，”他说，“你们过来，坐下。”

心虹和心霞狐疑地、畏缩地看了看父亲，顺从地走过来，坐下了。心虹低垂着头，捏弄着手里的一条小手帕，心霞挺着背脊，窥探地看着父母。梁逸舟转向了尧康。

“尧康，”他望着他，声音是不高不低的，“你能告诉我，你在这幕戏中，是扮演什么角色吗？”

“我？”尧康愣住了，“我只是和心虹心霞做朋友而已，我们很玩得来，我并没有料到，您把‘朋友’的定义下得那样狭窄，好像男女之间根本没有友谊存在似的。”

“一个好朋友！”梁逸舟点了点头，冷冷地说，“你把我引入歧途了！你是我带进霜园来的，却成为她们姐妹二人的掩护色，我还有什么话好说呢？我是落进自己的陷阱里了！”

他自嘲地轻笑了一下，脸色一变。“好了！”他严厉地说，“现在，尧康，这儿没有你的事了，你走吧！”

尧康巴不得有这一句话，他已急于要去通知狄君璞和云扬了。看这情形，心虹姐妹二人一定应付不了梁逸舟，不如大家商量商量看怎么办。他站起身来，匆匆告辞。梁逸舟不动也不送，还是吟芳送到门口来。尧康一走，梁逸舟就对心虹姐妹说：“孩子们，我知道你们大了！”

这句话说得凄凉，言外之意，是“我已经失去你们了”！心虹的头垂得更低了，她懊恼刚刚在激怒时对父亲说的话，但是，现在却已收不回来了！心霞咬紧了嘴唇，她的面色是苦恼而痛楚的。“我不知该对你们两个说些什么，”梁逸舟继续说，语气沉痛，“男大当婚，女大当嫁。你们大了，你们要恋爱，你们想飞，这都是自然现象，我无法责备你们。可是，你们那样年轻，那样稚嫩，你们对这个世界，对阅人处世，到底知道多少？万一选错了对象，你们将终身痛苦，父母并不是你们的敌人，千方百计，用尽心机，我们是要帮助你们，不是要陷害你们。为什么你们竟拒父母于千里之外？”

“爸爸，”心霞开口了，“我们并不是要瞒住你们，只是，天下的父母，都成见太深呀！”

“不是天下的父母成见太深，是天下的子女，对父母成见太深了！”梁逸舟说，“别忘了，父母到底比你们多了几十年的人生经验。”“这也是父母总忘不了的一件事。”心虹轻声地、自语似的说。“你说什么，心虹？”梁逸舟没听清楚。

“我说……”心虹抬起眼睛来，大胆地看着父亲，她的睫毛上，泪珠仍然在闪烁着。

“几十年的人生经验，有时也会有错误，并不是所有的老人都不犯错了！”

“当然，可能我们是错了，”梁逸舟按捺着自己，尽量使语气平和，“但是，回答我一个问题，心虹。我知道你的记忆已经几乎完全恢复，那么，我对云飞的看法是对呢，还是错呢？”心虹沉默了片刻。“你是对的，爸爸。”她终于坦白地说。

“你还记得你当初为云飞和我争执的时候吗？”

“记得。”她勉强地回答。

“那时你和今天一样地强烈。”

“但是，狄君璞和云飞不同……”

“是不同，没有两个人是相同的。”梁逸舟沉吟了一下，“知道他和他太太的故事吗？”

“我没问过，但我看过《两粒细沙》。”

“作者都会把自己写成最值得同情的人物，都是含冤负屈的英雄。事实上，他那个妻子等于是个高级交际花，他娶了她，又放纵她，最后弄得秽闻百出。心虹，你以为作家都是很高尚的吗？碰到文人无行的时候，是比没受过教育的人更糟糕呢！”“他是你带来的，爸爸，”心虹闷闷地说，“那时你对他的评语可不是这样的！”“那时候我还没料到他会转你的念头！”梁逸舟又有些冒火了，“那时候是我瞎了眼睛认错了人，所以，我现在必定要挽回我的错误！”他吸了口气，抑制了自己，他的声音又放柔和了，“总之，心虹，我告诉你，狄君璞决不是你的婚姻物件，即使不讨论他的人品，以他的年龄和目前情况来论，也有诸多不适当之处。你想，你怎能胜任地当一个六岁孩子的后母！”

“妈妈也胜任于当一个四岁孩子的后母呵！”心虹冲口而出地说。吟芳猛地一震，她的脸痛苦地歪曲了。梁逸舟的话被堵住了，呼吸沉重地鼓动着他的胸腔，他的眼睛直直地瞪着心虹，有好几分钟说不出话来。然后，他重重地说：“心虹，你真认为吟芳是个成功的后母吗？我们一直避免谈这个问题，现在就公开谈吧！吟芳对你，还有话说吗？她爱你非但丝毫不差于心霞，恐怕还更过于爱心霞，这并非是为了表现，而是真情。但是你呢？你为什么还心心念念记着你那死去的母亲？为什么？为什么？”

“那毕竟是我的亲生母亲呵！”心虹挣扎着回答。

“对了！就是这观念！我和吟芳用了一生的时间要你把吟芳当生母，却除不掉根深蒂固隐埋在你脑中的观念，你又怎能除去小蕾对她生母的观念呢！”

“她对她的生母根本没有观念。”

“你呢？你对你那个母亲还记得多少？为什么你竟一直无法把吟芳当生母？何况，吟芳还根本就是你的生母！”

“逸舟！”吟芳惊叫。

“什么？”心虹一震，莫名其妙地看着梁逸舟。

“好吧！大家把一切都说穿吧！二十几年来，这一直是个家庭的秘密。心虹，你以为吟芳是你的后母，现在，我告诉你，吟芳是你百分之百的亲生母亲！你和心霞是完完全全同一血统的亲生姐妹！”心虹怔怔地看着父亲，完全惊呆了。心霞也呆住了，不住地看看父亲，又看看母亲，再看看心虹，一脸的惊愕与大惑不解。吟芳用手蒙住脸，再也控制不住自己，她开始哭泣起来。

“那时在东北，”梁逸舟说了，不顾一切地抖出了二十几年前的秘密，“我是个豪富之家里的独子，很早就由父母之命结了婚，婚后夫妻感情也还不错，但我那妻子体弱多病，医生诊断认为不能生育。就在这时，我认识了吟芳，很难解释当时的感情，我与妻子早已是挂名夫妻，认识吟芳后我才真正恋爱了。一年之后，吟芳生下了你，心虹。”他注视着心虹，“我们怎么办呢？我那多病的妻子知道了，坚持要把孩子抱回来，当作她生的一样抚养，我与吟芳也认为这样对你比较有利，否则，你只是个没有名义的私生子。于是，我把你抱回来，我那妻子也真的爱你如命，为了怕别人知道你不是她生的，她甚至解雇所有知情的奴仆，改用新人。这样，过了两三年，她又担心我和吟芳藕断丝连，竟坚持要生一个孩子，她求我，她甘愿冒生命的危险，要一个自己的儿子，我屈服了。她怀了孕，却死于难产，孩子也胎死腹中。一切像命中注定，我娶了吟芳，而你，心虹，竟把生母永远当作后母了。”

心虹瞪视着梁逸舟，像听到了一个神话一般，眼睛睁得那样大，那样充满了惊奇与疑惑。梁逸舟又说了下去：“这些年来，我们一直不敢说穿真相，因为年轻时的荒唐必须暴露，而又怕伤到你的自尊，怕影响你和心霞对父母的看法，我们隐瞒着，足足隐瞒了二十四年！现在，心虹，你知道一个后母有多难当了，以一个亲生母亲的感情与血缘关系，吟芳仍然是个失败的后母！”

心虹的眼光转向了吟芳，这一番话已大大地震动了心虹，她想起了许许多多的事，想起了自己常做的噩梦，想起那梦里的长廊、圆柱，想起每次哭母亲哭醒过来。而自己的生母却始终都在身边！她怀着一个无母的心病，病了这么许多年！母亲，母亲，你在哪儿？母亲，母亲，你竟在这儿！她眼里逐渐涌上了一片泪光，泪水在眼眶中汹涌、泛滥……她凝视着吟芳，吟芳也用带泪的眸子，恳切而求恕似的看着她。她低问：“这是真的吗？”

“这是真的！”吟芳轻声回答。

心虹眼里的泪水夺眶而出，她大喊了一声：“妈呀！你们为什么不早说！你们为什么不早说！”

就对吟芳冲了过去，这是二十几年来，她第一次由衷地喊出了一声“妈”，母女二人拥抱在一起了。梁逸舟也觉得鼻子里有些酸酸的，竟懊悔为什么不早就揭穿一切。心霞在一边，又是笑，又是泪，又是惊奇。这一个意外的插曲，把原来那种剑拔弩张的气氛都冲淡了，大家似乎都已忘记了最初争执讨论的原因，只是兴奋地、激动地忘情于这母女相认的感情里。就在这时，一阵急促的门铃声惊动了他们。

第二十八章

来的人是狄君璞和卢云扬。

狄君璞和云扬本来都在雅棠家里，等着心虹姐妹来吃饺子，结果，心虹姐妹没有来，尧康却带来了那惊人而意外的消息。立即，狄君璞和云扬都做了一个决定，就是到霜园来，干脆和梁逸舟谈个一清二楚。虽然尧康并不太赞成他们马上去霜园，他认为在梁逸舟目前的暴怒之下，他们去谈根本不会有好结果。可是，他们还是去了。

当他们走进霜园的客厅时，他们看到的是相拥在一起的心虹母女、在一边默默拭泪的心霞和满面沉重的梁逸舟。梁逸舟一见到他们，猛吃了一惊，脸色就变得难看了，他瞪视着他们，好半天，才愤愤然地说："好好，你们公然升堂入室了！你们来做什么？倒给我说个明白！""梁先生，"狄君璞说，不安地看了心虹一眼，你们怎么欺侮她了？让她哭成了一个泪人？"我们能不能大家不动火，好好地谈一谈？""我和你这种人没有什么好谈的！"

梁逸舟大声说，“我记得我告诉过你，请你永远别走进霜园来！君子自重呵，你难道连自尊心都没有了吗？”

“爸爸！”心虹惊愕地喊，离开了吟芳的怀抱，她那带泪的眸子不可置信似的看着父亲。

“爸爸！你怎能……怎能用这种态度和君璞说话？”“我怎能？我怎能？”梁逸舟的火气更大了，他瞪着心虹说，“难道我还该对他三跪九叩吗？感谢他引诱了我那个不成材的女儿吗？”“爸爸！”心虹悲愤地大喊了一声，用手捂住脸，又哭了。这整个晚上的事已使她脆弱的神经如拉紧的弦，她紧张，她痛苦，她惊惶，她又悲愤，再加上认母后的辛酸及意外，她简直不知该如何自处了。吟芳迈前了一步，她看出目前的情况危机重重，又惊又惧，拉住梁逸舟，她急急地说：“逸舟，逸舟，冷静一点，好不好？求求你，逸舟！冷静一点！”“我怎能冷静？”梁逸舟暴跳如雷，“我眼看着这两个豺狼在勾引我的女儿，我要保护她们，她们反而跟我对抗，认定了要往火坑里跳！”“梁先生！”云扬大声地叫了一声，他的声音是有力的。他仍然有年轻人的那份鲁莽和血气，“请你不要侮辱人，行吗？”

“呵！你有什么资格在我面前吼？”梁逸舟紧盯着云扬，“你哥哥在我家弄神弄鬼失败了，现在轮到你了，是吗？你们兄弟真是一个娘胎养出来的宝贝！是不是不弄到梁家的财产，你们就不会放手？”

云扬的脸变青了：“梁先生！我请你说话小心！我想你生来不懂得人类的感情，只认得金钱！我现在对你说，我要娶心霞，你答应，我要她；你不答应，我也要她！我要她要定了！至于你的钱，你尽可以留着将来自用，你送我我也不会要！我对你说话算客气，因为你是心霞的父亲！假若你要再继续侮辱我，我也不怕和你撕破脸！”“云扬！”心霞喊着，吃惊地走到他身边去，拉拉他的胳膊摇撼着，焦灼地嚷，“你就少说几句吧！”

“好呀！这还算话吗？”梁逸舟气得浑身发抖，“你们俩勾引了我的女儿，还跑到我家里来要流氓！这时代还有天理没有？养儿女到底有什么好处？”他指着狄君璞和云扬，“我告诉你们！你们马上给我滚出去！这儿还是我的家，不容许你们在这儿撒野！”

“走就走！”

云扬甩开了心霞，掉头欲去。狄君璞止住了他。“等一等，云扬！”他说，走上前去，他站在梁逸舟的面前，一个字一个字清清楚楚地说：“梁先生，我们会离去，不用你赶。但是，在离开以前，我有几句话必须说清楚。爱，不是过失，你也是人，你也爱过，你该懂得这份感情的强烈。你今天可以逞一时之快，把我们骂得体无完肤，赶出你的家。但是，受苦的不只我们，还有你的两个女儿！看看她们！梁先生，你把她们置于怎样痛苦的境地！如果你能放弃对我们的成见，这会是一团喜气，你不能放弃成见，那么，未来会发生怎样的悲剧，就非你我可以预料的了！你不妨想想看。何苦呢？以前的悲剧结束，新的喜剧开始，原是多理想的局面！云扬能和梁家化干戈为玉帛，再缔姻缘，你该庆幸呵！至于我，虽然千般不好，万般不对，但是，我这份感情是真挚的，我对心虹，并不是要占有，而是要奉献呵！”

他的这番话，说得相当地诚恳，相当地漂亮，也相当地有力。吟芳为之动容，不能不用另一种新的眼光去衡量他。心虹的手从脸上放了下来，她默默地看着他，眼里带着泪，带着哀愁，带着痛苦，也带着挚爱与崇拜。梁逸舟也怔住了，一时，竟被他的气魄和言语给堵得无话可说，但是，片刻以后，他回过味来，觉得自己竟被他几句话给打倒，真是件太没面子的事，更由于他句句有理而使他恼羞成怒了。于是，他猛地一拍桌子，怒声喊："你少在我面前卖弄口才，我告诉你，我打心眼里看不起你，我根本不会把女儿嫁给你，你听明白了吗？现在，请吧！立刻离开我的屋子！"心虹迅速地奔向狄君璞，她在半昏乱中，自己也不知道在做些什么，她脸上有种不顾一切的倔强，望着狄君璞的眼光是激烈而狂热的。"君璞！我跟你一起走！"她说，掉过头来看着父亲，"你这样赶他走，我也不留下来！"

梁逸舟又惊又气，他大踏步地跨上前去，一把扣住心虹的手腕，厉声说："你敢？你给我待在家里，不许走出大门！难道你跟一个男人私奔了还不够？还要跟第二个？"

这几句话对心虹如一个轰雷，她不由自主地全身一震，顿时脸色惨变，喘息着喊："你说什么？我和男人私奔？我和谁私奔过？""你是真不知道还是装不知道……"梁逸舟愤愤地喊，"你给我找的麻烦实在够多了！你能不能安安静静在家里做个大家闺秀？""逸舟！"吟芳惊喊着，扑过来，"你就别说了吧，求求你！"转头看着狄君璞和云扬，她祈求地说："请你们先回去吧！我一定会给你们一个满意的答复，你们先回去好吗？"

狄君璞看看心虹，心虹是更加昏乱了，她又缩在墙边，呆滞地瞪大了眼睛，茫然地看着室内的人，面色如死，眼神凌乱，她在和自己的记忆挣扎，也在和自己的意识挣扎。然后，她忽然爆发般地大喊了一声："妈呀！你们把一切都告诉我吧！我和谁私奔过？是怎么一回事？妈妈，你既是我的亲妈妈，告诉我吧！我做过些什么？我做过些什么？""心虹，你没做过什么！"吟芳急急地拥住了心虹。她知道揭穿这件事对心虹是多么残忍的事情，她一向都自认是个纯洁的好女孩呵！"那些过去的事再也别提了，你上楼去休息一下吧！心虹，我陪你上楼去，别再去想了！"

"但是，我和云飞私奔过吗？"她固执地问，"我现在一定要知道这一点！是吗？心霞，你告诉我，是吗？"

心霞一愣，面对着心虹那迫切而哀求的眸子，她咽了一口口水。"是的。"她低声说，痛苦地看看心虹，又看看云扬，再看看父母，把头垂了下去。

"啊！"心虹啜泣着，把脸转向墙壁，"我比我想象中更坏，我是怎样一个坏女孩啊！"转回头来，她直视着狄君璞，昏乱的眸子里，竟闪着一抹狂野的光，"那么，狄君璞，你可知道这件事？你知不知道我和云飞私奔过？"

狄君璞痛楚地蹙紧了眉毛，点了点头。

"那么，"她的眼神更狂野了，她的语气是强烈的，"你还要我吗？""我要。"狄君璞说，喉咙是沙哑的，"记住，我并不比你清白多少。而你所做的，不能怪你，在那种热情冲击下，你什么事都可能做出来，那无损于你的清白，只证明你的热情而已，心虹，相信我，在我心目中，你是完美无缺的！"

"哈，好一篇爱的告白！"梁逸舟接了口，声音是苛刻而讽刺的。他听出这几句话对心虹必然会有影响力，他必须阻止他，用一切力量来阻止他！"你不如把这些句子写到小说里去，还可以骗点稿费，在这儿说，简直是一种浪费！你还站在这儿干吗？为什么还不走？”

“梁先生！”狄君璞动怒了，他愤然地盯住了他，“你是个没有人心的人，你是个禽兽！”

“好，”梁逸舟重重地喘着气，“你骂我是禽兽！你这个不要脸的东西！”扬着声音，他大声叫：“老高！老高！老高！给我把这两个流氓赶出去！”

“不用你赶，我自己走！”狄君璞怫然说，转过身子，向大门走去。心虹尖锐地叫了一声，冲向狄君璞，狂热地喊着：“要走，你带我走！”“心虹，站住！如果你跟他走，我会把你关到疯人院里去！”梁逸舟说。“我没有疯，我知道自己在做什么，我选择一条最正确的路——这男人，他尊敬我，他爱护我。而你，爸爸！你把我看成一个贱妇！”“你本就是个贱妇！”梁逸舟是真火了，急切中口不择言，他根本不知道自己在说些什么。

“可是……”心虹浑身抖颤，也不知道自己在说些什么，“谁叫我是个私生女呢？我出身就不高贵呵！如果你骂我下贱，那也是家学渊源呵！”“啪！”的一声，梁逸舟扬手给了心虹一个耳光，这个耳光打得很重，心虹跄踉了一下，几乎跌倒，她眼前金星乱迸，头里嗡嗡作响，脸上立即呈现出五条手指印。梁逸舟气得咬牙切齿，他苍白着脸说：“生这样的女儿，是为了什么？白疼你一辈子，白爱你一辈子！给我制造了多少问题，找了多少麻烦，你杀了人，我帮你遮掩。早知道如此，就该把你送进监狱去！”

这又是一个新的、致命的一击！心虹瞪大了眼睛，身子摇摇欲坠。“我……杀了人？我……杀了人？”她喃喃地问。

"是的！你杀了卢云飞！你把他推落了悬崖！"梁逸舟大吼。愤怒已经使他丧失了理性，他只想找一样武器，把这个大逆不道的女儿给打倒。心虹呆站在那儿，那根绷紧的弦越拉越紧，终于断裂了！她一声不响地往后仰倒，昏了过去。吟芳大叫，伸手想抱住她，但没抱到，她倒在地毯上，带翻了身边的小茶儿，几上的茶杯花瓶一起翻落在地下，发出好大的一阵响声。狄君璞不由自主地冲了过去，跪下来，抱住心虹的头。她躺在那儿，面如白纸，呼吸细微如丝，看来似乎了无生气。狄君璞仰起头来，直视着梁逸舟，他的眼睛发红了，呼吸急促了，对着梁逸舟，他忘形地大叫："你为什么要这样？你不知道她根本没有杀任何人吗？你怎能对自己的女儿这样做？你还有人性吗？你对她了解多少？你竟指她为凶手？事实上，她连一只蚂蚁都不会伤害！"

眼看心虹昏倒，梁逸舟也知道自己说错了话，不论是在怎样的震怒中，他也不该说那句话的。可是，让狄君璞来指责他，他却受不了。又心疼心虹，又懊恼失言，他把所有的怒气都倾倒在狄君璞的身上。

"都是你！"他嚷着，"这一切都是你引出来的！你有什么资格对我吼叫，如果没有你，我们一家过得和和气气、幸幸福福的。所有的问题都是你引出来，你反而在这儿大吼大叫！现在，你滚吧！马上滚！我会照顾我的女儿，不要你来管！"奔过去，他也俯身看着心虹。

心霞和吟芳正用冷毛巾敷在心虹额上，高妈也来了，又喂水，又解开衣领，又扇扇。但心虹始终不省人事，狄君璞把她抱起来，放在沙发上。梁逸舟仍然在咆哮着叫狄君璞滚，狄君璞抬起头来，看着他，一字一字地说："在心虹醒来以前，我不会走！你就是抬了大炮来轰我，我也不走！所以，你还是不要叫喊吧！"

"君璞，"吟芳哀求地看着他，"你去吧！求你！我保证让高妈来告诉你一切，你先去吧！"

"不！"狄君璞坚持地说，看着心虹。

心虹呻吟了一声，头转侧着，不安地欠动着身子，大家都紧张地看着她，室内忽然安静了。心虹又大大地呻吟了一声，痛苦地睁开眼睛来，恍恍惚惚地看着室内的人群。然后，她蹙眉，扭动着身子，叹息，又呻吟。吟芳紧握着她的手，焦灼地呼唤："心虹！心虹！你怎样？好些吗？"

心虹睁大了眼睛，凝视着吟芳，好半天好半天，大粒的泪珠开始从她眼角中滑落下来，迅速地奔流到耳边，她啜泣着说："妈，我但愿我从来没有存在过！"

只说了这一句话，她就把头转向沙发里边，面对着沙发，只是无声地流泪，什么话都不再说了。狄君璞扳着她的肩，呼唤她，她也不肯回头，狄君璞急了，说："心虹！那是个误会，你知道吗？你父亲只是在气愤中口不择言而已，事实上，你绝没有做任何不利于云飞的事，那完全是个意外罢了！""真的，心虹。"这次，梁逸舟也附和起狄君璞来了，他迅速地接了口，心虹那份绝望把他给打倒了，"没有人怀疑过你，刚刚我们都在气头上，谁都说了些不负责任的话。好了，别伤心了！"心虹摇了摇头，仍然把脸埋在沙发里，她的声音是疲倦的、绝望的，而又毫无生气的。

"君璞，"她说，"你去吧！离开我吧，你会找到比我好的女孩，我配不上你！”狄君璞惊跳了一下，心中一阵惨痛。在心虹这句话中，最使他心惊胆战的，是那股诀别的意味。

“心虹！”他战栗地说，“你抛不开我了，你知道的。我不会离开你，你就是世上最好的女孩！”

“我不是。”她幽幽地说，声音平静得惊人，比她的哭泣更让人胆寒，“我欺骗了你，欺骗了所有的人，也欺骗了我自己。我坏，我淫贱，我凶恶，我做了许多自己都不知道的坏事。我现在都明白了，你们一直在包庇我，事实上，我根本不值得你们宠爱。君璞，你去吧！我对不起你！对不起云扬，对不起爸爸妈妈，对不起你们所有的人！去吧，君璞，我现在不想见你，我要到楼上去，我要一个人待在房间里。”

她从沙发上爬起来，摇摇晃晃地站着。狄君璞惶然地再喊了一声：“心虹！”她根本不回过头来，而用背对着他们。像一个美女，忽然发现自己被毁了容，成为一张丑陋而可怕的脸。于是，她再也不愿爱她的人看到这张脸，宁愿把自己深藏起来。她似乎就在这种情况中，摇摇晃晃地，迈着不稳的步子，向楼梯那儿走去。吟芳追过去扶住她，说：“我送你回房间。我陪你。”

“不，妈妈。请让我一个人。”

吟芳不知所措地回过头来，狄君璞对她迫切地使了一个眼色，示意她追上去。于是，吟芳也跟着到楼上去了。

客厅中有一刹那的沉静，那样令人窒息的沉静。然后，狄君璞知道，继续留下去，也没有意义了。他望向梁逸舟，后者的脸上，刚才那种倔强与盛气凌人已经消失了。现在，他反而显出一种孤独无助和嗒然若丧的神情来。狄君璞知道，他也在深切地懊悔与自责里。他看着他，有许多话想对他说，却不知从何说起。最后，却只说了句："请照顾她，梁先生。"

梁逸舟震动了一下，心底掠过一阵痛楚的痉挛，他看着狄君璞。在这一刹那，他们两个人所担忧的事情是相同的，他们都看出来了那危机，心虹，她已经把自己完全封锁了，在那份强烈的自惭形秽中，只怕他们都将失去她。而她呢，她会走向一个无法预料的地狱里。

"如果你肯随时给我一点消息，"狄君璞又说，"我会非常感激你。"他咽了一口口水，心里酸涩无比，而且撕裂般地痛楚着，"别和我敌对吧，无论如何，我只是爱她呵！"

"我也只是爱她呵！"梁逸舟像是只需要辩护似的说，他是更显沮丧了。

"可是我们对她做了些什么？我们把她逼进绝境了！我们这两种不同的爱毁掉了她！梁先生。"狄君璞语重心长地说，"请助她吧！"他迅速地回转头，向房门口走去，因为，他觉得一股热浪直往鼻子里冲，他怕会控制不住自己的眼泪。梁逸舟仍然呆站在客厅中，像一个塑像般一动也不动。

他走向门口，云扬也跟着他走过去。心霞身不由己地跟上来，站在大门口，她含泪看着他们。狄君璞再一次对心霞说："请照顾她！心霞。"

"你放心。"她颤声说，"我会随时给你消息。"

"要小心，"他说，眉头紧蹙，"防备她！"

"我懂得。"

"再见，心霞，"云扬说，"我也等你的消息。"

“再见。”心霞轻声说。

他们走出了霜园，两人心里都充塞着难言的苦涩。尤其是狄君璞，他已隐隐地看到眼前一片迷雾，谁知道未来有些什么可怕的东西在等待着他们？霜园外面，黑夜早就无声无息地来临了，暗夜的原野，是一片黑暗与混沌。

前面有着幢幢人影，一个急促的声音惊动了他们：“云扬，乔风！是你们吗？”

“是谁？尧康？”云扬惊奇地站住了。

是的，那是尧康。不只尧康，还有雅棠，带着卢家的女佣阿英！雅棠跑过来，一面喘息，一面上气不接下气地报告了一项惊人的消息：“云扬，糟了！你母亲发了病，她打了阿英，一个人跑掉了！她说要去杀人，现在不知跑到何处去了！”

这就是霜园门外迎接着他们的第一件事。

第二十九章

夜好深，夜好沉，夜好静谧。

心虹静悄悄地躺着，倾听着周遭的一切，她已经这样一动也不动地躺了好几小时。她知道，全屋子里的人都在注意她，都在窥视她，现在，夜已经很深很深了，她料想，家里的人应该都已睡熟了吧？这是多么漫长而难熬的一个晚上！她的世界竟被几句话碾成了粉碎。首先，是有关“母亲”的那个大秘密，一个被她认为是后母的女人，在二十年漫长的光阴之后，竟一变而为生母！她曾迷失地找寻过母亲，她也曾把梦儿访遍，她曾夜夜呼唤，也曾日日凝伫！她虚拟了母亲的形象，也在脑中勾画了几百种母亲的轮廓，却原来，母亲始终在她身边！二十年来，朝朝暮暮，母亲竟没有离开过她！这可能吗？这可能吗？她，心虹，她是多么愚昧无知而又盲目呵！

这动摇了她对人生的一种基本的看法，摧残了她的自信。母女相认，给予她的温暖却远没有给予她的痛楚多。而紧接着，她还来不及从这份痛楚里苏醒，一个大打击就又当头落下，这一年多来，她始终自认是个纯洁的少女，也因此，她敢于奉献给狄君璞她那颗真挚的心，却原来，自己早已和人私奔，再也谈不上纯洁和璞真！不但如此，更可怕的是，她竟杀了那个男人！她，心虹，她到底是个怎样可怕的女人？

她不怀疑父亲是说谎，不怀疑这件事的真实性。因为，她了解自己那份热烈如火的情感，爱之深，恨之切！怪不得，她不是在各处都留下过杀人的蛛丝马迹吗？从床上坐起来，她一把抢过床头柜上的一本词选，打开来，她找着了自己的笔迹：

> 利用感情为工具，达到某种目的的人，该杀！
>
> 玩弄感情的人，该杀！
>
> 轻视感情的人，该杀！
>
> 无情而装有情的人，更该杀！

她迅速地合起了书，把它抛在床边。是了！她是个凶手！她早就决心要杀他了！这就是证据！她一定约好他在那悬崖顶上见面，然后乘他不备把他推落悬崖！啊！一个失去记忆的人，茫然地找寻着自己，最后找到的自己竟是个杀人凶手，她该怎么办？啊，怪不得全家谁都不愿她恢复记忆，怪不得镇上的人见了她就窃窃私议，怪不得卢老太太要向她索命……怪不得！怪不得！怪不得！

她心惊肉跳，额上冷汗涔涔。想想看，自己的手上染满了鲜血，自己的身上，带满了污秽，自己的心灵，充满了罪恶，而今而后，该当若何？她推开了棉被，赤着足走下床来，轻轻悄悄地，她无声无息地走到窗前，站在那儿，她望着外面那黑暗的原野和广漠的穹苍。

天际，星河璀璨，月光迷离。星河！她想起狄君璞的小诗，她摸索着自己脖子上挂着的那颗星星！呵，君璞，君璞，我不是你心目中那颗小星星，我只是一块污泥，刻成了星形，镀上了白金，我是个虚伪的冒充者，混淆了你的视线，欺骗了你的感觉。呵，君璞，君璞，善良如你，天当佑你！罪恶如我，天当罚我！她打了个寒噤，夜凉如水。她极目而视，暗夜中，山也模糊，树也模糊。星也迷离，月也迷离。四周好静，听不到虫鸣，听不到鸟语。

只有低幽的风，在原野里徘徊呜咽，穿过树梢，穿过山谷，发出那如泣如诉的声音。她侧耳倾听，忽然间，她听到在那风声中，夹杂着什么其他的声音，低低地、沉沉地、哑哑地，在呼唤着："心虹！跟我走！心虹！跟我走！"

她战栗，她发冷，她又听到这呼唤了！她更专注地倾听那声音，那在一年多以来，经常出现在她耳边的声音："心虹！跟我走！心虹！跟我走！"

夜风里，那声音喊得悲凉。是了！她脑中如电光一闪，整个身子都僵硬地挺直了起来。

这是云飞的声音！那坠崖的孤魂正游荡在山野间，那无法安息的幽魂正在做不甘愿的呼唤！

"心虹！跟我走！心虹！跟我走！"

他在索命呵！"心虹！跟我走！心虹！跟我走！"

那呼唤声更加迫切了，更加悲凉了，更加凄厉了！她的背脊挺直，眼光直直地瞪着窗外。

“心虹！跟我走！心虹！跟我走！”“我来了！”她对窗外低低地说。是的，血债必须由血来还！我来了！她转过身子，像被催眠了一般，她轻悄地走到门边，轻轻地、轻轻地、轻轻地扭动着门柄，打开了房门，她没有惊动任何人。赤着脚，她走出房间，她甚至没有披一件衣服，只穿着那件白绸的睡袍。没有鞋，没有袜，她下了楼，走进客厅。避免去开客厅那厚重的拉门，她穿进厨房，开了后门，走进花园里。几分钟之后，她已经置身在山野里了，披散着一头美好的黑发，穿着件白绸的睡袍，赤着脚，轻悄地走在那荒野的小径上。她像个受了诅咒的幽灵。她耳边，那呼唤的声音仍然在继续不断地响着：“心虹！跟我走！心虹！跟我走！”

“我来了！我来了！我来了！”

她低呼着，加速了脚步。她赤着的脚踩在枯枝上，踩在尖锐的石子上，踩在荆棘上，细嫩的皮肤上留下了一条条的血痕，她不觉得痛。寒风侵袭着她，那薄薄的衣服紧贴着身子，她也不觉得寒冷，她耳边只听到那越来越急促、越来越凄厉的呼唤：“心虹！跟我走！心虹！跟我走！”

“我来了！我来了！我来了！”

她喊着，几乎是在奔跑了。沿着那小径，她奔进了雾谷，穿过那岩石地带，她往农庄的方向奔去。可是，忽然间，在黑暗之中窜出了一个人影，一把抱住了她。

“我捉住了你！哈！我捉住了你！”那人影叫着，怪声地发笑，声如夜枭凄鸣，“你还我儿子来！你还我！你还我！哈，我捉住了你！”心虹站住，夜色里，卢老太太那张扭曲的脸像个凶神恶煞，那怪异的眼神，那凌乱的白发，那尖锐而凄厉的声音，划破了夜空，打碎了宁静。奇怪的是，心虹丝毫也没有惊惧，更没有感到意外，她反而安详而快乐地说：“哦，是你，你来得好！”

“你杀了我儿子！你要偿命！”那疯妇嚷着。

“是的，是的，我要偿命！”心虹说着，侧耳倾听，“听到吗？他在叫我。”

“什么？什么？”老妇问。

“他在叫我，云飞在叫我。”她像做梦般说，“我要去了，你也来吗？你应该送我去！我们走吧！”

老妇扭着她。“我不放你！”她狡黠地说，“你要逃跑！”

“我不逃。”心虹安静地说，“我要到那悬崖顶上去，我要从那悬崖上跳下来！你听，他在叫我！你听！”

老妇真的侧耳倾听，她的眼睛怪异地盯着她。

“你要从悬崖上跳下来！”她说。

“是的。”心虹说。

“如果你不跳，我要把你推下去。”她说。

“那更好了，来吧！我们快去！听，他在叫我！”

夜色里，那声音仍在她耳边急促地响着：“心虹！跟我走！心虹！跟我走！”

“我来了！我来了！我来了！”心虹应着，挣扎着往山上跑去。老妇也跄踉地跟了上去，她的手仍然紧攥着心虹的衣服。她们跑出了雾谷，跑上了山，直奔那农庄后的悬崖。这时，山谷中真的传来了一片呼叫："心虹！心虹！你在哪儿？"

"心虹！回来！心虹！"

"姐姐！姐姐呀！姐姐！"

同时，谷里到处都亮起了手电筒的光芒。心虹站住了，怔了怔，说："他们来找我了！我们快些去吧！要不然，他们不会放我走了！""快些去！快些去！"老妇尖锐地说，怪笑着，兴奋着，"快些去！哈！快些去！"心虹跑进了枫林，老妇也跟了过来，谷里的手电筒更明显了，闪亮着像一盏盏小灯，心霞他们一定在发疯般地搜寻着。一切要快了，快些结束吧！云飞，你不要再叫了。血债必须用血来偿。你不要再叫了，我来了！我来了！我来了！

她一步步地走向那栏杆。狄君璞在卧室中，忽然没来由地惊跳了起来，一头一身的冷汗。暗夜里有着什么，他的心跳得那么猛烈。事实上，他根本没睡，只是靠在床上休息。整晚，他都和云扬、尧康等在山谷中和荒野里四处搜寻卢老太太，却连一点踪迹都没有找到，后来镇上一个妇人说，看到卢老太太在公路局车站，于是，大家推断卢老太太一定糊里糊涂地搭上车子去了台北。于是云扬到台北去报了警，徒劳的搜寻无补于事，大家只好回家去等着。好在霜园门禁森严，大家都料定不会发生什么事情。夜深难觅，不如等天亮再说。就这样，狄君璞回到家里就已经快十二点了。带着那样凌乱的心情，那样烧灼着的情感和忧愁，他根本不能睡觉，靠在床上，他一直在那份沉重的思绪里折腾着。而现在，他忽然惊跳了起来。

夜色里，确实有什么声音惊动了他，使他发冷而心跳。他下了床，披上衣服，向窗外看去，看不出什么所以然来。但他的心跳得更猛，呼吸急促而紧张。然后，他听到一声低喊，一声女性的低喊，依稀在说着："我来了！我来了！我来了！"

他不再犹豫，开了房门，他直奔出去，刚来到农庄前的空地上，他就看到那条通往枫林的小径边，草丛里有个亮晶晶的东西在闪烁着，他奔过去，弯腰拾了起来，心脏猛地一跳：那是心虹戴在胸前的那颗星星，那颗从星河中坠落的星星！他一把握紧了那颗星，紧得手心中都刺痛起来。然后，出于一种直觉，他狂奔着跑进了枫林。

一跑进枫林，他就看到了一幅使他心惊胆裂的场面。

心虹，披着长发，穿着睡袍，赤着脚，已经越过了悬崖边的栏杆，站在栏杆外凸出的悬崖边缘上，一只手抓着栏杆，一只手按着她那随风飘飞的睡袍下摆，眼睛迷迷蒙蒙地望着下面的山谷，似乎随时准备要往下跳。而在一边，卢老太太白发飞扬，眼神怪异，却在拍着掌、跳着脚喊："跳！跳！跳下去！跳下去！"

狄君璞心魂俱裂，满身冷汗，他想扑过去，但是他不敢，怕他一扑过去，心虹就会往下跳。因为，她现在显然在一种被催眠似的心神恍惚中。站在那儿，他一时觉得像掉进了冰窖，浑身都像冰一般地冷了。

他立即恢复了神志，喘息着，他开始向心虹那儿慢慢地移近，一步一步、一寸一寸地挨过去，同时，他轻声地、沙哑地低唤着："心虹！心虹！心虹！"

心虹一震，她茫然回顾，似乎在找寻着什么，她的眼光和狄君璞的接触了，她又一震，狄君璞立即喊："心虹！别松手！""他叫我，我要去了！"心虹望着狄君璞，像解释一件很普通的事情一般说着。“谁叫你？”狄君璞问，故意和她拖延时间，他又向她迈近了一步。“云飞。”她说。“云飞是谁？”他问，再迈近一步。

这时，一片呼唤心虹的声音已经到了农庄这儿，心虹有些心神不定，她侧耳倾听，又看看身下的悬崖。狄君璞魂飞魄散，他很快地说：“你还没告诉我，云飞是谁？”

“你知道的，我要去了。”

“我不知道。”他再迈近了一步。

“就是我杀掉的那个人，我现在要偿还这笔债。”

“你没有杀任何人，你知道。”他停在栏杆边上。

“我杀了，我推他掉下悬崖。”

那片唤心虹的声音更近了。然后，梁逸舟夫妇和心霞带着老高与高妈，都冲进了枫林，一看这局面，吟芳首先就尖叫了起来。心虹一惊，转身就要往下跳。狄君璞已接近了她，这时立即一个箭步蹿过去，一把就抓住了心虹握着栏杆的那只手，心虹的身子已经一半都滑到了悬崖外面，狄君璞用力拉紧了她，扑过去，他翻到栏杆外面，冒险地用手抓着栏杆，把心虹拉了上来，然后，他抱住了她，连栏杆带她的身子一起抱得紧紧的。心虹挣扎着，大声地叫着：“放开我！放开我！放开我！让我去！让我去！让我去！”她哭泣着，奋力挣扎，然后一口咬在狄君璞的手上，狠狠地咬下去，狄君璞仍然紧抱不放，抓紧了栏杆，他们在悬崖边上惊险万状地挣扎着。同时，狄君璞用那样迫切的声音，一迭连声地呼唤：“心虹！心虹！心虹！你不能这样去的！你昏了头了！你醒醒吧！”老高冲过来了，抓住了心虹的衣领，他们合力把心虹抱了起来，抱过栏杆，狄君璞也翻了过来，那在一边看的梁逸舟夫妇和心霞，早惊吓得一身冷汗了。心虹依旧在奋力挣扎，又哭又喊又叫。那在旁边拍手的老妇这时陡地跳了过来，大声嚷："跳下去呀！跳下去呀！跳下去呀！"

"老高，你去捉住她，"狄君璞喘息着说，"心虹交给我！现在已经没关系了。"他抱紧了心虹，经过了这一番惊险之后，他余悸犹存，心脏仍在擂鼓似的敲动着。

老高放掉了心虹，跑过去抓那个老妇，但是，那老妇人灵活地摆脱了老高，一冲就冲到栏杆边，她抓住栏杆，忽然破声尖叫起来："血！血！血！都是血！看呀，这栏杆上都是血！都是红的血呀！云飞的血呀！我儿子的血呀！"她用手触摸那栏杆，好像那栏杆上真有血一般。接着，她却号哭了起来，一面哭，一面哀伤地诉说着："云飞，我没有要把你推下去，我只是要阻止你离开我呀，你怎能抛开你的母亲？云飞，回来吧！你回来呀！你不能跟那个女人走！云飞，我没有要你摔下去！我没有要你摔下去！都是那个女人……都是那个女人……"

心虹一直在狄君璞怀中挣扎哭泣叫喊，但是，这时却突然安静了，她惊奇地看着那个疯狂的老妇，呆住了。狄君璞也愣住了，只因为这老妇人说的话太过于稀奇。老高还要过去抓那个老妇人，狄君璞喊了一声："不要去碰她！听她说什么？"

事实上，呆住的岂止是狄君璞和心虹，连梁逸舟夫妇和心霞也惊愕得说不出话来了。而那老妇还在那儿哭号不休。

"云飞，不要离开我！云飞，回来吧！不要带那个女人逃走！我们过苦日子，我不要钱，只要大家在一块儿！云飞，回来！求你回来！求你！求你！求你！我的儿子呀！你怎能离开我，我把你从那么一点点抱大！啊！云飞，我没有要杀你，我没有要杀你呀！你回来吧！……”

心虹浑身震动了一下，然后，像从一段长长的噩梦中醒来，她愕然地回头，瞪视着狄君璞，她的眼光已恢复了意识，她的脸色苍白而焕发着光彩，她的声音清新如早晨初啼的黄莺：“嗨，君璞，我记起来了，我记起一切的事情了！”

“什么？”狄君璞一时间不知她所指何事，困惑地问。他的眼睛紧盯着她那又苍白又美丽的脸庞，那衣衫单薄的、小小的身子在他怀中微颤。他又惊又喜又战栗。哦，心虹！他几乎失去了的心虹！在她那眼光中，他知道，她又是他的了！他狂喜，他震动，他感恩，几乎无力再去弄清楚她句子的意义了！心虹仍然看着他，她的眼睛光明如星！

“我都记起来了！君璞，你不懂吗？忽然间，我所有的记忆都回来了！”她说，声音朗朗。

“真的？”狄君璞猛然间弄明白了，他大声问，“真的？”

“真的。”她静静地说，“我全记起来了，那晚的事和那晚以前的事，我全记起来了！”她叹息，忽然觉得疲倦而乏力，一层温温软软的感觉像浪潮般包住了她，她偎进了他的怀里，把头紧紧地依靠在他那宽阔的肩膀上。

第三十章

半小时后，心虹已经温暖地裹着一条大毛毯，靠在狄君璞书房里的躺椅上了。那毛毯把她包得那样严密，连她那可怜的、受伤的小脚也包了起来。那小脚！当狄君璞看到那脚上的血痕、裂口和青肿的痕迹时，他是多么地心痛和怜惜呵！赤着脚走过这一段荒野，她经过了多么漫长的一段跋涉！真的，在她的生命中，这段跋涉也是多么艰巨和痛苦，她终于走过了那段遍是岩石与荆棘的地带了。

室内弥漫着咖啡的香味，狄君璞正在用电咖啡壶煮着咖啡。梁逸舟夫妇和心霞都坐在一边的椅子中。老高和高妈已护送那老太太去卢家了。那老太太，在经过一番翻天覆地的哭号和悲啼以后，就像个泄了气的皮球般瘫软在栏杆边的泥地上，只是不停地抱头哭泣，身子抽搐得像一个虾子，当大家去扶她起来的时候，她已不再挣扎，也不叫闹，她顺从地站起来，就像个听话而无助的小婴儿。看着周边的人群，她瑟缩地、昏乱地呢喃着："我的儿子，云飞，他掉到那悬崖下去了，你们快去救他呀！”“是的，是的，我们会去救他！”高妈安慰着，和老高扶持着她，“你先回去吧！”“那……那栏杆断掉了！”她说，固执地、解释地，“我儿子，他……他……掉下去了！”

“是的，是的！”高妈说着，他们搀扶她走出了枫林。在这一片喧闹中，老姑妈和阿莲都被惊醒了，也跑出来，惊愕地看着这一群夜半的访客。狄君璞吩咐老高夫妇及时把卢老太太送回家，并要高妈当面告知云扬一切的经过。然后，看到心虹那赤裸的小脚，他就把心虹横着抱了起来，向屋中走去，一面对梁逸舟夫妇说：“大家都进来坐坐吧！我想，我们都急于要听心虹的故事。”就这样，大家都来到了狄君璞的书房里。老姑妈一看到心虹的脚——那脚正流着血，就惊呼了一声，跑到厨房去烧了热水，他们给心虹洗净了伤口，上了药。又让心虹洗净了手脸，因为她脸上又是泪又是脏又是汗。再用大毛毯把她包起来。这样一忙，足足忙了半个多小时，心虹才安适地躺在那躺椅上了，那冰冷的手和脚也才恢复了一些暖气，苍白的面颊也有了颜色。狄君璞望着她说：“你要先睡一下吗？”“不不，”心虹急促地说，不能自已地兴奋着，“我要把一切都告诉你们。”梁逸舟坐下了，在经过了今天晚上这惊心动魄的一幕之后，他的心情已大大地改变了。当他今晚第一眼看到心虹站在那悬崖边上时，他就以为自己这一生再也见不着活着的心虹了。可是，现在，心虹仍然活生生地躺着，有生命，有呼吸，有感情……他说不出自己的感觉，却深深明白了一件事，这条生命是狄君璞冒险挽救下来的。他没有资格再说任何的话，他没有资格再反对，她，心虹，属于狄君璞的了。

吟芳和心霞都坐在心虹的身边，她们照顾她，宠她，抚摩她，吻她，不知怎样来表示她们那种度过危机后的惊喜与安慰。狄君璞递给每人一杯咖啡，要阿莲和老姑妈去睡觉，室内剩下了他们，狄君璞望着心虹说："讲吧！心虹。"心虹捧着一杯热气腾腾的咖啡，轻轻地啜了一口，她眼里有着朦胧的雾气，身子轻颤了一下，似乎余悸犹存。她再啜了一口咖啡，正要开始述说，有人打门，云扬赶来了。

云扬已经从高妈口中得知了悬崖顶上的一幕，老太太自回家后就安静而顺从，他安排她上床，她几乎立即就熟睡了。听到高妈的叙述，云扬又惊奇又困惑，再也按捺不了他自己对这事的关怀，他吩咐阿英守着老太太，就赶到农庄来了。

坐定了，狄君璞递给他一杯咖啡。心虹开始了她的叙述，那段充满了痛楚辛酸与惊涛骇浪的叙述。

"我不知道该从哪儿说起，"她慢慢地说，注视着咖啡杯里褐色的液体，"我想，我私奔之前的事，你们也都知道了，我就从私奔之后说吧。那天我从家里逃出去之后，云飞带我到了台北，他租了一间简陋的房子，我们就同居了。在那间房子里，我和他共度了十天的日子。"她蹙紧了眉头，闭了闭眼睛，这是怎样一段回忆呀，她的面容重新被痛苦所扭曲了。

再睁开眼睛来，她用一对苦恼的、求恕的眸子望着室内的人："原谅我，我想尽量简单地说一说。"

"你就告诉我们悬崖顶上发生的事吧！"云扬说，对于他哥哥的劣迹，他已不想再知道更多了。

"要说明悬崖上的事，必须先说明那十天。"心虹说，深吸了一口气，下定决心来说了，“那十天对我真比十年还漫长，那十天是地狱中的生活。我在那十天里，发现了云飞整个的劣迹，证明了我的幼稚无知，爸爸是对的，云飞是个恶魔！”她看看云扬，“对不起，我必须这样说！”

“没关系！你说吧！”云扬皱着眉，摇了摇头。

“一旦得到了我，他马上露出了他的真面目，他问我要身份证，说是有了身份证，才能正式结婚，我走得仓促，根本忘了这回事，他竟愤怒地打了我，骂我是傻瓜，是笨蛋，然后他问我带了多少珠宝出来，我告诉他一无所有，他气得暴跳如雷。于是，我明白了，他之所以要正式和我结婚，并不是为了爱我，而是要借此机会，造成既成事实，以谋得梁家的财产。爸爸的分析完全对了！接着，我发现他还和一个舞女同居着，我曾恳求他回到我身边来，那时我想既已失身于他，除了跟着他之外，还有什么办法呢？我还抱着一线希望，就是凭我的爱心，能使他走上正路。谁知他对我嗤之以鼻，他说，他任何一个女友都比我漂亮，要我，只是奠定他的社会基础而已，如果我要干涉他的私生活，那他就要给我好看！至此，我完全绝望了！我所有的梦都醒了，都碎了，我除了遍体鳞伤之外，一无所有了！”她顿了顿，眼里漾着泪光，再啜了一口咖啡，她的神情萧索而困顿。

“我知道了，”吟芳插口，“于是，你就逃回家里来了。”

“不不，我不是逃回来的，是他叫我回来的。”心虹很快地说，“总之，我要告诉你们，那十天我受尽了身心双方面的折磨，粉碎了一个少女对爱情的憧憬，忍受了任何一个女人都忍受不了的屈辱。他很了解我，知道我对贞操的看法，他认为我再也逃不出他的掌心了，何况，他一向对女人得心应手，这加强了他的自信。他对我竟丝毫也不掩饰他自己。那十天内，他凌辱过我，骂过我，打过我，也像待小狗似的爱一阵宠一阵。然后，他叫我回家，要我扮着迷途知返的模样，使家里不防备我，让我偷出身份证和珠宝。他知道，不和我正式结婚，是怎样也无法取得公司中的地位的。他计划，和我结婚以后，就带着我跑到香港，凭我偷到的金钱珠宝，混个一年半载，再回来。那时，爸爸的气一定也消了不少，他再来扮演贤婿的角色，一步一步夺得公司、金钱和社会地位。于是，十天后，我回来了。”

她再度停止，室内好静，大家都注视着她。她深吸了一口气，低低叹息。“我回来之前，已经跟他约好，三天后的晚上在农庄中相会。他已先去登记了公证结婚，又安排了船只，按他的计划，我晚上携带大笔款项、珠宝和身份证到农庄，当晚潜往台北，第二天早上就在法院公证结婚，下午到高雄，晚上就上了船，在赴港途中了。我依计而行，老实说，那时我是准备一切照他安排的做，因为我认为除了跟随他之外，再也无路可走了！可是，一回到家里，看到妈妈爸爸，我就完全崩溃了！没有言语能形容我那时的心情，我问爸爸还要不要我，当爸爸说他永远要我时，我知道，我再也不会跟云飞走了！再也不会了！我是真的回来了！回家来了！不只我的人，还有我那颗创痕累累的心。”她坐了起来，垂着头，泪珠静悄悄地从面颊上滑落。吟芳用手帕拭去了她的泪，轻声说：“可怜的、可怜的孩子！”她自己也热泪盈眶了。

“三天中，我前思后想，决定从此摆脱云飞，一切从头开始。

这三天里，父母和心霞待我那样好，没有责备，没有嘲笑，没有一句重话。所有的只是疼爱与关怀，这时，我想，哪怕是杀掉云飞，我也不跟他走。然后，那约定会面的时间到了，我悄悄地告诉高妈，我要去见云飞最后一面，两小时之内一定回来，就溜出了霜园，到农庄去赴约。我没有带身份证，没有带珠宝，没有带钱，我预备向他告别，从此离开他。

“溜出霜园后，我就被萧雅棠抓住了，她已知道云飞一部分的计划，她在那儿等着我。

“她激怒而冲动，告诉我她已怀着云飞的孩子，告诉我云飞欺骗她的全部经过。我再也没有料到，他不只害了我，还坑了萧雅棠！我又愤怒又悲痛，我告诉她，我不会跟他走，哪怕杀了他我也不跟他走！这样，我就到了农庄。”她已叙述到高潮的阶段，她停下了，怔怔地看着手里的咖啡杯。她的思想正痛苦地深陷在那最后一夜的雨雾里。狄君璞用一杯热的咖啡换走了她手中的冷咖啡，他的眼光始终怜惜而热烈地停驻在她的脸上。

“那天正下着小雨，”她继续说，“我比预定的时间晚到了一小时，他已经很不耐烦了。我在枫林的悬崖边找到了他，他正站在栏杆前面，望着我从山谷中走上来。一见到我，他劈头的第一句话就是：‘你弄到了多少钱？’我告诉他没有钱，没有珠宝，没有一切，因为我不跟他走了！如果你们当时见到了他，就会知道他那时变得多么可怕。他打了我，抓住我，他又撕又打又骂又诅咒，我挣扎着，弄破了衣服，跌在泥泞里，又弄了一身的泥。那时，他完全丧失了理智，像一个发疯的野兽，我想，他会打死我。于是，我奔跑，但他把我捉了回来，叫嚣着说，他依然要带我走，即使没有身份证及金钱，他依然有办法利用我让爸爸屈服。他挟持着我，就在这时候，一件意外发生了，卢老太太忽然气急败坏地出现了！”

她再度停止，抬眼看了云扬一眼。

“那晚不只我一个人在悬崖上，还有你母亲，她是来阻止这整个计划的，我想，是云飞告诉了她。”

云扬点了点头，他的眼底一片痛楚之色。

“请说下去！”他沙哑地说。

“卢伯母一出现就直奔我们，她是奔跑着赶来的。她抓住了云飞的手臂，开始恳求他不要离开她，又恳求我不要让云飞离开她，她说她半生守寡，就带大了这两个儿子，云飞一走，她的世界也完了！我那时正在和云飞挣扎，卢伯母这一来，使云飞分散了注意力，我挣脱了云飞要跑，他扑过来，又抓住了我，他打我，猛烈地打我，又撕扯我的头发，强迫我跟他走。卢伯母再扑过来，她嚷着，叫我回家，叫我不要诱惑她儿子，我哭泣着解释，我并不要跟她的儿子走，我也不要诱惑她的儿子，但她不听我，只是唠唠叨叨地述说着，拉扯着云飞的手不放。云飞气了，他用力地推了她一下，老太太站不住，摔倒在泥泞里。于是，卢伯母气极了，开始大哭了起来，说生了儿子不中用，有了女人就不要娘。云飞不理她，拉着我就要走，就在这时，卢伯母突然直撞了过来，嘴里嚷着说：‘你既然不要娘了，我就撞死了算了！’云飞没有料到她这一撞，他拉着我的手松开了，他自己的身子就跄踉着直往后退，然后，那个悲剧就发生了，我听到栏杆折断的声音，我听到云飞落崖时的惨号。我当时还想，我一直想杀他，现在是真的杀了他了！于是，我就昏倒了过去，什么都不知道了。”故事完了。这悬了一年多的疑案，终于揭晓。一时间，室内安静极了，谁都没有说话，空气是沉重而凝冻的。然后，梁逸舟振作了一下，看着心虹，说：“你还记得我赶到的时候，你对我说的话吗？”

“我说过什么吗？”心虹困惑地问，“我不知道，我只记得昏倒之前，我一直在喃喃地叫着：‘我终于杀了他了！我终于杀了他了！’因为，如果不是为了我的原因，他是不会坠崖的。”

梁逸舟深深地叹了一口气。

“可是，就为了这一句话，我们竟误会了一年半之久！”他转过头来，望着云扬，“你竟然不知道你母亲来过这儿吗？你可信任心虹所说的？”“我信任。”云扬低低地说，他的喉咙是紧逼而痛楚的。他的脸色苍白，眼睛却闪烁着坦白而正直的光芒，“我现在想起来了，那天，当我得知云飞坠崖的消息之后，我只想先瞒住母亲，我根本没去看她在不在屋子里，就一直赶往现场，那是黎明的时候，等我回家，已经是中午。妈坐在屋里，疯了，痴痴呆呆地诉说着云飞死了！我只当是镇上那些好事之徒告诉她的，现在想来，她一开始就知道了！在她潜意识中，一定不愿想到是她撞到云飞，云飞才会坠崖，所以，她把这罪名给了心虹。以后，她好的时候就说云飞没死，病发就说是心虹杀了他了！现在，这些环节都一个个地套了起来，我全明白了。”他垂下头，一脸的沮丧、感伤和痛楚，“获得了真相，我想，我可以好好地治疗一下母亲了。”

狄君璞喝干了手里的咖啡，把杯子放到桌上。他走过来，用手紧按了一下云扬的肩膀，他的声音沉着而有力。

“云扬，振作一下！”他说，“这一年半以来，大家都在研究杀死云飞的凶手是谁，你知道吗？他确实不是死于意外。但是，杀他的凶手不是心虹，也不是你母亲，而是他自己。我们能责备谁呢？除了云飞自己以外。”

云扬默然不语。梁逸舟不能不用欣赏的眼光，深深地看了狄君璞一眼。他忽然想起狄君璞对他说过的话，他曾责问他了解心虹多少，狄君璞是自始至终都深信心虹不是凶手的唯一一个人！是的，他了解心虹，远胜过他这个做父亲的人！看样子，在这世界上，对人生、对人类，他需要学习的地方还太多了。他把眼光从狄君璞身上移到云扬身上，这时，这大男孩子正大踏步地走向心虹，用一对坦白而求恕的眸子望着她，诚挚地说：“心虹，请接受我最诚挚的道歉，这么久以来，我一直误会了你！”这话，似乎也该由他这个做父亲的来说，而云扬却先说了！那年轻人，他有怎样一个勇于认错的个性，有怎样一张坦白而真挚的脸！他似乎相形见绌而渺小了。

心虹瑟缩了一下，她带泪的眸子清亮而动人地瞅着他。

“别道歉，云扬。”她的声音好轻，好温柔，好恳切，“只是，答应我，永远不要玩弄感情，永远尊重你所爱的人，保护她，怜惜她，别让我妹妹再忍受我当年的痛苦。”

“你放心，心虹。”云扬低沉地说，很快地抬起头来，看了心霞一眼，后者也正怔怔地、温柔地望着他，两人的目光一接触，就再也分不开来了。

心虹转向了狄君璞。她的面容上有哀伤，有挚情，有祈求，有惭愧。她的声音低而清晰。

“君璞，你现在知道了我全部的故事、最坏的一段历史及最见不得人的一面，你还要我吗？”

狄君璞一瞬不瞬地注视着心虹，用不着言语，他的眼睛已经把他要说的话全说了。那是怎样一种专注而热烈的眼光呵！梁逸舟默默地看着这一切，在几小时之内，他经历了几百种人生了。这一刻，面对着这样两对痴情一片的人儿，他分不出自己心里是怎样的滋味，是酸？是甜？是苦？是辣？终于，他站起身来走过去，他拍了拍吟芳的肩膀，用一种易感的、喑哑的声调说：“我们该走了，吟芳。你看，窗子发白了，天已经快亮了！”

吟芳惊奇地看了他一眼。

“但是心虹怎么办呢？她还没有鞋呢！”

梁逸舟看着狄君璞，后者也掉过头来，静静地看着他，两人这样相对注视了一段很长很长的时间，然后，梁逸舟对吟芳微笑了一下，说：“你不觉得，心虹一时还不能走动吗？她得在这儿休息一下，至于鞋子和衣服，等天亮，让高妈给送来吧！”

吟芳愕然地看着梁逸舟。接着，她的眼睛发亮，她的神采飞扬，她的心像鼓满了风的帆，涌涨着喜悦与感动。她顺从地站起身来了，她知道这意味着什么，一切的风暴都过去了！新来的黎明该是晴朗的好天气！她喜悦地看了看心虹，又看了看狄君璞，这一对情侣的眼睛闪亮，满面孔都燃烧着光彩。这是人生最美丽的一刻呵！她禁不住轻轻地说了：“好好地珍惜你们所有的东西呵！”

于是，她跟梁逸舟走向了门口，云扬惊觉地也站起身来说：“我也该走了。”

梁逸舟站住了，看着云扬："或者你愿意在这样的黎明中，带心霞去山野中散散步，呼吸一点新鲜空气。"

"爸爸！"心霞惊喜交集地喊，几乎不能相信自己的耳朵。

梁逸舟不再说话了！揽着吟芳，他们走出了农庄，人，常常活了一辈子都没有成熟，而会在一刹那间成熟了！梁逸舟忽然觉得有一份说不出来的平静，心底充塞着的是一片酸楚、甜蜜、充实而又恬然的情绪，所有困扰着他的问题和烦恼都一扫而空了。他望着原野里的天空，黎明正慢慢地从山谷中升起。天上还挂着最后的几颗晓星，晨雾迷迷蒙蒙地笼罩在原野上，远山近树，一片模糊。

"我似乎记得孩子们常在唱一支歌，有关于星河什么的，其中好像有句子说：'我们静静伫立，看星河在黎明中隐没。'吟芳，你可愿意和我一起看星河在黎明中隐没吗？"梁逸舟说。

"永远，永远，我愿和你并肩看星河。"吟芳紧紧地依偎着梁逸舟，在这一刻，她爱他比几十年来加起来更多！更深！更切！事实上，这时候，在并肩看着星河的又岂止他们一对？在农庄的窗前，在枫林的小径，正有其他两对恋人，也正静静伫立，看星河在黎明中隐没！或者，还有更多更多的情侣，像尧康和雅棠，像世界上许许多多其他的恋人，也都在世界各个不同的角落里，并肩看着星河。这世界何其美丽，因为有你有我！黎明来临了，真正地来临了！彩霞正从山谷中向上扩散，染红了天，染红了地，染红了山树和原野。那最后的几颗晓星也逐渐地隐藏无踪。天亮了。

——全书完——

（京权）图字：01-2024-1948

图书在版编目（CIP）数据

星河 / 琼瑶著．-- 北京：作家出版社，2024.10
（琼瑶作品大合集）
ISBN 978-7-5212-2832-8

Ⅰ．①星…　Ⅱ．①琼…　Ⅲ．①言情小说－中国－当代
Ⅳ．①I247.5

中国国家版本馆 CIP 数据核字（2024）第 089076 号

星　河

作　　者：琼　瑶
责任编辑：赵文文
装帧设计：棱角视觉　纸方程 · 于文妍
出版发行：作家出版社有限公司
社　　址：北京农展馆南里 10 号　　　　邮　　编：100125
电话传真：86-10-65067186（发行中心）
　　　　　86-10-65004079（总编室）
E-mail: zuojia@zuojia.net.cn
http: //www.zuojiachubanshe.com

字　　数：200 千
印　　张：9.375
版　　次：2024 年 10 月第 1 版
印　　次：2024 年 10 月第 1 次印刷
ISBN　978-7-5212-2832-8
定　　价：42.00 元

品 琼 瑶 经 典

忆 匆 匆 那 年

琼瑶作品大合集

1963《窗外》
1964《幸运草》
1964《六个梦》
1964《烟雨蒙蒙》
1964《菟丝花》
1964《几度夕阳红》
1965《潮声》
1965《船》
1966《紫贝壳》
1966《寒烟翠》
1967《月满西楼》
1967《翦翦风》
1969《彩云飞》
1969《庭院深深》
1970《星河》
1971《水灵》
1971《白狐》
1972《海鸥飞处》
1973《心有千千结》
1974《一帘幽梦》
1974《浪花》
1974《碧云天》
1975《女朋友》
1975《在水一方》
1976《秋歌》
1976《人在天涯》
1976《我是一片云》
1977《月朦胧鸟朦胧》
1977《雁儿在林梢》
1978《一颗红豆》
1979《彩霞满天》
1979《金盏花》
1980《梦的衣裳》
1980《聚散两依依》
1981《却上心头》
1981《问斜阳》
1981《燃烧吧！火鸟》
1982《昨夜之灯》
1982《匆匆，太匆匆》
1984《失火的天堂》
1985《冰儿》
1989《我的故事》
1990《雪珂》
1991《望夫崖》
1992《青青河边草》
1993《梅花烙》
1993《鬼丈夫》
1993《水云间》
1994《新月格格》
1994《烟锁重楼》
1997《还珠格格第一部1阴错阳差》
1997《还珠格格第一部2水深火热》
1997《还珠格格第一部3真相大白》
1997《苍天有泪1无语问苍天》
1997《苍天有泪2爱恨千千万》
1997《苍天有泪3人间有天堂》
1999《还珠格格第二部1风云再起》
1999《还珠格格第二部2生死相许》
1999《还珠格格第二部3悲喜重重》
1999《还珠格格第二部4浪迹天涯》
1999《还珠格格第二部5红尘作伴》
2003《还珠格格第三部天上人间1》
2003《还珠格格第三部天上人间2》
2003《还珠格格第三部天上人间3》
2017《雪花飘落之前——我生命中最后的一课》
2019《握三下，我爱你——翩然起舞的岁月》
2020《梅花英雄梦之乱世痴情》
2020《梅花英雄梦之英雄有泪》
2020《梅花英雄梦之可歌可泣》
2020《梅花英雄梦之飞雪之盟》
2020《梅花英雄梦之生死传奇》

www.ingramcontent.com/pod-product-compliance
Lightning Source LLC
LaVergne TN
LVHW101916220826
846093LV00009B/268
9787521228328